아침을
볼 때마다

당신을
떠올릴 거야

조수경
장편소설

아침을
볼 때마다

당신을
떠올릴 거야

한겨레출판

차례

1부 * 007

2부 * 071

3부 * 247

4부 * 313

작가의 말 * 347

1부

1

부엉이가 머리 위로 날아가는 꿈을 꿨다.

그곳은 사막이었다.

적갈색의 벌판에는 식물이 말라 죽은 흔적조차 없었다. 태초부터 생명이라곤 품어본 적이 없는 메마른 땅이었다. 세상은 모든 소리가 제거된 듯 고요했다. 태양은 붙박인 채 멈춰 있었고, 이따금 붉은 흙 위로 바람의 그림자가 물처럼 흘러갔다.

나는 태양 아래 서 있었다. 빛은 한 곳에 고정되어 있었으나 길게 늘어진 그림자는 내 몸을 중심에 두고 시곗바늘처럼 움직였다. 얼마나 오랫동안 서 있었는지 알 수 없었지만, 모든 것이 영원처럼 느껴졌다.

멀리서 부엉이 한 마리가 날아왔다.

커다란 날개를 펼치고 서서히 내 쪽으로 다가왔다. 쉬지 않고 날갯짓을 하고 있음에도 정적 탓인지 새는 허공에 멈춰 있는 듯 보였다. 순간, 새가 발톱을 한껏 세우고 날아들어 내 그림자를 낚아챘다. 나는 꼼짝없이 서서 머리 위로 날아가는 부엉이를 바라봤다. 날짐승의 발끝에 걸린 그림자가 점점 멀어지고 있었다.

2

침대맡을 더듬어 휴대전화를 찾았다. 버튼을 누르자 창백한 빛이 입김처럼 흩어졌다. 눈을 가늘게 뜨고 인터넷 검색창에 다음과 같이 써넣었다.

부엉이가 머리 위로 날아가는 꿈.

검색 버튼을 누르자 관련된 정보들이 정렬됐다. 목록을 훑어보다 그중 하나를 터치했다.

부엉이가 머리 위로 날아가는 꿈은 당신의 죽음을 의미한다.

페이지를 닫고 다른 정보를 살펴봤다. 내용은 비슷했다.

그 꿈을 꾼 사람은 머잖아 질병이나 사고 등으로 죽음에 이를 거라고 했다. 몇몇은 '죽음'이라는 단어를 직접 언급하는 대신 '생명이 위태로울 만큼 큰 위험에 처한다'거나 '건강을 잃지 않도록 각별히 주의할 것' 등의 표현으로 앞으로 닥칠 불행을 부드럽게 경고하고 있었다.

휴대전화를 내려놓았다. 빛이 떠 있던 자리에 다시 어둠이 채워졌다. 나는 두 손을 가지런히 모아 가슴에 얹었다. 흉곽 안에서 심장이 빠르게 뛰었다. 심장이 거기 들어 있다는 걸 느낀 건 정말 오랜만이었다.

부엉이 꿈은 좋은 징조였다.
대부분의 사람들에게는 흉몽일지 몰라도 나에게 그것은 분명, 길몽이었다.

3

어떤 사람에게는 자살이 최고의 처방이 되기도 한다.

물론 그 사실을 인정하지 못하는 사람들도 여전히 존재하며, 그들을 이해시키는 일은 '기역 자'도 모르는 외국인에게 한국어만으로 팔만대장경에 담긴 의미를 설명하는 것만큼이나 어려운 일이다.

나의 경우도 쉽지는 않았다.

*

내가 '센터'에 들어가기로 결심한 건 우리나라에서도 새로운 법안이 통과되었으며, 곧 각 지역마다 센터가 운영될 거라는 기사를 접한 바로 그 순간이었다. 인터넷 커뮤니티 게시판에 떠돌던 소문이 그저 터무니없는 얘기만은 아니었다는 걸 확인했을 때 나는 의자에서 벌떡 일어났다. 그러고도 흥분이 가시지 않아 방 안을 몇 바퀴나 돌았다. 명치에서부터 환호성 같은 게 터져 나올 것 같았지만, 오랫동안 사용하지 않은 목구멍과 혀는 그것을 소리로 만들어내지 못했다. 대신 토스터에서 튀어나온 갓 구운 빵처럼 경쾌하게 몸을 날렸다.

매일 관련 뉴스를 찾아보며 정보를 수집했다. 미성년자를 벗어난 지 이미 오래되었으니 센터에 입소하기 위해 나 자신의 결정 외에 다른 누구의 동의도 필요하지 않았지만, 돈은 필요했다. 그것도 제법 큰돈이. 오래전에 병역면제 판정을 받은 이후로 현관문을 열어본 적 없는 내게 '큰돈' 같은 게 있을 리 만무했다. 내 이름으로 된 통장이 하나 있기는 했다. 초등학교 입학식 날 엄마가 만들어준 통장에 명절마다 받은 세뱃돈과 용돈을 저축해두기는 했으나 그야말로 코 묻은 돈이었다. 나는 당장 재택근무 아르바이트를 시작했다. 나처럼 제대로 된 졸업장이 없는 사람이 할 수 있는 일은 단순노동이 전부였고, 일이 단순한 만큼 통장에 입금되는 금액 또한 단순했다. 그러는 동안 센터가 문을 열었고, 첫 번째 입소자의 인터뷰 기사가 나왔고, 더 많은 사람들이 센터에 들어갔다. 초조했다. 아르바이트를 해서 비용을 전부 마련하려면 3년도 넘게 걸릴 거였다. 그건 너무 잔인한 일이었다. 센터가 없던 시절에야 죽지 못해 살았다지만 이제는 얘기가 달랐다. 나는 엄마와 서진이를 떠올렸다. 식탁에 세워둔 탁상달력이나 기념품으로 나눠준 볼펜, 집으로 날아온 우편물 등에서 공통적으로 본 회사 이름도 함께. 한 곳은 엄마가 다니는 보험회사였고, 다른 곳은 서진이가 작년에 입사한 대기업이었다. 포털사이트에서 두 곳의 연봉을 검색했다. 대략적인 액수였지만 그 정도라면 센터에 들어가는 데 필요한 비용을 보태주는 일이 크게 부담스럽지는 않을 것 같았다.

그 뒤로 한동안 문자메시지 창에 글자를 썼다 지웠다 하며 망설였다. 내가 머뭇거리며 시간을 허비하는 동안 만 번째 입소자가 나왔고, 그 수는 곧 한 해 동안 스스로 목숨을 끊는 사람의 수를 넘어섰다. 더는 지체할 수 없었다. 가까스로 두 글자를 완성하고 숨을 크게 들이마셨다.

  ─ 엄마.

전송 버튼을 누르고 나니 오히려 마음이 편해졌다. 나는 방문에 기대고 앉았다. 부엌에서 압력밥솥 추가 규칙적으로 움직이는 소리가 들렸다.

"왜?"

문 너머에서 엄마가 말했다. 나는 문자 창에 복사한 주소를 붙여 넣고 전송 버튼을 눌렀다. 국가에서 운영하는 센터

홈페이지, 그중에서도 비용이 안내된 페이지였다. 몇 분 뒤.

"이건 왜?"

아무것도 모르는 척 애써 감정을 눌러 담은 목소리.

―정말 미안한데, 돈 좀 보태줘. 내가 모은 걸로는 모자라.

다시, 감정을 짓누르는 깊은 한숨.

미안하다는 말은 예의상 하는 말이 아니었다. 나는 진심으로 미안했다. 나의 오랜 칩거 생활로 엄마도 서진이도 잔뜩 지친 상태였다. 나는 필요한 것이 있을 때만 엄마에게 메시지를 보냈고, 엄마는 내가 요청한 물건을 문고리에 걸어두었다. 어떤 날은 택배 상자를 방문 앞에 가져다 두기도 했다. 내가 사용하는 카드나 휴대전화의 명의자는 엄마였고 요금을 지불하는 사람도 물론 엄마였다. 그것이 우리가 여전히 '가족'임을 확인하는 방식이었다. 입술을 닫아버린 내가 방문까지 닫고 들어가 다시 나오지 않았을 때, 처음에는 엄마도 문을 부서져라 두드렸다. 통곡도 하고 협박도 했지만 나는 방 안에 틀어박혀 귀를 막았다. 엄마와 서진이가 각각 일터와 학교로 향한 뒤에 방문을 열고 나가 밥을 먹거나 화장실을 사용했다. 그렇게 몇 년을 지내자 이제는 엄마도 익숙해졌는지 출근할 때 한 번, 퇴근해서 한 번, 노크로 나의 생사를 확인했다. 엄마가 똑똑, 문을 두 번 두드리면, 나도 똑똑, 두 번 두드려 답을 했다. 가끔 엄마가 방문 앞에서 소리를 지를 때면 곧 서진이 방에서 EDM이 크게 흘러나왔다.

그런 식이었다. 그런데 오랜만에 보낸 메시지가 겨우 이런 얘기라니. 정말 미안했다. 미안해도 나로선 어쩔 수 없었다.

"야, 이서우."

엄마는 성대를 꽉 누른 납작한 목소리로 나를 불렀다.

"그러니까 지금, 자식새끼는 죽으러 갈 테니 어미는 돈을 보태라, 뭐 이런 얘기니?"

– 요즘엔 자식을 위해서 그렇게 해주는 부모도 많아.

나는 손가락에 힘을 쥐어가며 빠르게 입력했다.

"대체, 너는, 왜, 내가, 뭘, 더, 어떻게."

토막 난 말들을 내뱉을 때마다 엄마는 주먹과 발로 방문을 때렸다. 나는 재빨리 문에서 떨어져 베개를 끌어안았다. 엄마는 이제 자기 가슴을 치고 있었다. 수많은 감정이 응축돼 도무지 무슨 말인지 알아들을 수 없는 소리가 한동안 이어졌다. 그리고 다시 긴 한숨.

"이젠 나도 모르겠다. 돈을 벌어서 죽든 말든, 니가 알아서 해!"

발소리가 멀어지는 것과 동시에 치익, 압력밥솥이 김을 내뿜었다.

*

그날 밤, 엄마는 내 방 앞에 이부자리를 깔았다.

17

자다가도 몇 번씩 방문을 두드려 내가 여전히 살아 있는 지 확인했다.

4

'마음의 질병으로 회생이 불가능한 사람의 안락사를 허용
한다.'

이 멋진 문장을 법전에 새긴 최초의 국가는 네덜란드였다.

우리나라는 스물네 번째로 그 대열에 합류했는데, 자살률
이 높은 나라치고는 꽤 늦은 출발이었다.

*

'평온하고 주체적인 죽음을 위한 모임'이라는 단체가 있
었다. 네덜란드에서도 마음 불치병으로 인한 안락사가 허용
되기 전에 생긴 단체였다.

'평온하고 주체적인 죽음을 위한 모임 1기'는 핀란드, 남아프리카공화국, 일본, 호주, 캐나다, 아르헨티나 인으로 구성된, 그러니까 유럽, 아프리카, 아시아, 오세아니아, 북아메리카, 남아메리카, 이렇게 각 대륙을 '스스로' 대표하는 여섯 명의 사람들이었다. 모임의 리더였던 서른아홉 살의 핀란드인 미카는 오래전부터 계획을 세우고 SNS로 '적합해 보이는' 사람들을 물색했다. 각 대륙에서 몇 명의 후보를 골라 1년간 꾸준히 지켜본 뒤 가장 '확실한' 다섯 명에게 메시지를 보냈다. 그 첫 문장은 이런 거였다.

　당신의 죽음으로 세상을 바꿀 수 있다면.

　뜻을 함께하기로 한 그들은 각자의 터전에서 다큐멘터리 촬영에 들어갔다. 영상에는 각자의 삶, 마음의 병으로 인한 고통, 주변의 시선과 환경 등이 가감 없이 담겼다. 촬영을 마친 그들은 자신들이 만든 비밀 커뮤니티에 영상을 올리고 공유했다. 국적도, 사는 곳도, 나이도, 직업도, 경제적인 능력도 모두 다른 그들이 서로의 삶을 들여다보면서 느낀 유일한 공통점은 그들 모두가 우울증이나 자살에 대한 이해가 없는 세상에 살고 있다는 점이었다. 그들이 세상에 원하는 건 단 한 가지였다. 회복될 가망이 없는 몸의 병처럼, 회복될 가망이 없는 마음의 병을 앓는 사람들에게서 존엄하게 죽을

20

권리를 빼앗지 말라.

실제로 그랬다. 당시만 해도 자살은커녕 '죽음'을 논하는 것조차 금기시하는 사람들이 꽤 있었다. 그보다 더 오래전에는 육체적 질병으로 고통받으면서 안락사는커녕 존엄사조차 택할 수 없는 시절도 존재했다. 그 시절의 사람들은 존엄사를 '살인' 혹은 '자살'이라 부르며 매일 죽음보다 더한 통증에 시달리는 사람들에게 산소를 공급하는 굵은 관을 찔러 넣는 형벌까지 얹어주었다. 여기서 중요한 것은 '고통의 정도'가 아니었다. 똑같이 온몸이 마비된 상황에서도 누군가는 삶을 원했고, 누군가는 죽음을 원했다. 가장 중요한 것은, 삶과 죽음을 '스스로 선택할' 권리였다.

다행히도 차차 육체적 질병으로 인한 존엄사 및 안락사의 필요성을 받아들이는 세상으로 변했다. 하지만, 여전히 마음의 질병은 인정받지 못했다. 물론, 네덜란드와 스위스를 비롯한 몇몇 국가에서 정신적인 문제를 이유로 안락사를 요청할 수는 있었다. 이건 어디까지나 '요청할 수 있다'는 얘기였다. 허가를 받는 것은 현실적으로 결코 쉽지 않았다. 오랜 시간 우울증을 앓아온 외국인이 안락사를 결심하고 스위스로 건너갔다고 가정해보자. 그는 자신을 도와줄 의사를 찾아다니다 지쳐버릴 거였다. 운 좋게 선한 의사를 만났다 해도 그다음은 스위스 법원이라는 또 하나의 험한 산이 기다리고 있었다. 내 집, 내 나라에서 마음대로 죽지 못해 먼 타국까지 날아온 것도 서러운 마당에 체류비 또한 큰 부담이 되었다. 안락사 비용은 차치하더라도 언제 허가가 떨어질지 알 수 없는 상황이니 통장 잔고가 아주 넉넉한 사람들만 시도해볼 수 있는 일이었다. 의사소통도 어렵고 귀찮은 숙제 중 하나였다. 그리하여 결국 나와 같은 사람들은 스위스행 비행기에 올라보지도 못하고 희망을 접어야 했다.

마음이 아픈 이들에게 사람들은 말했다.

"마음을 강하게 먹어야지."

"너만 그런 거 아니야. 다들 힘들어. 넌 너무 예민해서 탈이야."

"긍정적인 생각을 좀 해봐."

"그래도 살아야지."

그리고, 뒤에서 수군거리는 말들. 조금씩 멀어지는 사람들.

마음이 아픈 사람들은 속을 드러내는 대신 가면을 써야 했다. 그러다 더는 버티지 못한 어느 날 삶을 끝냈고, 그러고 나면 주변 사람들은 이렇게 말했다.

"정말 밝은 사람이었는데."

"진짜 이렇게까지 할 줄은 몰랐어요."

"말도 안 돼. 다음 주에 같이 여행 가기로 했다니까요. 예약까지 다 해놨는데."

"죽을 용기로 살았어야지!"

혼자 아파하던 그들은 마지막 순간까지 고통받아야 했다. 보통의 사람이 편안하게 죽는 방법을 찾기란 쉽지 않아 대개는 어떤 식으로든 고통을 느끼며 죽어가거나 끔찍한 현장을 남겨야 했고, 무엇보다 가족과 주변 사람들에게 미안한 마음을 끝까지 안고 가야 했다. 남겨진 사람들 역시 죄책감 혹은 배신감에 괴로워했다. 이웃 사람들의 편견은 말할 것도 없었다. '평온하고 주체적인 죽음을 위한 모임'은 그래서 생겨난 거였다. 마음 불치병을 앓는 사람들, 그중에서 스스로 삶을 마감하고자 하는 사람들이 편안하게 떠날 권리를 찾기 위해서.

다큐멘터리 영상을 공유하며 '권리'의 필요성을 더욱 깊이 실감한 그들은 드디어 날을 잡았다. 지구에서 제일 먼저 아침을 맞이하는 키리바시공화국을 기준으로 새해가 되는 순간이 그들이 정한 '날'이었다.

키리바시공화국이 1월 1일 00시 01초가 됐을 때, 시드니는 아직 12월 31일 밤이었고, 케이프타운은 점심 무렵, 부에노스아이레스는 아직 이른 아침이었다. '평온하고 주체적인 죽음을 위한 모임' 멤버들은 각각 유튜브와 페이스북 등에 미리 촬영해둔 다큐멘터리 영상을 공개했다. 그리고 자살 생중계를 시작했다. 그들은 각자의 언어로 이렇게 말했다.

"당신들에게 묻는다. 회복 불가능한 마음의 질병으로 오랜 시간 힘들게 살아온 사람들이 마지막 순간까지 이렇게

고통받아야 마땅한가. 마지막 순간만이라도 평온할 수는 없
는가. 이것은 충동적인 행동이 아니다. 우리는 이 일을 오랫
동안 계획해왔다. 우리는 영웅이 되려는 것이 아니다. 다만
우리처럼 아픈 사람들이 더는 없기를 바랄 뿐이다. 마음의
병은 눈에 보이는 것이 아니기 때문에 이렇게라도 보여주는
수밖에 없었다. 우리의 요구사항에 관한 더 자세한 내용은
다큐멘터리 영상을 참고하기 바란다."

　세상에 남기는 마지막 편지를 낭독한 뒤, 의사로 일했던
핀란드인 미카는 자신의 혈관에 독극물을 주사했다. 남아프
리카공화국의 제니스와 캐나다의 노먼은 총기를 사용했다.
일본의 다카오와 아르헨티나의 루시아나는 아파트 옥상에
서 뛰어내렸고, 호주의 크리스는 다량의 수면제를 삼켰다.
이들 중 호주의 크리스는 유튜브 시청자의 신고로 구조돼
병원에 실려 갔다. 볕이 잘 드는 병실에서 깨어난 크리스는
자신이 살아 있다는 걸 깨닫고 이렇게 중얼거렸다.

　"OMG! 이건 결코 나를 위한 게 아니야."

　며칠 뒤 그는 병원에서 투신했다.

　이들에 대한 뉴스로 세상이 떠들썩할 때 지구촌 곳곳에서
'평온하고 주체적인 죽음을 위한 모임 2기'가 결성됐다. 이
번에는 아일랜드와 헝가리 사람이 각각 3명, 독일, 스웨덴,
네덜란드 사람이 각각 2명, 그 밖에 프랑스, 스페인, 폴란드,

모잠비크, 뉴질랜드, 미국, 가이아나 등 여러 나라의 사람들이 동참했다. 물론 한국 사람도 있었다. 이들 역시 SNS로 자살 생중계를 했고, 마음의 불치병으로 고통받는 사람들이 편안하게 죽을 수 있는 대책을 마련하라고 주장했다. '평온하고 주체적인 죽음을 위한 모임 3기'는 더 많은 사람들이 함께했다. 유럽의 젊은 정치인들은 "자신의 생명에 대한 결정권은 더욱 존중하고, 타인의 생명을 해하는 것은 더욱 엄벌하는 세상을 만들겠다"는 공약을 내세웠고 많은 이의 지지를 얻었다.

지금, 안락사 대상자에 마음 불치병 환자를 '합법적으로' 포함시킨 것은 모두 '평온하고 주체적인 죽음을 위한 모임' 멤버들의 희생 덕분이었다. 자살을 위한 센터는 말하자면 일종의 심적 임종기에 놓인 사람들을 위한 호스피스였다. 더 많은 나라들이 육신의 병뿐 아니라 보이지 않는 마음의 병도 치료가 불가능한 경우가 있다는 것을 인정하는 추세였다. '삶이 인간의 의무는 아니다'라는 진보적인 생각도 있었고, '죽을 사람은 어떻게든 죽을 것이다'라는 염세적인 생각도 있었지만, 양쪽 모두가 동의한 것은 "그래도 살아야지"라는 말 대신 "그렇다면 문제를 어떻게 최소화할 것인가"에 집중하자는 의견이었다.

그들이 옳았다. 당장 자살로 인한 2차 피해가 감소했다. 고층 아파트에 사는 사람들은 외출 시 더 이상 머리 위쪽을 신경 쓰지 않았고, 전철 기관사들은 역에 들어설 때마다 긴장할 필요가 없었다. 도시가스 호스를 절단해 이웃에 피해를 주는 사람도 찾아보기 힘들었고, 펜션이나 모텔에 모여들어 번개탄을 피우는 동반자살도 줄어들었다.

무엇보다 놀라운 것은 센터가 들어선 뒤 전 세계적으로 자살률이 눈에 띄게 줄었다는 점이었다. 전문가들은 충동적인 자살을 막을 수 있다는 것, 언제든 고통 없이 죽을 수 있다는 생각이 오히려 마음 불치병 환자들에게 안정을 준다는 것 등을 그 이유로 들었다. 센터에서 평온한 죽음을 선택한 사람들은, 그러니까 정말 죽음 외에는 답이 없는, 죽음이 필요한, 죽음이 최선인 그런 경우였다.

스스로 죽을 권리를 인정한 시대.

아이러니하지만, 세상은 그만큼 더 살기 좋은 곳이 되어가고 있는 게 분명했다.

5

흔히 이렇게들 말한다. 서로를 가장 잘 이해해줄 사람도, 언제나 서로의 편이 되어줄 사람도 가족이라고. 하지만, 세상에서 가장 이해하기 힘든 사람도, 설득하기 힘든 상대도, 알고 보면 모두 가족이다. 나는 그 사실을 매일 깨닫는 중이었다.

– 엄마.

매일 저녁, 엄마가 현관문을 열고 들어오면 나는 방문에 기대고 앉아 문자메시지로 엄마를 호출했다. 엄마는 들은 척도 하지 않았다. 그러면 다시 메시지를 보냈다.

– 엄마.

부엌을 분주히 오가던 발소리는 냉장고 문이 탕 닫히는

소리로 이어졌다가 식탁 의자를 거칠게 끌어당기는 소리,
맥주 캔을 따는 소리로 끝났다. 가끔은 맥주 김빠지는 소리
보다 더 깊고 무거운 탄식으로 마무리할 때도 있었다.

"어이구, 저 미친놈."

그래도 나는 포기하지 않았다. 포기할 수 없었다.

– 엄마. 무조건 안 된다고만 하지 말고 생각을 좀 해봐.
"생각?"
– 그래, 뭐가 진짜 날 위한 건지.
"살아야지!"
엄마가 대뜸 소리를 질렀다.
– 살아야지, 그 말이 얼마나 무책임한 줄 알아?
"그래도 살아야지!"
누군가 손날로 목울대를 지그시 누른 것처럼 숨통이 막혔
다. 산소를 깊이 들이마시고 이산화탄소를 길게 내뿜은 다
음 휴대전화 자판을 두드렸다.
– 그래도 살아야 한다는 말, 괜찮다는 말, 괜찮아질 거라는 말.
나는 안 해봤을 것 같아? 그런 생각이라면 나 같은 사람들이 제일
많이 해봤을 거야. 그런데, 살아야지 살아야지 해도 도무지 안 살아
지면, 안 되겠으면, 그럼 그땐 어떻게 해야 해?
"그래도 살다 보면 다시 웃는 날도 오고, 행복도 다시……"

- 행복? 행복이 뭔데? 다들 그 의미는 생각도 안 해보고 그냥 행복해야 한다는 말만 하잖아, 강박적으로. 왜 행복해야 하는데? 끝내는 건, 왜 안 되는 건데?

작전을 바꿨는지 엄마는 성대에 돋친 가시를 숨겼다.

"아들아, 사는 걸 좀 이렇게 끈질기게 해보렴. 그게 그렇게 어렵니?"

- 어떤 사람한텐 되는 일이 어떤 사람한테는 죽어도 안 되는 일일 수도 있어.

"살고 싶어도 못 사는 사람들이 얼마나 많은데."

- 죽고 싶어도 못 죽는 사람들도 많아. 정신력이 약해서 이런 거라고? 의지가 부족해서 이런 거라고? 산다는 건 기다리는 일 같은 거야. 친구와의 약속이든, 좋아하는 계절이든, 하물며 밥이 다 되기를 기다리든, 뭐든 기다리는 게 있어야 한다고. 그런데, 기다리는 거라곤 죽음뿐인 사람들도 있어. 이게 남들한텐 별거 아닌 것처럼 보여도 본인한텐 죽음보다 더 고통스러운 거라고. 고통의 정도에는 표준이라는 게 없는 거야. 타인의 고통에 대해 쉽게 말할 수 있는 권리는 아무에게도 없다고.

고통의 정도에는 표준이라는 게 없다니. 내가 쓴 말에 내가 놀라 나는 숨을 멈추고 휴대전화 화면에 박힌 글자를 찬찬히 음미했다. 다시 읽어보니 꼭 근사한 묘비명 같았다. 엄마는 말이 없었다. 대신 방문에 이마를 기대고 가느다란 숨을 내쉬었다. 조금은 설득이 됐나 싶어 나는 두 개의 엄지손가락을 빠르게 움직였다.

– 생명의 소중함? 그래, 생명, 소중하지. 그런데 그에 못지않게 편안하게 죽을 권리도 소중해. 다른 사람에게 피해를 주는 것도 아닌데, 왜 안 되는 건데?

"피해?"

엄마가 손바닥으로 방문을 세게 쳤다.

"너는, 나랑 서진이 생각은 안 해? 왜 이렇게 이기적이야?"

엄마는 더 참지 못하고 소리를 질렀다. 손바닥이 만들어내던 둔탁한 소리는 점차 주먹의 그 옹골진 소리로 바뀌었다. 나도 물러서지 않았다.

– 내가 죽어버리면 엄마랑 서진이가 피해볼 거라는 생각, 그것도 이기적이긴 마찬가지 아니야? 한편으론 겁도 나겠지. 나 혼자 그렇게 아프고 힘들었다는 거. 가족으로서 아무 도움도 못 줬다는 거. 사실은 내가 짐이었다는 거. 그 미안함을 모조리 마주 봐야 할 테니까. 그 또한 고통일 테니까.

숨도 쉬지 않고 자판을 두드렸다. 마음속에 뭉쳐놓고 차마 꺼내지 못했던 말들이 튀어나왔지만 이미 전송 버튼을 누른 뒤였다. 내가 너무 심했구나, 하는 자책과 그래도 틀린 말은 아니니까, 하는 고집이 돌림노래처럼 반복됐다.

자책도 고집도 삼켜버린 것은 문 밖의 정적이었다. 나는 벌을 서는 아이처럼 문에 이마를 바짝 붙이고 한동안 꼼짝도 하지 않았다. 잠시 걸어두었던 브레이크를 풀고 천천히 말을 골랐다.

– 나, 엄마랑 서진이 생각해. 생각하니까, 그러니까 이렇게 얘기하는 거야. 가족과 작별 인사도 나누고, 당신들 탓 아니다, 이것이 나에게 최선이다, 이렇게 얘기하고 헤어지면 좀 나을 거 아니야. 그런 얘기도 없이 혼자 끝내버리면, 그러면 서로 더 아플 거 아니야.

"어이구, 어이구, 이 미친놈!"

이번에는 발길질을 했는지 문이 크게 흔들렸다. 엄마는 마지막 분풀이를 마치고 돌아섰다. 바닥에 슬리퍼 끌리는 소리가 점점 멀어졌다.

– 얼마나 사느냐가 아니라 어떻게 사느냐가 중요한 거잖아. 사는 게 죽는 것만 못한 사람들도 있다고. 세상에 행복이라는 게 있다면, 나한테 가장 큰 행복은 이 선택이라고.

안방 문이 요란하게 닫혔다. 실제보다 더 먼 곳에서 들려오는 소리처럼 느껴졌다.

*

세상에는 별의별 자살자들이 많았다.

사이비 종교 단체 신도 900명이 집단 자살한 경우도 있었고, 자살 기계를 만들어 죽은 사람도 있었고, 다시 태어나는 실험을 하기 위해 목숨을 끊은 사람, 뉴스 도중 자신의 머리

에 총을 쏴버린 앵커도 있었다. 심지어 죽으려고 금메달 15
개, 테이블 바퀴 하나, 핀 1500개, 칼 35개, 그리고 도미노 게
임 한 판을 삼킨 남자도 있었다. 그는 아주 고통스럽게 죽어
갔을 것이다.

한때는 나도 자살 방법을 고민해본 적이 있었다. 중학교
에 다니던 때였으니까 센터가 생기기 훨씬 오래전이었다.
그 시절, 나는 학교에서 돌아오면 매일 어떻게 죽으면 좋
을지 생각했다.
인터넷 검색창에 '자살 방법'이라는 단어를 넣고 검색 버
튼을 누르면 1초도 지나지 않아 '생명은 소중합니다'라는 글
귀와 함께 상담소 전화번호가 떠올랐다. 모니터에 가지런히
정렬된 글자와 숫자를 가만히 바라보다 나는 검색창에 '청
산가리'를 쳐 넣었다. 그즈음 누군가 청산가리를 먹고 죽었
다는 기사를 읽었기 때문이었다.

▶ **백과사전 검색 결과**

시안화칼륨〔potassium cyanide, 청산가리〕

청산칼륨·청산칼리라고도 한다. 화학식 KCN. 비중 1.52, 녹는
점 63.5℃. 조해성이 강하며 가수분해에 의해서 공기 중의 이산
화탄소를 흡수…….

마우스 휠을 아래로 내렸다.

▶ **관련 질문 검색 결과**

Q. 청산가리를 먹고 죽으면 많이 고통스러운가요?

Q. 청산가리는 어디에서 구할 수 있나요?

Q. 청산가리는 만지기만 해도 죽나요? 급해요.

Q. 청산가리가 맞나요, 청산과리가 맞나요?

첫 번째 질문을 클릭했다.

amag****

Q. 청산가리를 먹고 죽으면 많이 고통스러운가요?

질문 아래에는 친절한 답변들이 이어졌다.

qwz7****

A. 혹시 신 음식 좋아하시나요?

'청산가리'에서 '산' 자는 산성을 의미합니다. 산성은 무슨 맛일
까요? 그렇죠, 신맛이죠. 청산가리를 먹으면 신맛을 느낄 수 있
을 겁니다. 당신의 혀가 녹아내리지 않는다면 말이지요. 이게 무
슨 말이냐고요?

당신이 청산가리를 삼킨 바로 그 순간, 삼킨 걸 도로 토해버리

고 싶다는 생각을 할 겁니다. 하지만 이미 때는 늦었습니다. 강한 산성으로 당신의 혀는 물론 식도부터 위까지 모두 녹아내려 흔적도 없이 사라졌을 테니까요. 그렇다고 바로 죽는 건 아닙니다. 아주 천천히, 아주 고통스럽게, '대체 내가 왜 이런 짓을 했을까?' 후회하고 또 후회하다 죽게 될 겁니다.

그렇기 때문에 청산가리를 먹고 죽은 사람의 사인은 강력한 산성 때문이 아닌 심각한 두부외상이나 자상에 의한 경우가 대부분이지요. 너무 고통스러워서 벽에 머리를 쾅쾅 박고, 손에 잡히는 모든 걸 쥐어뜯느라 손톱이 다 빠져버리고, 이리저리 날뛰다 결국은 너무 괴로워 칼로 자기 몸 이곳저곳을 찌르다 죽는다고 합니다.

이래도 드실 건가요?

나는 고개를 절레절레 흔들었다. 죽더라도 청산가리만큼은 꼭 피해야겠다는 생각이 들었다.

upto****

A. 윗분 답변은 잘못된 거고요, 청산가리는 아주 적은 양으로도 경련과 호흡곤란, 의식 마비 등을 일으킵니다. 숨을 못 쉬니 매우 고통스러울 겁니다.

어쩐지 아래쪽 답변에 더 신뢰가 갔지만, 어느 쪽이 진짜

34

인지 직접 먹어보기 전에는 알 방법이 없었다. 이 밖에도 다양한 답글이 줄을 이었으나 답변자가 많다 보니 점차 배가 산으로 가기 시작했다.

piki****

A. 동반하실 분 구합니다. 관심 있으면 쪽지 주세요.

vdet****

A. 청산가리 팝니다. 쪽지 주시면 친절히 안내해드리겠습니다.

세상에는 더 이상 삶의 연장을 바라지 않는 사람도, 그런 사람들을 이용해 자신의 삶을 연장해가는 사람도 많았다. 계속 마우스 휠을 아래로 내렸다.

oknj****

A. 사과 씨를 드세요. 사과 씨에는 청산가리 성분이 들어 있습니다.
└ tacu****
근데 사과 씨 몇 개쯤 모아야 하나염?
└ gulm****
이 방법은 치명적이지는 않을 듯. 백설공주도 결국 깨어났지요.
└ tacu****
백설공주는 그냥 독사과 아닌가염?

다시 마우스 휠을 아래로, 아래로.

분명 나는 아주 오래전부터 죽음을 원했다. 하지만 그것이 통증까지 원한다는 의미는 아니었다. 오히려 고통을 끝내기 위해 또 다른 고통을 선택해야 한다는 것이 무섭고 슬펐다.

그 무렵, 베란다에 서서 아파트 화단을 내려다보다 의식이 하얗게 곤두박질치며 주저앉은 적도 있었고, 옷장에 목을 매려다 문짝이 떨어져 무릎을 다친 적도 있었고, 면도날로 손목을 긋다 동맥은커녕 인대도 끊지 못하고 포기한 적도 있었다. 몇 번의 시도와 실패 끝에 최대한 고통이 없는 방법들을 궁리하기 시작했다. 세상에는 나를 영원히 잠들게 해줄 달콤한 약이 존재했지만, 중학생이 다량의 수면제를 구하기란 쉽지 않았다. 고민 끝에 찾은 최선의 답은 동사, 즉 얼어 죽는 거였다.

세상의 모든 액체를 꽁꽁 얼어붙게 할 만큼 추운 날이었다. 혈관을 타고 흐르는 뜨거운 피조차 차갑게 식혀버릴 만한 강추위였다. 가족에게 비밀스러운 일별로 마지막 인사를 건네고 평소처럼 집을 나섰다. 밤새 눈이 내려 세상은 비현실적으로 반짝였다. 나는 학교에 가는 대신 학교 근처 산에 올랐다. 어쩐지 그곳이 가장 적당한 장소처럼 느껴졌다. 교문으로 향하는 길에서 점점 벗어나고 있었지만, 내 걸음걸이는 누가 봐도 등교하는 학생처럼 보일 만큼 담담했다. 아무도 밟지 않은 하얀 길에 첫 발자국을 찍느라 산에 오르는 이유를 잠시 잊기도 했다. 공기를 가득 머금고 가볍게 포개진 눈을 납작하게 눌러 밟으며 더 높이 더 깊이 산으로 들어갔다. 운동화 틈으로 눈이 들어와 발목은 이미 감각을 잃어가고 있었다.

두 개의 커다란 바위가 맞닿은 곳을 내 마지막 자리로 정하고 틈 안으로 기어들어갔다. 그곳은 나를 위해 미리 짜놓은 관처럼 몸에 딱 맞았다. 이제 잠이 들면 모든 게 끝이라 생각하니 안심이 되면서도 겁이 났고, 불안하면서도 마음이 놓였다. 끝보다 두려운 것은 계속 살아가는 일이었다. 눈을 뜨면 긴 하루가 시작되고, 시간이 가기를 기다리다 겨우 잠이 들면 하루만큼 생이 줄어드는 일. 하루에 한 알갱이씩 떨어지는 모래시계에서 남은 생만큼의 모래알이 다 빠져나가기만을 매일 멍하니 바라보는 일. 그런 날들이 얼마나 더 지난하게 이어질지, 얼마만큼 더 견뎌야 할지 알 수 없는 것. 그게 가장 끔찍했다. 폭신한 눈을 매트리스 삼아 눕고 눈꺼풀을 닫았다. 그리고 잠을 기다렸다. 머리카락 틈으로 차가운 기운이 스며들어 두개골을 감쌌다. 냉기는 날 선 흉기가 되어 온몸을 벴다. 머리뼈가 빠개지고 몸의 마디마디가 끊어지는 듯한 통증이 정점을 찍고, 어느 순간 감각이 서서히 마비됐다. 혈액의 흐름이 둔해지는 기분. 한 삽 한 삽 하얀 눈을 떠다가 의식 위에 뿌리는 것처럼 형체가 또렷하던 생각들이 점차 희미해졌다. 육신과 영혼이 서로 아득히 멀어졌다.

그 아찔하고도 몽롱한 잠이 영원으로 이어지지 못한 것은 다 하얀 구두 아저씨 때문이었다. 누군가 내 몸을 흔들어 가까스로 눈꺼풀을 밀어 올렸을 때, 눈보다 더 환하게 빛나는 하얀 구두가 보였다. 그것을 천사의 발로 착각한 나는 한 번 히죽 웃고 까무룩 잠이 들었다. 다시 눈을 떴을 땐 병원이었다. 그때 한 가지 사실을 깨달았는데, 그건 고통이 적은 방법일수록 자살에 실패할 확률이 더 높다는 거였다.

그날 이후로 나는 학교에 가지 않았다.

아직 다 성장하지 못한 나의 세상은, 학교에서 집으로, 집에서 내 방으로, 점점 그 면적을 좁혀갔다.

6

벌써 몇 시간 째, 나는 인공지능 컴퓨터와 대국을 벌이는 바둑기사처럼 모니터와 대면하고 있었다. 화면에는 센터 홈페이지가 열려 있었다. 엄마가 센터에 입소할 돈을 지원해 주지 않을 경우 내가 택할 수 있는 다른 방법이 있기는 했다. 그 '방법'을 선택할 경우 그다음에 어떤 일들이 벌어질지, 그리고 그 '일들'을 내가 감당할 수 있을지, 몇 수 앞을 내다보는 프로기사처럼 생각의 가지를 이리저리 뻗어보았다.

마음 불치병 환자 중에는 삶을 편안하게 끝내길 원하는 사람들이 있었고, 그들은 둘로 나뉘었다. 돈을 가진 사람과 그렇지 못한 사람.

센터에 들어가기 위해서는 몇 가지 조건이 필요했는데,

간단히 말하자면 사회에 진 '빚'이 없어야 했다. 죄를 지은 사람은 죗값을 다 치른 후에 입소할 수 있었고, 갚아야 할 돈이 있는 사람은 돈을 다 갚고 난 후에 입소할 수 있었다. 다만 그 '빚'이 '돈'이라면 방법이 있기는 했다. 세상에는 여전히 장기를 필요로 하는 사람들이 많았지만, 자발적으로 장기 기증을 약속하는 사람들은 턱없이 부족했다. 국가는 장기 부족의 문제와 삶을 마감하고 싶어 하는 이들, 그러나 아직 세상에 의무가 남아 있는 이들의 문제를 교묘히 연결 지었다. 물론 장기 매매는 불법이므로 국가는 장기 기증에 동의한 사람의 경우 그들의 빚을 탕감해주고 센터에 무료로 들어갈 수 있게 해주었다. 국가는 그들의 장기를 '사는' 것이 아니라 기증에 동의한 사람들을 '지원'해주는 것이었다. 결과적으로는 그게 그거였지만, 어쨌든 말은 달랐다. 오래전, 그러니까 법적으로 존엄사가 인정되기 전에 가난한 뇌사 환자의 보호자가 장기 기증에 동의하는 경우에만 환자의 호흡기 전원을 끌 수 있었던 것과 비슷했다. 보호자가 동의서에 사인하면 장례비와 위로금을 지원받을 수 있었다. 반대로 장기 기증에 동의하지 않을 경우에는 뇌사 환자의 심장이 저절로 멈출 때까지 사망으로 인정되지 않았고, 당연히 병원비는 나날이 불어났다. 예나 지금이나 가난한 이들은 죽음에서조차 선택의 폭이 좁았고, 어떤 면에서는 그들이 가진 유일한 것마저 내놓을 수밖에 없게끔 강요당했다. 장기를 기증하기로 하고 센터에 들어갔다 마음을 바꾸고 다시 삶을 택한 사람들은 도로 빚을 갚아야 했다. 그동안 불어난 이자까지 정확하게. 장기 기증에 동의하는 것만으로 의무를 삭칠 수 없을 만큼 빚의 액수가 큰 사람들도 있었는데, 그런 사람들이 삶에서 빠져나갈 방법은 건물 옥상에서 뛰어내리거나 목을 매는 등 구시대적인 것들뿐이었다. 고통은 대개 가난한 이들의 몫이었다.

꼭 빚 문제가 아니라 센터에 입소할 돈이 없는 사람들도 장기 기증에 동의하면 국가의 지원을 받을 수 있었다. 가장 불행한 이는 돈도 없고 장기를 기증할 수 없을 만큼 육신의 건강도 좋지 않은 마음 불치병 환자들이었다. 반면, 돈이 많은 환자들은 5성급 호텔에 버금가는 사설 센터의 특실에서 평화롭다 못해 호화로운 죽음을 맞이할 수 있었다.

여전히 모니터에서 눈을 떼지 않은 채 나는 손바닥으로 가만히 배를 쓸었다. 이 안에 들어 있는 장기들. 심장, 간, 콩팥 같은 것들. 이거면 국립 센터에는 들어갈 수 있을 것이다. 나에게 필요 없는 삶을 다른 누군가에게 넘겨주고 가는 것도 꽤 괜찮은 일이라 생각했다. 하지만, 벌써 몇 시간째 마음이 머뭇거렸다. 장기를 꺼낼 때 아무리 의식이 없는 상태라 해도 누군가 내 알몸을 보게 될 거라는 것, 그걸 내가 견딜 수 있을까. 그걸 알고도 편히 떠날 수 있을까. 그런 게 생각만으로도 끔찍해 이미 오래전에 "절대로 옷을 갈아입히지도, 염을 하지도 말고 그대로 화장할 것"이라는 내용을 유서에 적어둔 것 아닌가. 센터에 들어가려는 건 최대한 고통 없이 편안하게 끝내고 싶기 때문인데, 낯선 이들 앞에 벌거벗은 상태로 누워 있게 될 거라는 것, 그 생각 하나만으로도 벌써 마음이 편치 않았다.

다른 방법은 없을까.

돈은 없지만 재주를 타고난 사람들은 크라우드펀딩을 이용하기도 했다. 그들은 포털사이트에 만화나 글을 연재해 센터에 들어갈 자금을 마련했다. 하지만 나는 뭔가 할 수 있는 것도, 할 용기도 없었다. 모니터를 골똘히 들여다봤다. 내가 둘 수 있는 수가 빤하다는 건 이미 잘 알고 있었다.

센터를 포기하고, 조금 끔찍하고 시대에 뒤떨어졌다 하더라도 가능한 한 빨리 떠나는 쪽을 택하거나.

필요한 만큼 돈을 모을 때까지 고통스러운 삶을 이어가거나.

끝까지 엄마를 설득해보거나.

아니면, 역시 장기 기증 후 센터에 들어가 꺼림칙한 마음으로 떠나거나.

각기 다른 기능을 하는 내장의 위치를 떠올리며 천천히 손바닥을 움직였다. 물컹한 살 안쪽에서 따뜻한 기운이 전해졌다.

*

비명이 들렸다.

짧지만, 세상을 찢을 듯 깊고 날카로운 소리였다. 그리고, 그 뒤를 잇는 또 다른 괴성.

엄마도 서진이도 출근하고 없는 환한 낮. 나는 방문을 열고 조심스럽게 베란다로 걸음을 옮겼다. 아파트 단지에 살다 보면 이런저런 소란스러운 일을 겪기 마련이지만, 뭐랄까, 그 비명 소리가 내 발목을 휘감았다고 해야 할까, 잡아끌었다고 해야 할까, 어쨌든 그냥 앉아 있을 수만은 없었다.

거실에서 베란다로 나가는 문턱을 밟고 서서 바깥을 살폈다. 무슨 일인가 싶어 창가로 나온 사람들이 제법 눈에 띄었다. 러닝셔츠 차림의 남자. 손에 빨랫감을 든 여자. 아기를 안고 있는 젊은 여자. 목을 길게 빼고 기웃거리던 그들은 하나둘 창문을 열었다. 난간에 기대선 사람들의 시선이 한곳으로 몰렸고, 그곳에서 울음 섞인 괴성이 매캐한 연기처럼 피어올랐다. 나는 한 발씩 차근차근 움직였다. 내가 발을 딛고 있는 곳과 지면 사이의 높이차를 의식할 때마다 발이 허공에 빠지는 기분이 들어 천천히 숨을 골랐다. 유리창에 가까워질수록 바깥을 채우고 있는 찬 기운이 느껴졌다. 달력상으로는 이미 봄에 접어들었으나 세상은 아직 겨울의 끝이었다. 어쩌면 창밖 풍경을 갈라놓는 쇳덩이 때문에 더 춥게 느껴지는지도 몰랐다. 내가 뛰어내리는 걸 막으려고 오래 전, 엄마는 모든 창문에 철창을 달아놓았다. 유리창에 이마를 바짝 붙이자 두개골이 뻐근할 만큼 시린 냉기가 들러붙었다. 눈꺼풀을 세게 닫았다 열고 천천히 아래쪽을 내려다봤다.

거기, 검은 웅덩이가 있었다.

아스팔트보다 더 검은 웅덩이 안에 사람이 누워 있었다. 아니, 던져져 있다고 해야 하나. 검은 액체는 기이한 각도로 꺾인 몸에서 흘러나오는 것이 분명했지만, 거꾸로 웅덩이가 몸뚱이를 삼키는 것처럼 보였다. 19층에서는 몸의 주인이 여자인지 남자인지, 아이인지 어른인지 쉽게 구분이 가지 않았다. 다만 그 옆에 주저앉은 사람의 통곡 소리가 부서진 육신에서 생명이 완전히 빠져나갔다는 사실을 알려주었다.

7

명문대생, 아파트서 투신해 숨져

오늘 오후 2시 30분쯤 서울 서초구의 한 아파트 11층에서 명문대에 재학 중인 A양(22)이 뛰어내려 그 자리에서 숨졌다. 경찰은 유가족 등을 상대로 정확한 사망 경위를 조사 중이다.

전체 댓글 492개

인디카

명문대생이 뭐가 아쉬웠을까.........

아라비아의 왕자

아직 젊은데... 안타깝다.

45

┗ 동네한바퀴

자살한 사람을 두고 안타깝다, 불쌍하다, 이러지 맙시다. 그러니까 계속 자살자가 나오지. 이제부터 자살하면 무조건 욕하자. 그럼 욕먹기 싫어서라도 안 죽겠지.

┗ 황소개구리

옳소! 소중한 생명을 버리는 사람은 욕먹어 마땅함.

┗ 나폴리에서 아침을

동네한바퀴, 황소개구리... 아직도 이런 미개인들이 존재한다니, 쯧.

파란구슬

돼질 거면 어디 눈에 띄지 않는 데 가서 조용히 돼지던가. 정신병자들아, 니들이 공해다.

┗ 라임

자기 일 아니라고 함부로 말하는 것 하고는... 그리고, '돼질 거면'이 아니라 '뒈질 거면'이다. 파란구슬, 너는 집에 가서 한글 공부부터 다시 해라.

이브닝 와인

센터가 들어서도 아직 이런 일이 종종 있네요. 대책 마련이 시급합니다.

주홍물고기

근데, 센터 놔두고 왜???

    └, 비누맛 캔디

    센터에 들어갈 사정이 안 됐나 보죠...

    └, 사과반쪽

    이거 우리 아파트임. 딸이 센터에 들어간다고 했는데 가

족이 반대하고 집에 가둬서 결국 그 딸이 뛰어내린 것임.

댓글 계속 보기 ▼

8

인터넷에 관련 기사가 뜬 건 몇 시간 지나지 않아서였다.
현장을 목격했다는 주민이나 유가족의 지인이라는 사람들
이 댓글을 달았다. 익명의 공간에서 아무렇게나 발설되는
말들이 어디까지가 사실이고 어디부터가 추측과 상상과 망
상인지 알 수 없었지만, 이 댓글이 마음에 걸려 오래도록 들
여다봤다.

  └, **사과반쪽**

    이거 우리 아파트임. 딸이 센터에 들어간다고 했는데 가
    족이 반대하고 집에 가둬서 결국 그 딸이 뛰어내린 것임.

드물기는 했으나 센터가 생긴 뒤에도 여전히 목을 매달거

나 전철에 뛰어드는 사람들이 있었다. 이유는 두 가지였다. 국가가 지원해줄 수 없을 만큼 세상에 진 '빚'이 큰 경우. 그리고, 센터에 입소하는 것을 가족이 막는 경우.

기사에 따르면 투신한 사람의 나이는 스물둘. 그녀는 어엿한 성인이니 가족의 동의 없이 센터에 들어갈 수 있었을 것이다. 명문대생이라 과외 아르바이트로 어렵지 않게 비용을 마련할 수 있었을 것이다. 결국 그녀도 나처럼 가족을 설득하지 못해 그런 극단적인 방법을 선택했을 거라는 생각이 무겁게 내려앉았다. 세상에 디딘 두 발을 떼기까지 많이 무서웠겠지. 한 발씩 허공을 향해 뻗었을 때 순식간에 모든 것이 푹 꺼져버렸겠지. 그 짧은 순간 무슨 생각을 했을까. 마지막엔 고통이 없었을까. 내가 매일을 죽지 못해 살고 있을 때, 옆 동에 머물던 누군가도 그랬다. 내가 매일 죽음을 갈망할 때, 가까운 곳에서 숨 쉬던 누군가도 똑같이 그랬다. 나는 빈 주먹을 꽉 움켜쥐었다. 허공에서 그녀는 손에 잡을 게 없어 더 외로웠을 것이다. 하지만, 잡을 게 아무것도 없었던 삶보다는 조금 덜 외로웠겠지.

그녀가 센터에서 평온하게 떠나지 못한 것이 진심으로 안타까웠다. 화가 났다. 해가 저물어 방에 어둠이 스며들기 시작했다. 검은 웅덩이를 닮은 어둠 안에서 몸을 동글게 말고 무릎을 끌어안았다.

현관문이 열렸다.

불도 켜지 않은 컴컴한 방에 우두커니 앉아 엄마가 구두를 벗는 소리를 들었다. 구두가 한 짝씩 바닥에 떨어지는 소리가 평소와는 달랐다. 습관에서 나오는 짧고 경쾌한, 불규칙한 듯 들리지만 사실은 너무나 규칙적인, 그런 소리가 아니었다. 신발 한 짝과 한 짝 사이에 평소엔 없던 긴 쉼표가 끼어 있었다. 엄마도 낮에 아파트에서 벌어진 일을 알고 있는 게 틀림없었다.

소파 위로 겉옷과 핸드백이 떨어지는 소리, 냉장고 문이 열리는 소리가 이어졌다. 다시 냉장고 문이 닫히고 발소리가 가까워졌다. 문에 살며시 등을 기대는 소리. 긴 한숨. 무너지듯 스르르 바닥에 앉는 소리. 나는 엄마와 등을 맞대고 앉는 것처럼 문에 기댔다.

똑, 똑.

엄마가 노크했다.

똑, 똑.

나도 똑같이 두 번 두드려 답을 했다. 문 밖에서 엄마는 맥주 캔을 열었다. 그리고 한 모금. 거품 섞인 맥주를 넘기는 소리가 생생하게 들렸다.

"과일을 참 예쁘게 잘 깎았는데."

앞뒤 다 잘라내고 말하는 건 엄마의 술버릇이었다. 밖에서 이미 몇 잔 마시고 들어온 게 분명했다.

"재작년 겨울이었나. 13층 아줌마가 소개해줘서 그 집에 계약하러 갔거든. 그 집 딸내미가 과일을 내왔는데, 사과도 딱 먹기 좋은 크기로 매끈하게 깎고, 딸기도 그냥 꼭지만 딴 게 아니라 반으로 자른 다음에 살짝 어슷하게 모양내서 접시에 올리고. 그래서 내가 속으로, 어머 요즘 세상에도 이런 학생이 다 있네, 그랬거든."

다시 한 모금.

"내가, 잘 먹을게요, 했더니 눈을 요렇게 반달 모양을 하고선 생그르르, 잘도 웃었는데."

긴 한숨을 내쉬고, 숨이 빠져나간 자리를 채우려는 것처럼 엄마는 맥주를 호로록 들이마셨다.

"서우야."

─ 응.

"이게, 막는다고 되는 일이 아닌 거지?"

제법 취했는지 목소리가 축축했다.

─ 응.

"너도, 내가 막으면, 결국, 그렇게 하겠지?"

─ …….

"서우야."

─ 응.

"그래도, 꼭, 그래야만 하겠니?"

– ······.

"우울증은 마음의 감기라고들 하잖니. 감기, 그거 지나가는 거잖아."

– 그게 언제 적 말인데. 그리고, 지나간다고 하기에 나는 너무 오래되지 않았어? 알잖아, 엄마도.

"······."

– 대부분의 사람들에겐 감기일 수 있겠지. 그런데 누구에게는 선천적으로 타고난 난치병일 수도 있어. 건강하게 태어났어도 살다가 암처럼 지독하게 들러붙는 경우도 있고. 누구는 기적적으로 완치되기도 하겠지. 하지만 누구에게는 영영 불치병일 수도 있는 거야.

"그래."

그리고 침묵.

방 안은 이제 완벽한 어둠으로 가득 차 있었다. 그 어둠에 숨이 막힐 때마다 나는 휴대전화 버튼을 눌렀다. 심해에서 스스로 불을 밝히는 물고기처럼 화면에 둥실 빛이 떠올랐다. 엄마는 벌써 맥주를 세 캔째 마시고 있었다. 이따금 코를 훌쩍거리면서 우는 것 같기도 했고, 웃는 것 같기도 했다.

"서우야."

– 응.

"그래, 그렇게 해."

-…….

"그렇게 하자. 니가 원하는 대로."

엄마의 말은 목에서 나오는 것 같지 않았다. 가슴속 가장 깊은 우물에서 간신히 길어 올린 한마디 같았다. 나는 선뜻 대답이 나오지 않아 허공에서 손가락만 꼼지락거렸다. 이럴 땐 뭐라고 해야 하나. 고맙다는 말은 어쩐지 적당하지 않은 것 같았다.

"서우야, 대신 조건이 있어."

-뭔데?

"1년. 센터에서 1년만 살아봐. 아니, 1년이 길면 6개월만이라도. 나도 마음의 준비를 할 시간이 필요하고, 또 어쩌면, 네 생각이 바뀔지도 모르잖니."

다음 말을 잇기 위해 엄마는 숨을 크게 들이쉬었다.

"그래도 생각이 바뀌지 않으면, 그땐."

토막 난 말 뒤로 맥주 캔이 우그러지는 소리가 끼어들었다. 속에 담아둔 많은 말을 긴 한숨으로 내보내고 엄마는 겨우 한마디 덧붙였다.

"그땐, 정말 보내줄게."

9

잘 다린 셔츠에서 향긋한 세제 향이 풍겼다. 소매에 팔을 하나씩 넣고 차례대로 단추를 잠갔다. 손톱보다 작은 단추를 잡고 단추만큼이나 작은 구멍 안에 비틀어 넣는 일은 생각처럼 쉽지 않았다. 기억을 더듬어보니 마지막으로 단추를 채운 것이 교복을 입고 산에 오른 바로 그 겨울이었다. 그 후로 집 안에 틀어박혀 지냈으니 딱히 옷이 필요하지 않았다. 그저 헐렁한 티셔츠에 무릎이 늘어난 바지면 충분했다. 서진이의 셔츠는 단추를 다 잠가도 소매가 손등까지 내려왔다. 서진이는 키가 제법 큰 모양이었다. 소매를 한 번 접으려는데 왼쪽 손등에 있는 흉터가 눈에 들어왔다. 작고 통통한 애벌레 두 마리가 교차하는 듯한 X자 모양. 티셔츠 차림일 땐 몰랐는데, 말끔한 셔츠를 입으니 흉터가 눈에 거슬려 반쯤 접었던 소매를 다시 폈다.

2주 전, 센터에 입소하기 위해 서류를 제출했다. 몇몇 의료기록, 방에서만 칩거해온 나의 삶과 누구의 강요도 아닌 나 자신의 의지로 안락사를 결정했다는 내용을 자필로 작성한 글 등등. 세상에 진 빚이 없어 입소하는 데 법적으로 아무런 문제가 없다는 확인을 받았고, 오늘은 가장 중요한 과정인 담당의와 면담을 하는 날이었다. 일주일 뒤에 또 다른 의사와의 면담까지 마치고 나면 의료인, 법조인, 윤리 문제 전문가들로 구성된 '특별위원회'에서 최종 결정을 내리고 결과를 통보할 것이다.

아침 일찍부터 엄마는 서진이의 옷 중에서 제일 비싼 거라는 말과 함께 양복을 내 방문에 걸어두었다. 짙은 잿빛의 컬러가 꽤 근사했다. 서진이의 얼굴을 마지막으로 본 것이 그 아이가 중학교 때였던가, 고등학교 때였던가. 출근하고 퇴근하는 발소리를 들으며 묵직하게 자랐을 모습을 그려본 적은 있지만, 막상 그 애의 옷을 손에 들자 오히려 아무것도 상상할 수 없었다. 옷걸이에 걸린 푸른색 넥타이를 들었다 도로 내려놓았다. 셔츠와 재킷. 이것만으로도 충분히 어색했다.

방문을 열었다.

반지르르한 거실 바닥에 밝은색 옷을 입은 엄마가 비쳤다. 그림자만으로는 엄마가 그동안 얼마나 늙었는지 알 수

55

없었다. 내게 고정된 시선이 느껴져 고개를 살짝 틀었다. 엄마 눈에 비친 나는 어떨까. 생각했던 것보다 나쁠까, 생각했던 것보다는 나을까. 나만큼이나 단단히 각오했을 텐데, 엄마는 결국 울음 같은 짧은 숨을 토하고 서둘러 현관으로 향했다.

"늦겠다. 출발하자."

축축하게 젖은 손을 바지에 문지르고 겨우 한 발을 뗐다. 그리고 다시 한 발. 문이 열리자 바깥 공기가 밀려들어왔다. 아직 숨 쉬는 법을 터득하지 못한 아이처럼, 나는 엉거주춤 서 있었다.

"떨지 마, 그거 행운의 슈트니까. 서진이가 면접 때마다 입고 합격한 옷이다."

엘리베이터 버튼을 누르며 엄마가 애써 아무렇지 않은 척 말했다.

*

대기실은 죽고 싶은 사람들로 가득했다.

나는 고개를 숙이고 앉아 차례를 기다렸다. 위협적인 기류는 찾아볼 수 없었다. 시선을 무릎에 고정해둔 탓에 실루엣만 겨우 보일 뿐인데도 서로가 서로의 영역에 침범하지 않으려고 조심하는 게 느껴졌다. 안락사 허가 여부를 결정하기 위해 나라에서 지정해둔 병원. 이곳에 모인 사람들은 다른 사람과 호흡조차 부딪히는 일이 없도록 신경 쓰고 있었다. 긴장하기는 나도 마찬가지였다. 타인의 숨소리, 침을 삼키는 소리, 옷이 부스럭거리는 소리, 발소리…… 내가 아닌 다른 사람들이 내는 소리가 고막 바로 앞에서 텅텅 울렸다. 다른 사람의 체취와 낯선 공기에 현기증이 일었지만, 여기 모인 사람 모두 나와 비슷하다는 생각 하나만 꼭 붙들고 버티며 직원이 나눠 준 문진표를 훑어봤다. 여러 가지 질문이 인쇄된 종이 중에는 '우울증 진단표'도 있었다. 질문은 이런 식이었다.

우울증 진단표

1. 모든 일에 흥미나 즐거움이 거의 없다.

2. 희망이 없다고 느낀다.

3. 잠을 거의 못 자거나 혹은, 너무 많이 잔다.

4. 식욕이 없거나 혹은, 너무 많이 먹는다.

5. 자신이 실패자라고 여겨진다.

6. 책 읽기 등 일상적인 일에 집중하기 어렵다.

7. 자해를 시도한 적이 있다.

(…)

각 항목마다 정도나 빈도에 따라 점수를 매기고, 증상이 얼마나 오래됐는지, 치료를 위해 병원에 다닌 적이 있는지 등을 추가로 기록하게 되어 있었다. 도무지 '아니오'라고 대답할 만한 내용이 없어 괜히 종이 끝을 만지작거렸다. 지저분하게 닳아가는 모서리를 바라보며 오래전 일을 떠올렸다. 죽기 위해 산에 올랐던 그 겨울. 얼마 후, 엄마 손에 끌려 병원을 찾았을 때도 그랬다. 형식적인 질문들. 형식적인 조언들. 그 말들은 담당 의사가 처방전에 휘갈긴 글자만큼이나 비현실적으로 느껴졌다. 엄마는 나를 TV 출연으로 유명해진 상담사에게 데려가려고 했지만, 나는 방문을 잠가버렸다. 의사라고 별다른 수가 있겠나, 마음이 눈에 보이는 것도 아닌데, 환자가 이렇다고 말하면 이런 줄 알고 저렇다고 말하면 저런 줄 아는 거지, 필요하면 멍청한 잠이 쏟아지는 약을 처방해주는 것 외에 방법이 있겠나, 그래, 이래서 센터가 생길 수밖에 없었겠구나…… 진단표에 무기력한 답을 채워 넣으며 머릿속으로 딴생각을 이어갔다.

"이서우 씨."

누군가 내 이름을 불렀을 때에야 물에 탄 물감처럼 한없이 퍼져나가던 생각들이 그대로 굳어버렸다. 바싹 마른 물감이 부서지며 바닥에 떨어지고, 머릿속은 하얀 도화지 상태.

"이서우 씨!"

간호사가 더 큰 소리로 부르기 전에 숨을 깊이 들이쉬고 자리에서 일어났다. 의지할 거라곤 손에 든 문진표뿐이라서 나는 종이를 꽉 움켜쥐었다.

"이서우 씨? 이쪽으로 들어오세요."

상담실은 하얗고 빛이 잘 들어오는 방이었다. 대기실에 비해 조용했지만, 그 때문인지 더 긴장이 됐다. 간호사는 내 손에 들린 구겨지고, 모서리는 나달나달 찢어지고, 땀에 젖어 더러워진 문진표를 낚아채 의사에게 넘겼다. 가습기에서 새어 나오는 김이 안개처럼 머물다 흩어졌다. 의사가 종이를 한 번 쓱, 나를 한 번 쓱 쳐다보는 게 느껴졌다.

"이서우 씨, 괜찮으니까 긴장 풀고요."

의사는 컴퓨터 모니터로 시선을 돌리고 한 손에 쥔 마우스를 바삐 움직였다.

"본인이 생각하기에 왜 우울한 것 같나요?"

문진표의 연장. 그러나 대기실에서 형식적이니 어쩌니 하며 투덜거릴 때와는 달리 나는 답을 찾기 위해 생각하려고 애썼다. 나는 왜 우울한가, 그 이유는 무엇인가, 생각, 생각, 생각을 해보자. 생각을 해야 한다는 생각, 내가 긴장했다는 생각, 그래서 머리가 잘 돌아가지 않을 거라는 생각, 시간이 흘러가고 있다는 생각, 내 뒤에 대기 중인 다른 사람들의 시간까지 좀먹고 있다는 생각. 강박적인 생각에 발목을 붙잡혀 허둥거리다 어느 순간 허탈해졌다. 그러니까 내가 우울한 이유는…… 없었다. 아니, 오래전에는 이유가 있었으니 지금은 그 이유가 사라졌다고 하는 게 정확할 거다. 시간이 흐르면서 우울과 한 몸이 됐다고 해야 하나. 차라리 우울한 원인이라도 있는 게 낫겠다 싶었다. 원인이 있다는 건 해결할 방법을 찾아볼 희망이 있다는 것과 같은 말이니까. 반대로, 원인이 없으면 해결할 방법도 없는 셈이었다. 나는 재킷 주머니에서 휴대전화를 꺼냈다.

– 이유가 사라졌는데요.

문장을 완성하고 간호사 쪽으로 슬쩍 휴대전화를 내밀었다. 그녀는 상황을 이해하지 못하고 주춤거리더니 드디어 알아챘는지 화면에 얼굴을 가까이 대고 한 글자씩 소리 내 읽었다.

"이유가, 사라졌다고 하는데요?"

컴퓨터 모니터에 시선을 고정하고 있던 의사가 이번엔 간호사를 한 번, 나를 한 번 쳐다봤다.

"이서우 씨, 말을 못 하나요?"

나는 다시 손가락을 움직였다.

– 못 하는 게 아니라, 안 나와요.

"말을, 못 하는 게 아니라, 말이, 안 나온다는데요?"

옆에 바짝 붙어 선 간호사가 곧장 내용을 전달했다. 의사는 두 손을 모아 턱에 괴고 나를 응시했다.

"말이 안 나온다…… 그게 얼마나 됐나요?"

60

그게…… 얼마나 됐을까. 말이 안 나온 시간. 성대에 마른 진흙처럼 들러붙은 말들이 밖으로 밀려 나오지 못하고 그대로 굳어버린 시간. 퇴적된 말들이 목구멍을 완전히 막아버린 시간들이.

나는 바로 답하지 못하고 엄지 두 개를 달싹거렸다. 가습기가 뿜어내는 촘촘한 물방울이 창밖 풍경을 아득하게 만들었다.

*

그 뒤로 어떤 질문과 대답이 오갔는지 기억나지 않는다. 그런 것보다는, 손가락을 움직일 때마다 글자로 채워지던 휴대전화 화면과 의사가 컴퓨터 자판을 두드리는 소리, 마우스가 딸깍거리던 소리 같은 것들만 오래된 기억처럼 어렴풋이 떠올랐다. 의사는 다음 상담까지 마무리된 후 빠르면 2주 안에 연락이 갈 거라고 설명했다. 나는 고개를 끄덕였다. 그 부분에 대해서는 인터넷 게시판에 다른 사람들이 남긴 후기를 보고 어느 정도 알고 있었다. 마음의 병이 위중할수록 센터에 우선순위로 입소했고, 그렇지 않을 경우 순서는 뒤로 밀려났다. 게시판에 누군가 입소한다는 글을 남기면 축하의 댓글이 줄줄이 달렸고, 누군가 대기하라는 통보를 받았다고 하면 위로의 댓글이 줄줄이 달렸다. 후기 중에는 '빨리 입소하는 팁' 같은 글도 있었다.

따로 가족 상담을 하러 간 엄마와 주차장으로 이어지는 길목에서 만나기로 했는데 복도에는 아무도 보이지 않았다. 엄마는 정해진 시간을 넘겨가며 많은 질문을 던지고 있을 게 분명했다. 어쨌든 전문가의 입을 통해 '누군가에게는 죽음이 필요하다'는 이야기를 듣는 일은 엄마가 나를 이해하는 데 꽤 도움이 될 것이다. 주머니 깊숙이 손을 넣고 의자에 풀썩 앉아 몸을 웅크렸다. 복도에 고인 공기는 따뜻하고 건조했지만, 바닥에서 냉기가 올라와 몸이 으슬으슬했다. 어쩌면 아직 긴장이 가시지 않아 몸이 차갑게 식어버린 탓인지도 몰랐다. 창문 바로 앞쪽에 나뭇가지가 뻗어 있었다. 그러고 보니 나무를 이렇게 가까이에서 본 것도 정말 오랜만이었다. 나는 창가로 다가가 벽에 바짝 붙어 섰다. 언뜻 메마른 가지처럼 보였는데, 가만히 보니 껍질 안쪽으로 통통하게 물기가 차오른 것이 느껴졌다. 머지않아 가지는 연둣빛 잎을 밀어낼 것이다.

"이거 마셔."

언제 온 걸까. 엄마가 캔 음료를 내밀며 곁에 섰다. 오래전에 내가 좋아하던 밀크티였다. 이게 아직 있었구나. 텁텁하고 부드럽고 달콤한 맛이 혀끝에서 되살아났다. 손으로 캔을 감싸자 온몸으로 온기가 퍼졌다. 밀크티처럼 따뜻하고 뿌연 잠이 쏟아졌다.

차 앞 유리에는 명함 크기의 광고지가 여러 장 떨어져 있었다.

번거로운 사이트 탈퇴, 한 번에 해결!
셀프 장례 / 스몰 장례 전문 업체.
소중한 이들과 마지막 추억을. 굿바이 영상 제작 전문 기업.

센터가 들어서고 그에 맞춰 세상은 조금씩 변해갔다. 은행은 센터 입소 자금 마련을 위한 다양한 상품을 선보였고, 보험사들은 센터 입소자에 관한 약관을 추가했다. 엄마는 낙엽 치우듯 광고지를 하나씩 집어 한 손으로 구겨버렸다. 주변을 둘러봐도 쓰레기통이 보이지 않자 바닥에 아무렇게나 내던졌다. 차에 타기 전, 엄마는 구겨진 광고지를 탕탕, 발로 두 번 밟았다.

좌석이 따뜻하게 데워지자 엄마는 커피를 홀더에 내려놓고 핸들을 잡았다. 차는 잠시 후진했다가 이내 부드럽게 앞으로 나아갔다. 차창 안으로 스며든 햇빛이 무릎담요처럼 포근했다. 차의 움직임에 따라 모양이 바뀌는 빛을 손가락으로 가만가만 만졌다. 주차요금을 내려고 차를 세웠을 때, 후문 쪽에 무리지어 서 있는 사람들이 보였다. 센터 때문에 집값이 떨어진다며 피켓을 들고나온 사람들. 커다란 십자가를 들고나온 사람들. '생명'과 '윤리', '의무'라는 단어가 들어간 띠를 두르고 태극기를 손에 든 사람들. 그중에 십자가를 들고 선 무리의 우두머리는 확성기에 대고 '지옥'이라든가 '불구덩이', '구원' 같은 말들을 저주처럼 쏟아냈다.

운전석 뒤에 몸을 바짝 숨기고 귀를 막았다. 빨리 집에 돌아가 내 방에 처박히고 싶었다.

10

방 안을 둘러봤다.

서랍장 딸린 싱글침대 하나. 침대와 세트인 옷장 하나. 역시 침대, 옷장과 세트인 책상 하나. 의자 하나.

의자를 제외하면 전부 중학교 입학을 앞두고 새로 들인 가구였다. 결국 자기 마음에 드는 걸로 살 게 분명하면서도 엄마는 굳이 나를 데리고 가구점에 갔다. 하얀 판에 테두리만 나무 색으로 두른 깔끔한 가구로 결정하고 엄마는 나에게 고등학교를 졸업할 때까지는 써야 한다고 했다. 그때는 키가 작아 엄마를 올려다봤던 기억이 났다.

옷장부터 시작하기로 했다. 특별위원회에서 연락이 오기를 기다리는 일이 생각보다 초조하고 지루해 일단 짐을 정리해두자고 마음먹은 것이다. 남겨둘 것과 버릴 것. 당장 센

터에 들어가지 못한다 해도 어차피 언젠가는 해야 할 일들
이었다. 옷장 문은 아귀가 맞지 않았다. 오래전, 목을 매달았
다 문짝이 떨어졌을 때 제대로 손보지 않은 탓이었다. 문을
열자 횃대에 걸린 빈 옷걸이부터 눈에 들어왔다. 그나마 몇
개 있는 외투는 중학교 때 입던 건데, 버려야지 버려야지 생
각만 하다 이제는 벽에 걸어둔 그림처럼 하나의 인테리어
소품이 되어버린 옷들이었다. 서랍장 안에는 티셔츠와 바지
가 가지런히 개켜 있었다. 그중 목이 늘어났거나 무릎이 튀
어나오지 않은 것들을 골라 한쪽에 쌓아두었다. 속옷도 말
끔한 것들만 따로 챙겨두었다. 양이 많지 않아 정리랄 것도
없었다.

이번에는 책상 차례였다. 책상 쪽도 휑하기는 마찬가지였
다. 그동안 내게 필요한 거라곤 컴퓨터나 휴대전화가 전부
였다. 그밖에는 필요한 것도, 갖고 싶은 것도 별로 없었다.

똑똑.

상담을 받고 온 후 엄마는 방문을 자주 두드렸다. 예전처
럼 생사 확인이 목적이라기보다는 뭐랄까, 그냥 내 옆에 있
고 싶어 하는 것 같았다.

"아들 뭐 하니? 엄마 들어가도 돼?"

나는 천천히 손잡이를 돌렸다. 내 결정에 동의해준 것에
대한 고마움, 미안함, 이런 마음들이 뒤섞여 마지막 선물처
럼 가끔은 문을 열어주었다. 방에 들어오자마자 엄마는 한

쪽에 쌓아둔 옷을 바라봤다.

"벌써 짐을 정리해? 아직 어떻게 될지도 모르는데……."

엄마는 낡은 옷가지 앞에 주저앉았다. 누렇게 바랜 티셔츠가 아들의 유품이라도 되는 듯 가슴에 끌어안았다. 나는 책상 서랍을 하나씩 열었다. 자질구레한 문구류가 대부분이었다. 맨 아래 칸에서는 유치원 졸업 때 사각모를 쓰고 찍은 사진과 초등학교 졸업앨범이 나왔다. 나의 유일한 졸업앨범. 문구류와 함께 한쪽에 던져두자 엄마가 잽싸게 손을 뻗었다.

"얘는, 이걸 왜 버려."

나는 앨범을 빼앗으려다 그만두었다. 바닥에 앉은 엄마의 정수리가 하얗게 세어 있는 게 눈에 들어왔기 때문이었다. 어정쩡한 자세로 돌아서 텅 빈 서랍을 세게 닫았다. 등 뒤로 앨범을 넘기는 소리가 들려왔다.

"이맘때 말이야. 여자애들은 다들 예쁜데, 남자애들은 다들 못났어. 남자애들은 이때가 제일 못난 거 같아. 슬슬 변성기 시작되고, 수염도 나고, 냄새도 나고."

말끝에 웃음이 배어 있었다.

"이것 봐, 서우 너도 정말 못생겼잖아. 옷은 또 왜 이렇게 촌스러울까, 그렇지?"

엄마는 고개를 뒤로 젖히며 크게 웃었다. 경쾌한 소리가 방 안 곳곳을 두드리며 떠다녔다.

"서우야."

한참을 혼자 웃던 엄마는 목을 가다듬었다. 너무 웃었는지 목소리 끝이 갈라졌다.

"그래도 말이야, 이때로 돌아가고 싶다. 그럴 수 있다면 참, 좋겠다."

*

시간은 더디 흘렀다.

시곗바늘이 움직이고 날짜가 바뀌는 것을 응시하다 지치면 잠을 잤다.

*

벌써 점심때가 다 되었지만 아직 이불 속이었다. 반대쪽으로 돌아누워 다시 잠을 자려다 실패하고 결국 휴대전화를 손에 들었다. 인터넷 게시판에서 누군가 입소한다는 글을 읽었다. 손가락을 놀려 거기 달린 댓글도 무심히 흘려 봤다. 누군가는 대기하라는 연락을 받았다 했다. 비슷비슷한 글들을 읽다 침대에서 빠져나왔다.

습관처럼 방문에 귀를 대고 있다 슬며시 문을 열고 나왔다. 아일랜드 식탁 수납장에서 시리얼을 꺼내 그릇에 붓고 우유를 따랐다. 방에 돌아와 침대 모퉁이에 앉아 천천히 시리얼을 떠 넣었다. 납작하게 말린 곡물 과자가 입안에서 바삭거렸다. 이제 미각 같은 건 중요하지 않았다. 간편하게 먹을 수 있는 음식물을 떠 넣고, 씹고, 삼키는, 기계적인 동작을 이어갈 뿐이었다. 이 모든 과정을 선명하게 의식할 때면 아직 살아 있기에 무언가를 먹어야만 한다는 것이 구차하게 느껴졌다.

메시지가 도착했다.
특별위원회에서 보낸 문자였다.

창 너머를 바라봤다. 제법 커다란 구름이 창틀 한가운데 갇혀 있었다. 붓질을 한 듯 한쪽 끝이 번져 하늘과 한데 섞여 있었다. 가만히 보니 아주 느린 속도이기는 했지만 구름은 흘러가는 중이었다. 시야에서 완전히 사라질 때까지 그 움직임을 찬찬히 좇았다. 이제 하늘은 완전한 파랑이었다.
문자를 복사해 엄마에게 전송했다. 잠시 후, 메시지 창에 '읽음' 표시가 떴지만 아무런 답장이 없었다.

입소 안내 문자를 받고도 실감이 나지 않아 하늘을 한번 올려다보고 다시 휴대전화를 들여다봤다. 부엉이가 머리 위로 날아가는 꿈은 역시, 나에게는 길몽이었다.

2부

1

도로를 달릴수록 차창 너머로 초록색이 차지하는 면적이 점점 넓어졌다. 하늘을 가로막는 빌딩과 퍼즐 조각처럼 이리저리 움직이는 자동차 대신 가꾸지 않은 가로수와 아무렇게나 자란 풀들이 세상을 채웠다. 센터에 가까워졌다는 건 누가 알려주지 않아도 알 것 같았다.

특별위원회에서 나에게 내린 처방은 '한 달'이었다. 센터에서 한 달을 보내면 언제든지 원하는 때에 약을 받을 수 있다는 얘기였다. 상태가 아무리 안 좋은 마음 불치병 환자라고 해도 한 달은 필수 기간이었다. 충동 자살을 막기 위한 이유가 가장 컸고, 범죄 예방 차원에서 그렇다는 얘기도 있었다. 인터넷 게시판에는 한 외국인이 헤어진 연인을 찾아가 살해하고, 다음 날 센터에 들어가 세상을 떠났다는 얘기가 괴담처럼 떠돌았다. 그 뒤로 죽는 김에 죽이고 싶었던 인간을 먼저 보내버리는 일을 막기 위해 최소 한 달이라는 기간을 정해뒀다는 거였다. 이야기의 무대는 때로는 프랑스였고 때로는 미국이었으며, 이야기의 주인공이 여자라는 말도 있었고 남자라는 말도 있을 만큼 버전이 다양해 그다지 믿음이 가지는 않았지만, 어쨌든 충분히 있을 법한 얘기였다. 하여간 병증이 가장 심각한 사람들에게 내리는 처방이 한 달이었다. 어떤 사람은 센터에 들어가고 석 달 후에, 어떤 사람은 여섯 달 후에 약을 받을 수 있었다. 또 어떤 사람은 심사 자체가 아예 미뤄지기도 했다. 그렇기 때문에 당장 센터에 들어갈 수 있다는 연락과 함께 날아온 한 달 처방전이 나에게는 제법 큰 위로가 됐다. 누군가 "그래, 사느라 정말 고생 많았다. 애썼어" 하면서 오래오래 고개를 끄덕이는 느낌이었다. 심지어 국가 공인이라니, 꽤 괜찮은 기분이었다. 반대로 엄마는 한 달이라는 말에 상처를 받았고, 한편으로는 정말 이것밖에는 답이 없다는 사실을 객관적으로 확인하며 나의 결정에 동의한 것에 대한 마음의 짐을 조금은 줄일 수 있었다. 하지만 이 말을 빼놓지는 않았다.

"그래도 최소 6개월은 버텨보는 거다. 약속해."

나는 고개를 갸우뚱한 상태로 긍정도 부정도 하지 않았다. 확신이 서지 않는 일에 함부로 약속하는 대신 최대한 노력해보겠다는 문자를 보냈다.

차는 도로에서 빠져나와 오솔길로 들어섰다. 휴가까지 내고 운전대를 잡은 서진이는 풍경에 걸맞게 속도를 줄였다. 이름 모를 나무들 사이로 간간이 벚나무가 보였다. 집에서 남쪽으로 조금 더 내려왔을 뿐인데, 알알이 매달린 꽃망울 사이로 말갛게 틈이 벌어져 있었다.

"저기다!"

조수석에 앉은 엄마가 길 끝을 가리켰다. 나무 사이로 센터가 보였다. 건물을 향해 생기 있게 뻗은 손가락이 곧 허공에서 힘없이 시들어버렸다. 구석구석까지 봄이 스며든 풍경에 어쩌면 엄마는 두 아들과 소풍이라도 나온 것처럼 잠시 들떴는지도 몰랐다. 센터를 발견하고 마치 그곳이 우리가 묵을 호텔이라도 되는 양 순간 여독이 풀리는 걸 느꼈는지도 몰랐다. 엄마는 종이를 구기듯 손가락을 단단히 접고 다른 쪽으로 시선을 돌렸다. 나는 휴대전화를 만지작거렸다. 자음과 모음을 번갈아가며 성실하게 '고마워'라고 입력했다가 한 글자씩 천천히 지워버렸다. 이런 말이 엄마를 더 슬프게 만들 거라는 생각 때문이었다. 내가 입소할 수 있는 시설 중에 엄마는 국가에서 운영하는 곳은 제외하고 정부의 인가를 받은 사설 센터 중 집에서 가장 가까운 곳을 선택했다. 국립에 비해 여건이 좀 나았고, 의료진이나 심리상담사, 사회복지사도 더 많이 근무하는 만큼 비용은 더 드는, 한마디로 중산층을 위한 곳이었다. 조금이라도 나은 환경에서 지내다

보면 내 생각이 달라질지 모른다고 기대한 걸까. 실제로 엄마는 "거기서 사람들과 어울리다 보면"이라는 말을 종종 했다. 오랜 시간 동안 방 안에 처박혀 지내던 아들이 적어도 세상 밖으로 나왔다는 점에서, 설사 그곳이 죽기 위해 찾은 센터라고 해도, 엄마 입장에서는 마지막 희망처럼 느껴질 게 분명했다.

가까이에서 보니 센터는 담장이 꽤 높았다. 정문이 활짝 열려 있어 7층짜리 건물이 한눈에 들어왔다. 서진이는 경비실과 나란한 곳에 차를 세웠다. 작게 난 창밖으로 경비 아저씨가 고개를 내밀었다.

"환자분 성함이?"

"이서우…… 환잡니다."

'환자'라는 말에서 볼륨을 한껏 줄이며 서진이가 대답했다. 아저씨는 돋보기를 꺼내 쓰고 찬찬히 명단을 확인했다. 내 이름을 찾았는지 안경을 코끝에 걸치고 경비실 밖으로 나왔다.

"요 길 따라서 쭉 가면 뒷마당에 주차장이 나올 것이고, 짐 빼갖고 쩌기 입구로 들어가면 거기서 다시 안내해줄 겁니다."

아저씨는 강한 억양만큼이나 다채로운 손놀림으로 우리가 가야 할 곳을 알려주었다. 서진이는 가볍게 고개를 숙이고 천천히 액셀을 밟았다. 차창 너머로 운동장과 테라스가 차례대로 나타났다 사라졌다. 운동장을 걷던 사람도, 테라스 테이블에 앉아 있던 사람도, 낯선 자동차의 등장에 모두 하던 일을 멈추고 시선을 고정했다. 나는 반사적으로 고개를 숙이고 발끝만 쳐다봤다.

*

601호 문을 열자 욕실 문이 마주 보였다. 욕실을 가운데 배치함으로써 하나의 방을 두 개의 공간으로 나눠놓은 구조였다. 같은 방을 쓰더라도 침대에 누워 있을 때만큼은 서로가 보이지 않아 최소한의 프라이버시는 존중받을 수 있었다. 각각의 공간에는 침대가 하나씩 있었고, 침대 발치에는 테이블과 의자, 그리고 철제 사물함이 차례대로 놓여 있었다. 욕실을 중심으로 반으로 접었다 펼친 데칼코마니 그림 같은 방. 이곳이 내가 마지막 시간을 보낼 곳이었다.

6층에 올라오기까지 모든 일이 정신없이 진행됐다. 1층 안내데스크를 지키고 있는 덩치가 커다란 보안직원이 신분 확인을 했고, 그 옆 휴게실에서 기다리자 사무직원이 나타나 2층 사무실로 데려갔다. 거기서 입소 절차에 관한 설명을 들었다. 그녀는 서류 몇 장을 넘기고 밑줄을 그어가며 책을 읽는 투로 설명을 이어갔다. 가족이 면회하는 것은 언제든지 가능하지만 입소자의 경우 센터의 동의하에만 외출할 수 있다는 부분에서 엄마도 나도 각각 사인을 했다. 처방된 기간 내에 스스로 목숨을 끊는 일이 발생할 때 센터는 책임지지 않는다는 부분에서 엄마는 잠시 펜을 내려놓았다가 마지못해 손을 움직였다. 그밖에도 입소자가 원할 경우 언제든 퇴소가 가능하다는 점, 비용만 지불하면 평생 이곳에 머물 수 있다는 점 등에 대해서도 설명했다. 마지막 사인까지 마무리하고 건너편 진료실로 이동해 이곳에서 나를 담당할 의사와 간단히 인사를 나누었다. 몸도, 얼굴도, 안경도 모두 동글동글한 담당의는 웃음마저 크고 둥그랬는데, 그 때문에 엄마는 진료실에서 나오자마자 뭐가 그리 좋아 빙글빙글 웃는지 모르겠다며 투덜거렸다. 직원은 우리를 6층 간호사 스테이션까지 데려다주고 사무실로 돌아갔다. 사실 꽤 간단한 절차였지만, 방에만 틀어박혀 지내다 세상 밖으로 나온 나로선 다른 사람의 목소리만 들어도 멀미가 날 지경이었다. 각오를 하고 왔어도 센터에서 삶을 정리하는 것 역시 쉬운 일만은 아니겠구나 싶었다. 게다가 방은 2인실이었다. 여기에서 제일 좋은 방인데다 6인실이 기본인 국립 센터를 생각하면 이것도 감지덕지였지만, 막상 다른 사람과 공간을 나눠 써야 한다니 벌써 횡격막이 뻣뻣해지는 기분이었다. 그래도 한 달, 일단 한 달만 버티면 되는 거니까.

"전망 좋은 방이죠? 운동장도 보이고, 저기, 미로원도 한눈에 볼 수 있어요."

6층 담당 간호사가 들어오라는 손짓을 했다. 엄마는 숨을 크게 들이마시고 601호 안으로 발을 하나씩 옮겼다. 다른 시공간으로 넘어가는 비밀 통로에 발을 들인 사람처럼 신중하고 비장했다. 그것도 잠시, 엄마는 창밖을 쓱 한번 내다보고 집을 계약하러 온 사람처럼 이곳저곳 돌아보며 꼼꼼하게 살펴봤다.

"특히 이 자리는 최고예요."

간호사는 오른쪽에 있는 침대를 가리켰다. 내 자리였다. 침대 모서리에 맞닿은 두 개의 면이 모두 커다란 유리창이었다. 정면으로는 정문과 운동장이 보였고, 측면으로는 낮고 둥근 산들을 감상할 수 있었다.

"여기 아래를 한번 보실래요?"

간호사의 말에 엄마는 측면에 난 창으로 다가갔다.

"와아아."

길게 이어진 감탄사. 창문을 최대한 열었지만, 머리 하나 빠져나가지 못할 만큼 그 폭이 좁아 엄마는 유리창에 이마를 바짝 붙였다. 그러고 보니 방은 물론이고 복도 쪽 창문도 모두 그런 식이었다. 아마 디데이까지 견디지 못한 누군가가 뛰어내리는 일을 막기 위해서겠지.

"서우야, 여기 바로 아래에 쭉, 벚꽃길이다. 꽃이 활짝 피면 밤에도 환하겠다."

벚나무 덕분에 엄마의 마지막 희망 역시 한층 화사해졌을

79

게 분명했다. 간호사는 건물 내 시설에 대해, 식사 시간에 대해 간단히 설명하고 출입문으로 돌아섰다.

"아시다시피 이곳은 다른 분과 함께 쓰는 방이기 때문에 혹시 가족 분들 더 계시다 가실 거면 1층에 있는 휴게실을 이용해주시면 되고요, 앞으로 면회 오실 때도 그쪽을 이용하시면 됩니다. 날이 좋으면 테라스도 훌륭해요."

엄마는 볼 것도 없는 방을 좀 더 둘러보고 싶은지 쉽게 발을 떼지 못했다. 먼저 복도로 나간 간호사가 다시 고개만 쓱 들이밀었다.

"아, 이서우 씨와 함께 지낼 환자 분은 김태한 씨라고, 이 것저것 잘 알려주실 거예요. 그분이 센터에서 가장 오래 머문 분이거든요."

*

방에서 서서히 빛이 빠져나갔다. 엄마와 서진이가 돌아간 뒤에 곧장 침대로 기어들어 이불을 바싹 끌어당겼다. 욕실 벽을 등지고 모로 누워 해가 넘어가는 장면을 담는 카메라처럼 창가에서 시선을 떼지 않았다. 머리 위에서부터 둥글게 내려앉던 태양은 이제 산 너머에서 하루의 마지막 빛을 뿜었다.

유리창에 동그란 자국이 남아 있었다. 주먹보다 작고 뿌연 얼룩. 아까 벚꽃길을 내려다볼 때 엄마가 창에 이마를 바싹 붙이고 있던 게 생각났다. 얼룩에 가만히 손을 가져다 대면 온기가 느껴질 것 같았다. 집에 도착하자마자 엄마는 메시지로 "밥 먹었냐"고 물었고 나는 "응"이라고 답장했다. 곧장 "반찬은 뭐 뭐 나왔냐"는 메시지가 날아왔고 나는 휴대전화 카메라로 식판을 찍어 보내려다 그만두고 "나 피곤해"라고 했다. 안 그러면 엄마는 조식이 나오는 오전 9시, 중식이 나오는 오후 1시, 석식이 나오는 오후 6시에 매번 식단을 확인하려 들 거였다. 테이블에는 조리실 직원이 가져다 놓은 식판이 그대로였다. 아까 오후 6시가 조금 넘었을 때 누군가 방문을 두드렸다. 조리실에서 사람이 올라올 거라는 걸 알고 있었고, 그걸 알고 있었기에 6시가 되기 전부터 초조한 상태였다.

"이서우 씨, 반가워요."

앞에 내 이름을 붙이지 않았다면 다른 누군가와 인사를 나눈 거라고 생각했을 만큼, 조리실 직원은 사람 형체를 한 이불과도 다름없었을 나에게 반갑게 인사를 건넸다. 이불로 몸을 꽁꽁 감싼 '죽음 고치' 같은 인간들이 제법 익숙한 모양이었다. 그는 경쾌하게 카트를 밀고 들어와 식판을 내려놓았다.

"식사 왔습니다. 맛있게 드시고 식판은 엘리베이터 옆 선반에 반납하시면 돼요."

매콤하게 끓인 콩나물김칫국 냄새가 위장을 자극했지만 직원이 나갈 때까지 자는 척 침대에 누워 있었고, 그 뒤로는

'룸메이트'가 언제 들이닥칠지 몰라 이불 밖으로 나갈 엄두가 나지 않았다. 그러는 사이 방 안에 떠다니던 밥 냄새는 차갑게 식어버렸고 허기도 잠잠해졌다.

잠을 기다렸지만 기다릴수록 멀어지는 것이 잠이었다. 낯선 방에서는 더욱 그랬다. 밤의 밀도가 촘촘해질수록 의식은 그 틈을 파고들 정도로 날카로워졌다. 수많은 생각이 한꺼번에 달려들었다. 엄마한테 처음 센터 얘기를 꺼낸 날. 방문을 사이에 두고 오가던 말들. 사람이 만든 검붉은 웅덩이. 의사와 면담하던 날 대기실에서 본 사람들. 가습기가 뿜어내던 물알갱이들. 쉼 없이 튀어나오는 생각 끝에 서진이가 있었다.

오늘 휴가까지 내고 센터에 따라온 건 엄마가 부탁했기 때문이겠지. 아마 그랬을 것이다. 엄마는 짐을 들어줄 사람이 필요하다든가, 허리가 아파 운전을 못 하겠다든가, 하여간 그런 식의 핑계를 대가며 동행할 수밖에 없게 만들었을 것이다. 서진이는 맑은 하늘색 셔츠에 베이지색 면바지 차림이었다. 나보다 머리 하나쯤은 큰 것 같았고 운전석 밖으로 드러난 오른팔이 제법 단단했다. 그 애는 말이 없었다. "짐은 이게 다야?"로 시작해 센터 경비 아저씨에게 내 이름을 알려준 게 전부였다. 사무직원이나 간호사가 이것저것 설명할 때도, 다시 집으로 돌아갈 때도, 그 애는 아무 말이 없었다. 나도 안다. 그 애는 나한테 화가 단단히 나 있을 것이다. 그것도 아주 오래전부터.

여자친구는 있을까.

바지 주머니에 손을 넣은 채 서 있던 서진이. 단정한 바지 밑단과 그 아래로 드러난 양말. 그리고 하얀색 스니커즈. 녀석은 제법 근사했다. 그래, 어릴 때도 그랬지. 고작 초등학교 5학년, 6학년밖에 안 된 아이가 학교 가기 전에 꼭 거울 앞에 서서 머리를 손질하곤 했지. 내가 목이 늘어난 티셔츠에 무릎이 튀어나온 바지 차림으로 방 안에 틀어박혀 지내는 동안 서진이는 적당히 세련된 어른이 되어 있었다.

있겠지, 여자친구.

나는 당연하다는 듯 고개를 끄덕였다.

그리고 언젠가는, 결혼도 하겠지.

생각은 거기서 멈췄다. 아무 의심 없이 말랑말랑한 쌀밥을 먹다 돌을 씹은 것처럼 이가 시리고 턱이 뻐근했다. 언젠가 서진이는 결혼을 생각할 만큼 좋아하는 여자에게 이런 질문을 받겠지. "가족은 당신과 엄마, 두 사람뿐이야?" 그 여자의 부모에게도 같은 질문을 받겠지. 그럼 서진이는 뭐라고 대답할까. 아빠에 대해서는 "오래전에 교통사고로 돌아가셨어"쯤으로 짧게 답하겠지. 그다음엔. 나는, 원래 없던 사람일까. 아니면, "형이 하나 있었는데, 형도 죽었어" "저런, 형도 사고로?" "아니, 센터에서", 이런 식의 대화가 오갈까. 이런 대화보다는 차라리 원래 없던 쪽이 편하겠지. 그래, 나는 그런 존재. 잘못된 존재. 미안한 존재.

방문이 덜컥 열렸다. 미래의 시간 속에서 한없이 팽창하던 상상이 순식간에 쪼그라들었다. 바짝 긴장하고 있을 때는 나타나지 않더니. 결국 무방비 상태로 룸메이트를 맞이했다. 등을 돌리고 누운 자세 그대로 눈을 꾹 감았지만, 얼마간 한방을 써야 할 남자에게 모든 감각이 쏠렸다. 한동안 기척이 없더니 남자는 천천히 문을 닫았다. 불을 켜지는 않았다. 반대편 침대 쪽에서 부스럭거리는 소리가 들렸고, 곧 발소리는 욕실로 향했다. 쪼르르 오줌 줄기가 떨어지는 소리. 레버 누르는 소리. 오물이 빨려 들어가는 소리. 수도꼭지에서 물이 쏟아지는 소리. 강에 빠진 사람처럼 요란하게 세수하는 소리. 그 시끄러운 소리들 틈에서도 내 숨소리가 이불 밖으로 새어나갈까 신경 쓰여 나는 최소한의 공기만 들이마시고 내뱉었다. 씻었으니 이제 자러 가겠지 생각했는데, 발소리는 반대쪽이 아닌 내 쪽으로 가까워졌다. 숨을 꾹 참았다. 그는 머리맡에서 서성거리다 이내 발치로 움직였다. 그리고, 쇠와 쇠가 부딪히는 소리. 무언가 바닥에 떨어지는 소리. 떨어진 물건을 찾아 더듬거리는 소리. 의자를 끌어당기는 소리. 쇠로 만든 도구가 식판과 입을 오가는 소리. 그는 지금 어둠 속에서 밥을 먹고 있었다. 그러니까, 내 밥을. 너무나 자연스럽게 내 테이블에 앉아 밥을 국에 말아 후루룩 떠 넣고 있었다. 덜컥 겁이 났다. 혹시 담당 의사의 실수로 다른 센터에, 정신이 극도로 불안해 자신은 물론 남에게 위협이 될 수 있는 사람들이 들어가는 특수 센터에 가야 할 사람이 이곳에 온 건 아닐까. 어쩌면 지금 저 사람은 내 룸메이트가 아닌 침입자일지도 몰랐다. 여러 가지 생각이 번지면서 목 뒤쪽부터 몸이 뻣뻣하게 굳기 시작했다.

"맛있는데, 왜 안 먹었냐."

불안한 내 마음과는 상관없이 그는 세상 편한 말투였다. 벌써 밥을 다 비워가는지 숟가락과 식판이 마찰하는 소리가 귓속을 긁었다.

"여기 김치, 정말 끝내준다."

그는 쉼 없이 말을 이어갔다. 아무래도 내가 자는 척한다는 걸 눈치챈 모양이었다.

"김치가 맛있다는 건 다른 것도 기본 이상은 한다는 거지."

입안에 남아 있는 음식물을 혀로 쪽쪽 거둬들이며 그는 식판을 들고 밖으로 나갔다. 발소리가 복도에서 텅텅 울리며 멀어졌다. 나는 부족한 숨을 한꺼번에 들이마시고 다시 크게 내쉬었다. 멀리서 식기를 내려놓는 소리가 들렸고, 곧 발소리가 되돌아왔다. 나는 이불을 좀 더 바싹 끌어당겼다.

아무래도 오늘 밤은 잠들기 힘들 것 같았다.

2

블라인드 틈으로 아침이 스며들었다. 한숨도 못 잤다고 생각했는데, 내가 못 본 사이 누군가 블라인드를 내린 걸 보면 깜빡 잠이 들긴 한 모양이었다. 하지만 어디까지나 정황상 그렇다는 것뿐 내 몸은 잠든 기억이 없어 새로운 날이 시작됐다는 기분보다 그저 어제의 연장처럼 피로하게 느껴졌다.

방 안은 환했다. 따뜻한 미색으로 칠한 벽과 비슷한 톤의 깨끗한 침구류. 베이지색 블라인드. 나무로 된 테이블과 문이 전체적으로 편안한 느낌을 줬다. 이토록 밝고 안락한 공간에서 여전히 숨 쉬는 것조차 편치 않은 것은 바로 저 욕실 너머에 누워 있을 한 남자 때문이었다. 최소한 한 달 동안 같이 지내야 하는 사람. 같은 공간에서 밥을 먹고 잠을 자야 하는 사람. 막막했다. 할 수만 있다면 한 달 동안 이불 속에서 번데기처럼 살고 싶었다. 꿈 깨라는 듯 건너편에서 하품 소리가 들렸다. 꼭 공연을 앞둔 가수가 목을 푸는 것 같았다. 그러고 보니 어제 어둠 속에서 들린 음성이 꽤 괜찮았다는 생각이 들었다. 성악을 전공한 음악 선생처럼 깊고 왠지 믿음이 가는 소리였다. 다만 그 목소리로 만들어내는 말들이 실답지 않았을 뿐. 목소리는 좋은 나의 룸메이트는 기합을 넣어가며 기지개를 켜고 욕실로 들어가 밤새 꽉 차오른 방광을 비워냈다.

"넌 오줌도 안 마렵냐."

물을 내리고 나오며 그는 내 방광의 안부를 물었다. 오랜 칩거 생활로 내 오줌보는 24시간 참는 것도 거뜬할 만큼 단련돼 있었다. 나는 이불 속에서 꼼짝도 하지 않는 것으로 대답을 대신했다. 사실 급한 건 오줌이 아니라 마음이었다. 욕실 벽이 가림막 역할을 하고 있어서, 게다가 이불까지 뒤집어썼으므로 내 쪽에서 룸메이트가 보일 리 없었지만, 그가 내는 각종 소리만으로도 이미 충분히 불편했다. 이런 내 마음을 모르는 건지, 알고도 무시하는 건지, 하여간 그는 자기 자리로 가는 대신 내 영역에 침범했다. 나는 전등 안에 갇힌 날벌레처럼 파르르 떨었다.

"거참, 언제까지 그러고 있을 거야?"

그건 나도 궁금했다. 나는 언제까지 이러고 있어야 하는 걸까. 룸메이트가 자리를 비울 때까지? 아니면, 내 방광이 한계에 다다를 때까지?

"하나 알려줄까?"

어제 그랬던 것처럼 그는 혼자 끊임없이 말을 이어갔다.

"빨리 나올수록 그나마 덜 민망할 거다."

아…… 그건 그랬다.

"내가 셋까지 센 다음 이불을 끌어당길 테니까 그때 못 이기는 척 나올래? 싫으면 이불을 꽉 붙잡고 있어. 자, 그럼 숫자 센다. 하나."

그가 이불을 잡아끌었다. '셋'에서가 아니라 '하나'에서였다. 숨을 크게 들이마시려다 놀라 사레까지 들린 나는 몸을 동그랗게 말고 기침을 쏟았다. 유치한 장난이 만족스러운지 그는 큰 소리로 웃으며 내 등을 두드려주었다. 타인의 손길이 낯설고 불편했지만 그런 건 신경 쓸 여유가 없었다. 콜록거리는 소리와 큭큭거리는 소리가 뒤엉켜 방 안이 들썩거렸다. 마른기침이 겨우 잦아들고 눈물이 그렁한 눈으로 그를 곁눈질했다. 나보다 최소한 열 살은 더 많아 보였다.

"반갑다. 나는 김태한이다."

그가 손을 내밀었다. 나는 악수 대신 고개를 까딱 숙여 인사했다. 정확히 그를 향한 것도 향하지 않은 것도 아닌 애매한 쪽을 바라보면서. 손을 내민 자세 그대로 서 있던 김태한은 저 혼자 악수하는 시늉을 했다.

"이름이?"

나는 한국말을 모르는 사람처럼 멀뚱거리다 서둘러 휴대 전화를 찾았다. 그래, 어차피 한 달은 같이 지내야 하니까 말 한마디 안 하고 있을 수는 없겠지. 대화 또한 빨리 틀수록 덜 민망하겠지. 자판을 두드려 답을 하려는데, 그가 말했다.

"이서우. 나이는? 곧 서른. 한방에 살면서 같이 밥 먹는 사람. 우리 이제 식구 됐으니까 내 동생이다 생각하고 편하게 말할게. 너도 나를 친형이다 생각하고 편하게 대해."

뭐야, 다 알고 있으면서 묻기는. 나도 모르게 그를 똑바로 쳐다봤다. 아주 잠깐 눈이 마주쳤고, 마주친 동시에 슬쩍 고개를 돌렸다.

"너, 사람 눈 못 보는구나?"

이번에도 그는 답을 알고 있는 질문을 던졌다. 그리고 역시 혼자 대답했다.

"괜찮아. 여기 그런 사람들 널렸어."

몸을 빙글 돌려 내 공간에서 벗어나던 김태한이 걸음을 멈췄다.

"그런데 너, 말을 원래 못 하는 거야, 아니면 말이 안 나오는 거야?"

나도 모르게 다시 그를 마주 봤다. 아까보다 좀 더 오래. 그는 말이 안 나오는 게 뭔지 아는 사람이었다. 그래, 여기엔 그게 뭔지 아는 사람이 꽤 있겠지. 나 같은 사람들이 넘쳐나 겠지. 막연하게 품고 있던 생각이 증명되자 막혀 있던 수도

꼭지가 열리며 온수가 찔끔찔끔 새어 나오듯 긴장했던 마음이 미지근하게 풀리기 시작했다.

"괜찮아. 말은 내가 많으니까."

그는 휘파람을 불며 시계를 한번 보고는 출입문을 활짝 열었다. 문의 너비만큼 다리를 벌리고 선 채로 목을 쭉 빼고 한쪽을 바라봤다. 흘러나오는 대로 부는 것이 분명한 휘파람 소리가 이어졌다. 그의 입은 말을 하거나 휘파람을 불거나 도무지 쉴 틈이 없겠다 생각하면서도 사실 그 소리가 듣기 괜찮았다. 나쁘지 않았다.

"여어, 상철이!"

김태한이 한 손을 번쩍 들었다. 카트 바퀴가 미끄러지는 소리와 함께 밥 냄새가 퍼졌다.

"형님!"

카트의 움직임이 빨라질수록 내 심장박동도 빨라졌다. 마침내 키도 몸집도 커다란 사내가 문 앞에 나타났다.

"이서우 씨, 잘 잤어요? 식사 왔습니다."

조리실 직원은 덩치에 어울리지 않는 나긋나긋한 말투로 인사하며 카트를 밀고 들어왔다. 나는 이번에도 애매한 지점을 향해 고개를 살짝 숙였다. 사내는 김태한의 테이블에 식판을 내려놓고 추가로 밥 한 공기를 주었다. 거구 옆에 바짝 붙어 있는 나의 룸메이트는 사춘기 소년처럼 보였다. 작고 말랐지만 어쩐지 깡다구가 세 보이는 소년. 김태한은 어

90

떤 반찬이 나왔는지 확인하고 그중 하나를 손으로 집어 맛보더니 양념이 묻은 손가락으로 나를 가리켰다.

"쟤가 너보다 형이야. 두 살 많은 형."

사내가 천천히 고개를 끄덕였다. 그는 곰 같은 손을 섬세하게 놀려 내 테이블에도 식판을 살포시 내려놓았다.

"나는 이상철이에요. 서우 형, 맛있게 먹어요. 밥이든 국이든 부족하면 얘기하고요."

그 친절함에 어찌할 바를 몰라 하다가 겨우 고갯짓을 했는데, 한 박자 늦는 바람에 카트를 밀고 나가는 거구, 아니, 상철의 엉덩이에 대고 인사한 꼴이 되어버렸다.

방문이 닫히고 밥 냄새로 가득한 공간에 다시 김태한과 둘이 남았다. 나는 허둥거리는 마음을 조금씩 가라앉혔다. 불안하게 떠다니는 마음을 바위에 꽁꽁 묶어두는 상상을 했다. 찬찬히 마음을 진정시키고 '생각'을 했다. 이곳에서 무난하게 지내려면 최대한 상황에 맞게 행동해야 할 것이다. 잘 때는 자고, 씻을 때는 씻고, 먹을 때는 먹는 것. 어딜 가든 튀는 쪽보다 묻히는 쪽이 내 체질에 맞았다. 소리 나지 않게 조심하며 의자를 당겼다. 제법 크고 안락한 의자에 엉덩이를 맡기고 숟가락을 들었다. 직사각형으로 된 식판은 밥과 국, 그리고 네 종류의 반찬을 담도록 나뉘었고, 오늘 아침 식단은 흑미가 섞인 쌀밥에 호박과 두부를 넣은 된장국, 반찬은 콩나물무침, 오이소박이, 오징어볶음, 연근조림이었다. 시리

얼이 주식인 단조로운 식생활에 길들여진 미각과 후각이 갓은 음식 냄새에 자극을 받아 꿈틀거렸다. 나는 식사를 한다기보다 시식을 하는 사람처럼 젓가락을 들고 반찬을 조금씩 집어 먹었다. 콩나물의 담백한 맛 사이로 깨소금의 고소한 맛이 스며들었다. 오이의 아삭한 식감, 오징어볶음의 진하고 매콤한 양념, 연근조림의 달착지근한 짠맛을 차례로 맛본 다음 된장국으로 입가심을 했다. 몸이 따뜻해졌다.

"너, 한 달 처방받았다며?"

벌써 두 번째 밥공기를 열며 김태한이 물었다. 욕실 벽이 몸을 가려주는 안전지대는 딱 침대까지였다. 건너편 테이블에서는 김태한이, 이쪽에서는 내가, 그와 나는 같은 식당에 들어온 모르는 사람들처럼 뚝 떨어져 앉아 밥을 먹었다.

"그래, 한 달. 잘 먹고, 잘 자고, 잘 지내다 가. 여기 괜찮은 곳이야. 너무 괜찮아서 나는 안 가고 계속 연장하고 있지. 처음엔 나도 한 달 처방받고 들어왔거든."

센터에서 가장 오래 머문 사람이 나의 룸메이트라는, 어제 간호사가 했던 말이 떠올랐다.

"그 자리, 명당인 거 알아?"

김태한이 숟가락을 내 쪽으로 뻗었다. 그리고 천천히 팔을 들어 올려 천장을 가리켰다.

"바로 위에 하늘정원이 있거든."

하늘정원. 건물 꼭대기 층에 딸린 작은 정원. 사진으로 본 풍경이 어렴풋했다. 입소 전부터 홈페이지를 둘러보며 센터의 구조나 생활 규칙을 충분히 익혀두었지만, 긴장이 혈관을 슬며시 움켜쥐고 있어 뇌에 저장해둔 정보를 불러오는데 다소 시간이 걸렸다. 하늘정원이 어땠더라. 그래, 철쭉이 쨍하게 피어난 봄에 찍은 사진이었지. 방 안에서 정원 쪽을 바라보며 찍은 사진 한 장. 화단이라든가 거기 놓인 작은 조형물 등 정원 곳곳을 찍은 사진 몇 장. 맞아, 정원과 이어진 그 방이 임종실이었지. 나는 고개를 들어 천장을 바라봤다. 보통 사람들에게는 피하고 싶은 공간이 이곳에서는 '명당'이라 불리고 있었다.

"어제도 우리 친구 중 하나가 거기서 잠들었어. 그 친군 노을을 보면서 가기를 원했지."

어제 내가 침대에 누워 해가 저물어가는 것을 바라보고 있을 때, 바로 위층에서 누군가는 이곳을 떠나갔다는 얘기였다, 영원히.

"참 깔끔한 친구였어. 마지막까지 깨끗한 모습으로 가려고 일주일 전부터 곡기를 끊었으니까. 그러면서도 친구들에겐 후했지. 장례 파티 날 특급 호텔 케이터링 서비스로 대접했거든."

김태한은 눈을 가늘게 뜨고 지나간 시간 어딘가를 응시했다. 까만 눈동자에 그리움이 내려앉았다.

"거참, 그날 게살스프가 참 맛있었는데."

그는 축축한 눈을 하고 밥을 떠 넣었다. 친구를 향한 그리움인지 게살스프를 향한 그리움인지, 하여간 그리움을 달래려는 듯 연달아 밥을 퍼 먹었다. 하루 만에 파악한 룸메이트의 특징은 입이 바쁜 사람이라는 거였다. 쉴 새 없이 말하거나, 휘파람을 불거나, 또는 먹거나.

"그나저나, 너 여기 왜 식당이 없는 줄 알아?"

진득해진 밥알을 씹으며 그가 물었다.

"식당이 있으면 깔끔할 텐데 왜 없느냐. 여기 있는 사람들 사지는 다들 멀쩡한데 뭐하러 귀찮게 가져다주면서 밥때마다 복도며 방구석이며 온 건물에 냄새를 풍기느냐."

답을 알려주는 대신 그는 그릇을 들고 후루룩 국물을 마셨다.

"그건 말이지, 밥 냄새를 맡으면 말이다, 어쩐지 살고 싶어지거든."

그러고는 자기 말에 재차 동의한다는 듯 고개를 끄덕였다.

"우리 센터에선 그걸 노린 거지. 충동적인 사람들은 어차피 한 번 걸러지고, 어쨌든 센터에 들어왔다는 건 진짜 죽음이 필요한 사람, 진짜 죽음을 원하는 사람일 가능성이 높다는 거지. 진짜 죽고는 싶은데 밥 냄새를 맡으면 어쩐지 살고 싶어지고. 그렇다고 밖에서 살아갈 용기는 없고. 그런 사람들이 하루하루 삶을 연장하면서 뭉개다 보면 센터는 센터대로 돈을 벌 것 아니냐. 지금 전국 여기저기에 우후죽순으로 센터가 들어서는데, 언젠가는 죽음을 처방받는 사람보다 센터에 남아도는 방이 더 많을 거다. 내가 장담한다."

김태한은 센터의 음모를 다 알고 있다는 듯 눈을 가늘게 떴다. 진지하게 하는 얘기인지, 장난스럽게 하는 얘기인지 쉽게 구분이 가지 않아 나는 그저 묵묵히 밥알을 씹고 삼켰다. 나에게 중요한 건 밥 냄새도, 센터의 이익도 아니었다. 그저 얼마간 잘 버티다 가능한 한 편안하게 떠나는 거였다. 그러기 위해서는 일단 튀지 않아야 한다. 있는 듯 없는 듯 무난하게 지내야 한다. 잘 때는 자고, 씻을 때는 씻고, 먹을 때는 먹고. 나는 숟가락 가득 밥을 떠 입에 넣었다.

3

잘 때는 자고.

씻을 때는 씻고.

먹을 때는 먹고.

이 말들을 주문처럼 외우며 그럭저럭 무난하게 하루하루를 넘겼다. 아침에 일어나면 씻고, 밥이 오면 밥을 먹고, 양치를 하고, 침대나 테이블에 앉아 노트북을 들여다보고, 밥이 오면 밥을 먹고, 양치를 하고, 노트북을 들여다보고, 밥이 오면 밥을 먹고, 씻고, 노트북을 들여다보다 잠자리에 들었다. 가끔은 창밖을 내다보며 시간을 보내기도 했다. 집에 있을 때 내 방에만 틀어박혀 있던 것처럼 센터에서도 601호 안에서만 움직였으니 이곳에서의 생활이 무난하지 않을 것도 없었다.

한 가지, 601호에 방문자가 많기는 했다. 주로 식사 시간 이후에 누군가 방문을 두드렸고, 김태한이 낮고 부드러운 음성으로 "네" 하고 대답을 하면 빼꼼 문이 열렸다. "뭐 해요?"로 시작하는 방문자의 말은 나의 룸메이트를 향한 것이었지만, 그들의 호기심 가득한 눈은 센터의 신입인 나를 향해 활짝 열려 있었다. 그때마다 김태한은 나를 쓱 돌아보고는 방문자가 방으로 넘어오기 전에 밖으로 나갔다. 밥을 가져다주는 상철은 물론이고 여전히 룸메이트와도 제대로 눈을 맞추지 못하는 나를 배려하는 거였다. 그것뿐만이 아니었다. 밥 두 그릇을 뚝딱 해치운 뒤 내가 남긴 밥과 반찬까지 깔끔하게 비우고 식기를 대신 반납해주었다. 센터에서 오래 지낸 만큼 김태한을 찾아오는 사람이 많았지만, 단지 오래 지냈기 때문만은 아닌 듯했다. 오늘도 아침 식사 후에 방문자가 찾아왔고, 조금 전, 김태한은 두 번째 손님과 함께 밖으로 나갔다.

창문에 이마를 붙이고 바깥을 내다봤다. 며칠 새 하얗게 벚꽃이 벌어졌다. 꽃이 만개하면 그 위로 뛰어내리고 싶은 충동이 일지도 몰랐다. 물론 사람이 통과할 수 없을 만큼 창문이 좁아 불가능한 일이지만, 상상만으로도 폭신하고 나른했다.

똑, 똑.

누군가 단정한 속도와 강도로 문을 두드렸다. 이쪽에서

대답이 없으니 문 밖의 사람은 곧 돌아설 것이다. 나는 문에 고정해두었던 시선을 다시 창가로 옮겼다.

똑똑.

조금 전보다 더 빠르고 센 노크였다. 예상에서 벗어난 상황에 심장이 벌렁거렸다. 물 밖으로 끌려 나온 물고기의 아가미처럼 가쁘고 불안하게 벌어졌다 수축하는 느낌이었다. 나는 창문에 등을 바짝 붙이고 섰다. 이불 속으로 들어가는 게 나을지 어떨지 생각해보려 했지만, 이미 뇌를 출발점으로 경추, 척추, 팔다리까지 마비가 진행되고 있었다. 오직 시각만이 기능을 잃지 않아 천천히 문이 열리는 것을 볼 수 있었다.

"안녕하세요."

김태한의 친구들인가. 비슷한 분위기의 아주머니 둘이 안면 근육을 최대한 끌어 올리며 웃었다. 둘은 눈동자를 굴리며 방 안을 훑어보았다.

"우리는 교회에서 나왔어요."

그 말이 수색영장이라도 되는 듯 둘은 허락도 없이 안으로 들어와 문을 닫았다. 나는 구석으로 한 걸음 물러섰다. 방의 주인이 경계를 하든 말든 그들은 내 구역으로 성큼 걸어와 각각 의자와 침대 모퉁이에 앉더니 가방에서 성경을 꺼냈다.

"하나님이 세상을 이처럼 사랑하사 독생자를 주셨으니 이는 그를 믿는 자마다 멸망하지 않고 영생을 얻게 하려 하심이라."

"아멘."

"하나님께서는 우리 죄인을 구원하기 위해 그 아드님을 세상에 보내주셨습니다. 예수그리스도께서 우리 죄를 대신 짊어지고 십자가에 못 박혀 돌아가셨는데, 주님께서 주신 그 귀한 생명을 이렇게 함부로 저버려서는 안 되지요."

"벌 받지요."

"암요, 천벌 받지요."

그들은 준비된 대사를 외듯 빠르게 말을 이어갔다. 기독교의 교리를 모르는 입장에서 듣기에 논리나 개연성이 느껴지지 않는 밑도 끝도 없는 소리였지만, 두 사람이 명콤비라는 사실만은 확실해 보였다.

"이 세상을 떠나버리면 편할 것 같지요? 아닙니다. 모든 게 끝일 것 같지요? 아니에요, 절대 그렇지 않아요. 뜨거운 불구덩이에 떨어지게 됩니다. 결코 벗어날 수 없는 고통이에요."

"그럼요, 결코 벗어날 수 없지요."

"매일매일을 지옥 불에서 고통받게 될 겁니다."

저토록 선한 얼굴을 하고 저주의 말을 퍼붓다니. 그들이 말하는 불구덩이보다 그들이 아무렇게나 내뱉는 말을 들어야 하는 지금 이 상황이 내겐 더 끔찍한 지옥이었다. 위협적으로 뻗어 오는 불길을 피해 구석으로 한 걸음씩 물러서다 벽에 부딪혔다. 더는 뒷걸음질 칠 곳이 없었다.

"가봤어요?"

언제 들어왔는지 문 앞에 김태한이 서 있었다. 입에 마스크를 쓰고 있기는 했지만, 나의 룸메이트라는 걸 금세 알아봤다. 광야에서 쫓기다 비로소 몸을 숨길 커다란 나무를 발견한 것처럼 잔뜩 부풀어 올랐던 가슴이 그제야 내려앉았다. 참았던 숨이 터졌다. 김태한의 등장으로 전세가 역전됐다. 각본에 없던 질문이 끼어들자 명콤비는 적잖이 당황한 얼굴로 서로를 바라봤다.

"가봤냐고요, 지옥에. 한번 다녀오셨나 봐, 아주 잘 알고 계시네."

김태한은 벽에 등을 기대고 주머니에 손을 반쯤 찔러 넣은 제법 불량한 자세로 말했다. 콤비 중 말이 더 많던 여자가 입술을 떼려는 찰나 김태한이 말을 가로챘다.

"걔가 왜 말을 안 하는지 알아요?"

"하나님께서는 사랑이십니다. 지금이라도 죄를 뉘우치고……"

여자는 입력된 내용 안에서만 대답이 가능한 로봇 같았다.

"아줌마, 걔, 자이나교예요."

이번에도 김태한이 말을 끊었다.

"개미 새끼 한 마리는 물론, 말할 때 미생물 하나 죽이지 않으려고 입을 꽉 닫고 사는 거예요. 그 선한 마음에 감동받아서 나도 얼마 전에 개종했습니다. 어쩔 수 없이 말을 해야 할 때만 이렇게 마스크를 쓰는 거지요."

"하나님께서는……"

"쉿! 방금 아줌마 때문에 미생물 수백 마리가 죽었어요. 끔찍해라. 사랑과 구원을 말하는 자들이 아무렇지 않게 생명을 죽이고 있다니."

김태한은 얼굴을 일그러뜨리고 파리를 쫓을 때처럼 팔을 휘휘 저었다.

"자, 이제 수행할 시간이니 그만 나가줘요."

"형제님, 하나님의 말씀을……"

"거참. 원한다면 계속 계시던가. 우리는 아무것도 소유해서는 안 된다는 교리를 따르기 위해 수행할 때는 늘 옷을 벗고 합니다."

김태한은 웃통을 벗어젖혔다. 순식간에 하얗고 마른 상체가 드러났다. 그의 손이 허리춤에 닿는 순간 여자 하나가 얼굴이 벌게져 다른 여자의 손을 잡아끌었다. 기겁을 하고 방을 뛰쳐나가는 여자들을 향해 김태한은 고래고래 소리를 질렀다.

"그렇게 함부로 뛰어다니지도 말란 말이야! 지금 당신들이 얼마나 많은 미생물을 짓밟고 있는지 알기나 해?"

6층 복도에 바리톤의 깊고 무거운 소리가 울렸다. 진노한

신의 음성을 들을 수 있다면 아마 이 비슷한 소리일 거라고 생각했다. 복도에 몸을 반쯤 내밀고 서 있던 김태한이 슬며시 문을 닫았다.

"요기 위에, 임종실 맞은편에 종교실 있는 거 알지? 저런 사람들 가끔 있어. 방문 상담이나 임종기도 해주러 왔다가, 온 김에 방마다 돌아다니면서 자신의 믿음을 강요하는 사람들."

김태한은 마스크를 벗어 테이블에 던졌다.

"또 나타날 수 있으니까 너도 마스크 하나쯤은 준비해둬. 그걸로 안 통하면 옷을 벗어 던지고 가부좌라도 틀어. 아니, 아예 문에다 '자이나교도의 방'이라고 크게 써 붙일까?"

벗었던 윗옷에 다시 머리를 넣다 말고 그는 고개를 저었다.

"저러고 다닌다고 누가, 제가 정말 잘못 생각했군요, 회개합니다, 당장 이 센터를 뛰쳐나가 새 삶을 살겠습니다, 네네, 물론 교회에도 열심히 나가야죠, 이러겠나. 말로 선교할 시간에 어디 가서 급식 봉사든 목욕 봉사든 하면서 하나님의 사랑을 몸소 실천하던가. 쯧. 하기는, 생각해보면 저 사람들도 참 가여운 사람들이다. 성경에 적힌 내용을 글자 그대로 받아들이는, 도대체가 비유라곤 모르는 재미없는 삶을 살고 있으니."

김태한은 티셔츠에 팔을 마저 끼워 넣고 의자에 앉았다. 등받이에 느긋하게 기댄 다음, 신발을 신은 채로 테이블에 오른발을 올리고 그 위에 다시 왼발을 포개더니 골똘히 생각에 잠겼다. 몸에 긴장이라고는 하나도 느껴지지 않는, 조금은 건방지고 불량한 자세. 어쩐지 멋있어 보여 나는 줄곧 곁눈질을 했다. 생각해보니 한 번도 저런 자세를 취해본 적이 없었다. 내 몸의 모든 관절은 비굴하게 굽었고, 근육 또한 잔뜩 수축돼 있었다. 나는 죽을 때까지 저런 근사한 폼으로 앉아볼 수 없겠지. 자기연민에 빠지려는 찰나 그가 내 쪽으로 비스듬히 몸을 틀었다.

"왜 힘들어서 떠나는 걸 죄로 몰아서 더 힘들게 하지? 야, 이서우, 그렇게 바짝 쫄고 그러지 마. 우울증은 죄가 아냐. 아무 잘못 없어. 우리가 뭐, 사람을 죽였어? 아님, 사기를 쳤어? 아니잖아. 그냥 우린 마음이 아픈 것뿐이야. 마음 아픈 것도 몸 아픈 거랑 똑같아."

그 말을 듣자 괜히 기합이 들어 나는 등을 쭉 펴고 바르게 섰다. 죄가 아니다. 아무 잘못 없다. 그저 마음이 아픈 것뿐이다. 김태한이 한 말들을 되짚을 때마다 척추를 받치고 있는 근육이 조금 단단해지는 기분이었다.

"아랍에 이런 속담이 있대. '어떤 사람에게는 사는 것보다 죽는 것이 낫다.' 그거 알아? 처음부터 자살이 죄가 된 건 아니었어. 자살을 두려워했던 사회도 있었고, 스스로 목숨을 끊는 것이야말로 가장 영예로운 죽음이라 칭송하던 사회도 있었어. 그러니까, 애초에 정답이란 게 없다는 거야. 그저 시대나 지역을 잘못 골라서 태어난 사람들이 있을 뿐."

그는 억울한 얼굴을 했다.

"예전부터 이런 생각을 했어. 자기 안 믿는다고 벌하고, 다른 신 믿는다고 질투하면 그건 신이 아니다, 그건 사람이다. 아마 저 사람들이 떠들고 다니는 걸 신께서 듣는다면 답답해서 가슴을 쾅쾅 칠걸? 만약에 말이야, 정말 신이 있다면 우리 같은 사람들을 더 따뜻하게 품어주지 않을까? 힘들게 버티고 버티다 포기한 사람들을 지옥 불에 떨어뜨리는 신은 이 세상에 없을 거다."

그 말에 동의했다. 신을 믿는 건 아니지만, 만약에 신이 있다면 나 같은 사람에게 더 관대하길 바랐다.

"자이나교에는 자살 전통이라는 게 있어. 때가 됐다 싶으면 죽을 자리를 정하고 앉아서 서서히 곡기를 끊는 거야. 죽음에 끌려가기를 거부하고 스스로 죽음을 택하는 것. 그들이 꿈꾸는 가장 영웅적인 죽음이지. 미생물 하나 해하지 않으려고 입을 가리고 다니고, 작은 벌레 한 마리 밟지 않으려고 바닥을 빗자루로 쓸고 다닐 만큼 생명을 소중히 하는 사람들이 자신의 죽음에는 이토록 능동적이라니 멋지지 않아? 신이 있는지 어떤지 모르지만, 하여간 내 생각에 세상에서 가장 섹시한 종교는 자이나교야."

똑똑.

문을 두드리는 소리에 김태한과 나는 잠시 서로를 바라봤다. 김태한은 서둘러 마스크를 쓰고 가부좌를 트는 동시에 나에게도 뭔가 손짓을 했는데, 그게 무슨 의미인지 곧장 알아차린 나는 김태한처럼 의자에 올라가 책상다리를 하고 앉았다. 이 모든 동작이 순식간에 이루어졌다. 공기가 차분하게 가라앉기를 기다렸다가 김태한이 입을 열었다.

"네."

천천히 문이 열렸고, 그 틈으로 사람들이 하나둘 고개를 들이밀었다. 우울한 얼굴들이었다.

"김 형, 무슨 일 있어?"

안경을 쓴 깡마른 남자가 물었다.

"태한 삼촌, 지금 뭐 하는 거예요?"

미간을 좁히며 양쪽 테이블을 번갈아 보던 여자애도 질문을 던졌다. 그러나 김태한이 대답을 하기도 전에 둘은 뭔가에 떠밀리듯 안으로 들어왔다. 그 뒤로 나이 든 여자와 키가 커다란 남자가 줄줄이 소시지처럼 따라 들어왔다. 휘청거리다 겨우 중심을 잡고 선 그들은 방 주인을 멋쩍게 바라보다 이내 서로를 원망하며 입술만 벙긋댔다. 문 뒤에 네 줄로 가지런히 서 있다가 궁금증을 이기지 못하고 바짝 붙어서는 바람에 사중 추돌을 일으킨 게 분명했다.

"괜찮겠어?"

나의 룸메이트는 편안하게 다리를 풀며 나를 바라봤다. 나는 고개를 끄덕였다. 생각을 해보고 끄덕였다기보다 그냥 나도 모르게 고개가 먼저 움직였고, 그걸 깨달았을 때 되돌리기엔 이미 늦어버렸다는 사실도 함께 깨달았다. 혈압이 급격히 떨어지며 머릿속이 하얘졌지만, 가까스로 밧줄을 붙잡고 나만의 주문을 떠올렸다. 잘 때는 자고. 씻을 때는 씻고. 먹을 때는 먹고. 지금 이 상황은 잠을 잔다거나, 씻는다거나, 먹는다거나, 그 어디에도 해당되지 않았으나 그저 주문을 외우는 일에만 집중하려고 했다. 그러나 생각과는 달리 벌써부터 숨 쉬는 것조차 쉽지 않았다.

"서 있지 말고 다들 앉아."

방 주인의 허락이 떨어지자 네 명의 남녀는 김태한 주변에 얌전히 엉덩이를 내려놓았다.

"다들 모여서 뭐 하고 있었던 거야?"

"603호에 모여서 루미큐브했어요. 치킨 내기. 그런데 갑자기 태한 삼촌이 소리 지르는 게 들려서."

주문을 외우려고 해도 도저히 집중할 수 없었다. 낯선 이들을 경계하느라 모든 신경이 곤두섰다. 건너편에서 나누는 대화가 귓바퀴 안에서 울렸고, 손을 움직이는 동작, 화자를 향해 고개를 돌리는 자세, 심지어 눈을 깜빡이는 소리까지, 모든 것이 눈과 귀를 어지럽게 만들었다. 숨을 길게 들이마셨다 천천히 내뱉고 다시 집중했다. 잘 때는 자고. 씻을 때는 씻고. 먹을 때는 먹고.

"그 사람들 다녀간 거야?"

안경이 물었다. 김태한이 천천히 고개를 끄덕였다.

"오, 그래서 자이나교도 행세 중이었구나? 그 사람들이 또 온 줄 알고."

나이 든 여자가 끼어들었다. 엄마 나이쯤 됐을까. 아니, 좀 더 젊으려나. 여자는 방금 미용실에서 나온 듯 잔뜩 공들인 헤어스타일이 인상적이었다. 그들은 김태한과 대화 중이었으나 눈동자는 내 쪽으로 치우쳐 있었다. 그걸 김태한이 모를 리 없었다.

"자, 인사들 나눠. 저쪽은 우리 센터의 신입, 이서우. 곧 서른 살."

얼떨결에 공식적인 데뷔 무대에 오른 나는, 그러나 허공만 바라봤다. 오래전에 굳어버린 혀가 목구멍 깊숙이 말려들어갔고 어깨가 움츠러들기 시작했다.

"얘기 많이 들었어요."

여자애가 중얼거렸다. 뒷모습만 보면 초등학생으로 오해할 만큼 왜소한 몸에 목소리까지 작았다. 주춤거리던 시선이 나를 적당히 비껴갔다. 그녀도 나처럼 눈을 맞추지 못하는 걸까.

"이쪽은, 402호에서 같이 지내는 한예경 여사와 양지혜. 그냥 한 여사님, 양지, 이렇게 기억하면 돼."

나는 여전히 가부좌를 틀고 앉아 불상처럼 꼼짝도 하지 않았다.

"양지는 양지혜를 줄인 말이 아니라 양지머리의 줄임말이야."

김태한이 말하자 한 여사님이라는 분이,

"또 있어요. 평소에는 양지, 기분이 안 좋을 때는 음지가 된답니다."

하고는 웃음을 터뜨렸다. 우스워 죽겠다는 사람은 김태한과 한 여사님 둘이었고, 정작 양지혜 본인은 이름에서 비롯된 놀림에 내성이 생겼는지 눈썹을 가볍게 올렸다 내릴 뿐이었다.

"그리고 여기 두 사람은, 요 옆 옆 방, 603호에 사는 손석규 형과 임이상. 우리끼리는 손 형, 작가 선생, 이렇게 불러. 임이상 이 친구는 소설을 쓰거든. 진짜 작가라고."

김태한의 소개에 안경이 쑥스럽다는 듯 웃었다. 키가 큰 중년 남자는 별말 없이 정중히 고개만 숙여 인사했다. '신사' 라는 단어를 떠올리게 하는 사람이었다. 나 역시 공손하게 인사해야 마땅했지만, 몸이 말을 듣지 않았다. 마음의 준비도 없이, 그것도 네 명이나 되는 사람들을 상대하는 건 생각보다 버거운 일이었다. 의도한 바는 아니었으나 결과적으로 무례한 신고식이 되어버렸고, 때문에 누군가 시비를 걸지 않을까 겁이 났다. 숨을 죽이고 눈치를 살피는데 누구도 개의치 않는 분위기였다.

"서우야, 제발 작가 선생한테 저자 사인본 좀 달라고 해.

책이 안 팔려서 아직도 이만큼씩 쌓여 있거든. 그 책을 다 쌓으면 침대도 만들 수 있을 정도라고. 킹사이즈로 말이야."

"무슨 소리, 집도 지을 수 있을걸?"

김태한과 한 여사님이 말을 주거니 받거니 하며 킥킥거렸다. 나는 이런 상황이 익숙지 않았다. 이렇게 많은 사람이 대화를 나누는 공간에 끼어 있는 게 오랜만이기도 했고, 아주 가까운 사람끼리 할 수 있는 놀림조의 말인지, 얄미운 사람에게 하는 비아냥인지 쉽게 구분할 수 없어 머리가 복잡했다. 싸움이라도 벌어지면 어떡하지. 당장 이불 속에 숨고 싶었다. 그만큼 작가라는 남자는 신경질적인 얼굴에 신경질적인 몸을 갖고 있었다.

"네네, 실컷 웃어요. 어차피 동시대 사람들이 이해할 만한 책이 아니니까. 내가 죽고 최소한 100년은 지나야 사람들이 그 가치를 알아볼 거라고."

작가 선생이 하는 말이 농담인지 진담인지 쉽게 파악할 수 없었지만, 일단 안심했다. 뼈의 굴곡이 드러날 만큼 비쩍 말라 사납게 보였을 뿐 진짜 싸움꾼은 아닌 모양이었다.

"그런데요, 작가 삼촌이 죽고 난 담에 책이 뜨면, 그게 다 무슨 소용이에요?"

여자애, 아니, 양지라고 했지. 양지가 조금 억울하다는 표정으로 웅얼거렸다. 다들 아무 말이 없었다.

"글쎄, 죽으면 그걸로 끝일까?"

먼저 입을 연 건 한 여사님이었다. 다시 침묵.

"가보면 알겠지."

"가보면, 알겠지."

김태한이 한숨 쉬듯 중얼거렸고, 작가 선생이 메아리처럼 말을 받았다. 나는 그들이 했던 말을 되뇌었다. 죽으면 그걸로 끝일까. 이런 생각은 많이 해봤지만 여전히⋯⋯ 모르겠다. 모르겠지만, 끝이어도 상관없겠지. 가보면, 알겠지. 그다음에 뭐가 있는지 알게 되거나, 혹은 알고말고 할 것도 없이 그냥 사라져버리거나.

다들 저마다의 생각에 잠겨 방 안은 고요했다. 양지가 긴 숨을 내쉬며 침묵을 갈라놓았다.

"나는, 너무 무서웠어요."

양지는 제 손끝을 바라봤다. 입술을 풀고 뭔가를 말하려다가 이내 단단하게 닫아버리기를 여러 번 반복하더니 드디어 어렵게 말을 끄집어냈다.

"숨이 빠져나가는 거, 본 적 있어요?"

긴장이 되는지 그녀는 한 손으로 다른 손을 감싸 쥐며 얘기를 시작했다.

*

숨이 빠져나가는 거, 본 적 있어요?

110

그러니까 내 말은, 누군가 죽어가는 걸 지켜본 적이 있냐고요.

벌써 5년 전이네. 벌써 그렇게 됐네.
우리 또또가 무지개다리를 건넌 거 말이에요.

어릴 때요, 내 옆에는 항상 우리 할머니랑 또또가 있었어요. 내가 네 살 되던 해부터 엄마가 다시 직장에 나갔으니까 내 첫 번째 기억에는 늘 할머니랑 또또가 들어 있어요. 우리 셋이 밥도 같이 먹고, 잠도 같이 자고, 산책도 같이 다니고.

내가 중학교 때 할머니가 돌아가셨어요. 장례식장에 찾아온 사람들한테 아빠 엄마는 이렇게 말했어요. 주무시듯 편안하게 떠나셨다고. 나한테도 죽음이란 건 잠자는 거랑 똑같은 거라고 말해줬어요. 매일 보던 사람을 다시 볼 수 없다는 거, 그게 그때 내가 알던 죽음의 전부였죠.

또또는요, 나랑 16년 가까이 같이 살았어요. 젖 떼고 얼마 안 됐을 때 우리 집에 와서 나랑 같이 컸죠. 할머니가 돌아가시고 난 다음에 또또랑 나랑 둘이 밥도 같이 먹고, 잠도 같이 자고, 산책도 같이 다니고 그랬어요. 할머니가 보고 싶어지면 또또를 끌어안고 축 늘어진 귀를 들춘 다음 거기에 대고 속에 든 말들을 속삭였는데. 털이 전부 하얀 개였는데, 다리만, 꼭 장화를 신은 것처럼 다리만 갈색이었어요.

또또가 열네 살이 되면서부터 몸이 하나둘 고장 나기 시작했어요. 나도 마음의 준비를 단단히 했고. 또또는 아주 작은 소리만 들려도 자다가 벌떡 일어났는데, 이름을 불러도 반응이 없는 날들이 점점 더 많아졌어요. 가까이 있는데도 날 찾지 못하고. 잘 걷지도 못하고. 질기거나 딱딱한 건 먹질 못하고. 그땐 또또를 내 품에서 보내주는 게 유일한 소원이었어요. 또또는 병원을 제일 싫어했거든. 낯선 곳에서 이런저런 검사를 받다 가는 것도 아니고, 나 없을 때 쓸쓸하게 혼자 가는 것도 아니고, 꼭 내 품에서 보내주는 거. 사랑해, 고마워, 인사도 하고. 어른들이 말했듯 잠자는 것처럼 편안하게 떠나기를 바랐어요. 교회도 절도 안 다니면서 그냥 내가 아는 모든 신에게 부탁했어요, 내 소원 꼭 좀 들어달라고.

열여섯 번째 생일을 한 달쯤 앞두고 이 녀석이 밥을 안 먹는 거예요. 그냥 시무룩하게 엎드려서 꼼짝도 안 했죠. 제일 좋아하는 간식을 가져다 코앞에 들이대도 냄새만 잠깐 맡고는 고개를 돌렸어. 컨디션이 안 좋구나 싶어 또또 옆을 떠나지 않았어요. 그랬는데, 갑자기 녀석이 목에 뭔가 단단히 걸린 것처럼 컥컥대는 거예요. 그러고는 숨을 얕고 가쁘게 내쉬기 시작했어. 대개는 잠깐 그러다 말았는데, 이번엔 멈추질 않는 거예요. 덜컥, 겁이 나더라. 혹시, 하면서. 아무리 마음의 준비를 하고 있었대도 이게 마음처럼 되는 일이 아니니까요.

얼마나 지났을까. 그 작은 몸 안에서 폭탄 같은 게 터진 것처럼, 힘없이 엎드려 있던 애가 벌떡 일어나더니 당황한 얼굴로 나를 쳐다봤어요. 제 몸에서 무슨 일인가 일어났는데, 그게 뭔지 자기도 모르겠다는 얼굴로. 불안한 눈동자로. 그리고 다시 컥컥거리더니 옆으로 픽 쓰러졌어요. 서 있던 자세 그대로, 이렇게, 픽. 입을 한껏 벌렸는데 숨을 삼킬 수도 뱉을 수도 없는지 얼굴이 일그러지다가 이내 다리를 뻣뻣하게 뻗으면서 눈꺼풀을 아주 크게 열었어요. 그때, 눈동자 주변으로 태양의 홍염처럼 핏줄이 검게 번졌어. 그리고 어느 순간 불꽃이 멈췄어. 죽음이란 게 그냥 사르르 숨이 잦아드는 건 줄 알았는데, 어른들이 말했듯 그저 잠드는 거랑 똑같은 줄로만 알았는데, 아, 이런 거구나, 이렇게 유리에 쩍 하고 금이 가듯이 생명에 금이 가버리는 거구나. 가만히 손을 뻗어서 또또를 들어 올렸는데, 물에 젖은 수건처럼 아래로 축 늘어졌어. 그 느낌이 너무 낯설어서 도로 내려놨어.

그냥 멍하니 있었어요. 내 눈앞에서 일어난 일들을 하나도 이해할 수 없었거든요. 삶에서 죽음으로 넘어가는 게 이렇게나 간단한 일인가 싶기도 했고. 아니, 내가 몰랐을 뿐 녀석의 몸은 오래전부터 차근차근 죽음을 준비하고 있었겠지 싶기도 했고. 너무 놀라서 울음도 안 나오는데, 또또가 다리를 조금 움직였어요. 처음엔 잘못 본 줄 알았는데, 아니었어요. 고장 난 자동차에 좀처럼 시동이 걸리지 않아 애먹는 것처럼 다리를 조금씩 조금씩 움직였어요. 가슴에 손을 대보니 심장이 거칠게 뛰고 있었죠. 또또는 숨 쉬는 게 고통스러운지 꺽꺽대면서도 나와 눈이 마주치면 아기처럼 우는 소리를 냈어. 그러다 어느 순간 물 밖에 나온 물고기처럼 온몸을 파닥거리다 까무러쳤어. 이게 진짜 끝인가. 정말로 끝인가. 뭘 어떻게 해야 할지 몰라 숨만 죽이고 있는데, 다시 깨어났어. 또 경련을 하고. 또 까무러치고. 그때부터는 죽는 게 아니라 다시 깨어나는 게 공포스럽더라. 우리 또또가 다시 그 고통을 견뎌야 할까 봐 끔찍하더라. 그때 알았어요. 심장은 살아온 시간만큼 단련됐으니까 쉽게 멈추지 않는구나. 그게 참 무서운 거구나. 그래서 아무 신에게나 빌었어요. 우리 또또 고통 덜어달라고, 빨리 편안하게 떠나게 해달라고. 또또 다리는 벌써 차갑게 식었고 가쁜 숨을 내쉬느라 벌어진 입 사이로 혀가 검게 변했고…….

그렇게 한 시간쯤 고통스러워한 것 같아. 그러다 어느 순간 표정도 숨소리도 차분해졌어. 아주 약하게, 그러나 평온하게 숨을 쉬었고. 심장박동도 희미해졌고 눈동자는 더 이상 반응이 없었어. 아마도 혼수상태 같은 거였겠죠. 그렇게 20분쯤 있다가 영영 떠나버렸어.

숨이 빠져나갔는데, 또또는 그냥 살아 있을 때랑 똑같아 보였어요. 그냥 조금 졸린 얼굴이었어. 다시 깨어날지 모른다는 두려움에 한동안 심장에 손을 대고 있었죠. 몸통은 아직 따뜻했어요. 청각이 제일 오래 남는다는 얘기를 들은 적이 있어서 한참을 사랑한다고, 고마웠다고 말해줬어요. 갓난아기처럼 수건으로 몸을 감싸주고 한참을 쓰다듬어주다 지쳐 잠이 들었는데, 아침에 일어나보니까 정말이지 영영 떠나버렸더라. 눈을 보고 알았어요. 그 눈이 아주 먼 곳을 보고 있었거든. 어제 숨이 멎었을 때만 해도 그런 눈이 아니었는데. 아, 숨이 멎어도 영혼은 한동안 몸에 머물다 가는 거구나, 생각했어. 그러다 서서히 동공이 열리면서 그 사이로 영혼이 빠져나가는 거구나. 차갑게 식은 몸도, 뻣뻣하게 굳어버린 다리도 아닌, 눈을 보고 알았어요. 아, 떠났구나. 아마 그게 우리가 살아 있는 동안 서로의 눈을 바라보면서 얘기하는 이유겠구나…….

그런데요, 나는 그 뒤로 사람 눈을 볼 수가 없었어. 또또 눈동자 주변으로 번지던 홍염이 떠올라서. 그리고, 나는 무서웠어. 죽는 것도, 숨이 넘어가는 것도, 정말 고통스러운 일이라는 걸 알아버렸으니까.

주무시다 편안히 돌아가셨습니다.

내가 어른이 되고도 이런 얘기를 많이 들었어요. 그런데, 그건 아무도 모르는 거잖아. 옆에 아무도 없어서 고통을 전할 기회가 없었는지도 모르잖아. 사람들은 죽음의 실체를 피하려고 하거나 애써 포장하려 하는 것 같아. 그래, 겁나니까, 다들 겁이 나서 그렇겠지.

어떻게 보면 우리 또또의 죽음이 가장 자연스러운 죽음이었을 텐데, 그게 그렇게 고통스러운 일이라니 그렇지 않은 죽음은 어떨까. 생명이 다한다는 건 정말 질긴 일이에요. 생을 견딜 만큼 단단하던 밧줄이 다 해지고 딱 한 가닥이 남았는데, 그 마지막 한 가닥이 참 지독하게 질기더라고. 또또가 죽는 걸 보고, 숨이 빠져나간다는 게 얼마나 고통스러운 건지 직접 보고, 나는 나이가 들어서 죽는 것도 싫고 병들어 죽는 것도 싫고 그렇다고 사고로 갑자기 세상을 떠나는 것도 싫었어.

누군가 심장마비로 죽었다는 얘기를 들은 날이면 잠자리에 누워서도 심장이 갑자기 멈춰버리지 않을까 몸을 떨었어. 그래서 심장이 뛰는 그 느낌에만 집중했지. 쿵. 쿵. 쿵. 쿵. 그 다음 '쿵'이 없을까 봐, 갑자기 그런 일이 생길까 봐 밤을 꼬박 새우는 일. 그게 얼마나 고통스러운지 알아요? 누군가 뇌출혈로 쓰러졌다는 얘기를 들은 날이면 머릿속에서 갑자기 혈관이 폭발해버리지는 않을까 두려웠고. 밖에 나가면 사고를 당할까 봐 두려웠고. 그러니까, 무서워서 도무지 살 수가 없었어요. 사람은 누구나 다 죽는 거잖아요. 언젠가 나에게 찾아올 죽음도 무섭고, 그게 언제가 될지 알 수 없어서 무섭고. 제대로 살 수가 없었어.

죽는 게 너무 무서워서 나는 센터에 올 수밖에 없었어요. 여기서는 그저 잠들면 되는 거니까. 어른들이 말했듯 진짜로 잠자듯 편안하게 떠날 수 있으니까.

*

양지가 긴 독백을 이어가는 동안 누구도 함부로 끼어들지 않았다. 얘기가 끝난 뒤에도 쉽게 말을 꺼내지 않았다. 방 안에 침묵이 가득 찼어도 어색해하거나 불편해하는 사람은 없었다. 그저 나만 조금 당황했을 뿐이었다. 살면서 많은 경험을 하지는 못했지만, 이런 식의 대화가 흔치 않다는 것 정도는 알 것 같았다. 누군가의 얘기에 귀 기울여주는 사람들. 아무 말 없이 들어주는 사람들. 말 대신 함께 호흡하는 사람들. 무엇보다 놀라운 건, 다른 사람에게 자신의 가장 연약하고 아픈 부분을 고스란히 드러냈다는 점이었다. 약점이 노출되면 보호받기보다 공격당하는 경우가 훨씬 더 많으니까.

나는 이따금 양지를 바라봤다. 내 느낌이 맞았다. 양지는 언젠가 인터넷에서 본 연극배우 같았다. 암흑 같은 객석을 응시하며 독백하는 배우처럼 허공에 눈을 맞췄다. 나와는 다른 이유 때문이지만, 그녀도 타인의 눈을 들여다보는데 공포를 느끼고 있었다. 비슷한 종류의 사람이라는 생각에 경계했던 마음이 조금은 풀어졌다. 시선을 맞추는 데 공포를 느끼지 않는 사람들도 지금은 서로 다른 곳을 바라봤다. 누구도 위로의 말을 찾으려 애쓰지 않았다. 다만 한 여사님이 양지의 등을 길게 쓸어내릴 뿐이었다.

"분명 영혼이 있기는 한 것 같아."

조금은 가벼워진 목소리로 양지가 말했다. 그 말을 신호로 흩어졌던 시선이 다시 서로를 향해 모여들었다.

"영혼이 있으면 천국과 지옥 같은 것도 있을까?"

"천국과 지옥이 있으면 신도 있다는 거겠지?"

"천국은 모르겠지만, 확실히 지옥은 신이 아니라 인간 스스로 만드는 거야."

"그런데 말이야, 천국이나 지옥 같은 게 없다면 착하게 산 사람들만 억울한 거 아냐?"

"그게 억울해서 인간이길 포기하고 나쁘게 살 수는 없잖아."

손 형을 제외한 나머지 사람들은 조금 전의 무거운 공기를 환기하듯 금세 수다스러워졌다.

"사후 세계라는 게 있다면 말이야. 살아 있을 때 꿈꿨던 가장 아름다운 모습 그대로면 좋겠어."

작가 선생이 말했다.

"예를 들면 이런 거야. 한 번도 비행기를 타본 적 없는 사람이 어느 날 인터넷에서 멋진 사진을 한 장 본 거야. 투명한 바다에 하얀 모래가 깔린 따뜻한 나라. 야자나무도 있고, 해먹도 걸린 그런 사진. 그 사람에겐 그곳이 세상에서 가장 아름다운 풍경인 거야, 비록 가보지는 못했어도. 그가 죽으면 눈앞에 딱 그 사진 속 풍경이 펼쳐지는 거지."

괜찮은 생각이라는 듯 몇몇이 고개를 끄덕였다.

"아니면, 어떤 사람이 살아 있는 동안 믿었던 세상이 그 사람의 사후 세계가 되는 거야. 기독교도에게는 성경에 묘사된 천당, 불교도에게는 극락, 사후 세계 같은 건 없다고 생각한 사람들에게는 그야말로 무. 아니면 가장 강렬한 기억, 아름다운 기억이 사후 세계가 되는 것도 근사하겠다. 가장 사랑했던 사람과 가장 행복했던 시절, 그걸 영원히 반복하는 거지."

안경 너머로 예리한 눈매를 숨긴 작가 선생은 생각보다 낭만적인 구석이 있었다. 어쩌면 그가 쓴 책이란 사후 세계를 배경으로 한 로맨스 소설일지 모른다는 생각이 들었다.

"그렇다면, 작가 선생이 바라는 사후 세계는 어떤 건데?"

손 형이 물었다.

"내가 바라는 사후 세계는 말이지."

여기까지 말하고 작가 선생은 목을 가다듬었다. 꼭 프러포즈를 앞둔 사내 같았다.

"흠, 거기서 나는 누구나 알 만한 책을 쓴 작가일 거야. 쓰는 책마다 베스트셀러 코너 가장 좋은 자리에 놓이는. 훌륭한 책과 그렇지 않은 책으로 나누는 데 판매 부수가 절대적인 기준이 될 수는 없지만, 더 많은 사람들이 읽고 공감한다는 건 분명 기분 좋은 일이겠지."

작가 선생이 수줍게 웃는 걸 보고 김태한이 입을 열었다.

"그래, 거기서는 인세 쌓아서 침대 하나 만들어. 킹사이즈로 말이야."

"무슨 소리, 집 한 채는 지을 수 있을걸."

한 여사님이 맞장구쳤다. 이번에는 아무도 웃지 않았다.

어느덧 나는 주문을 외우는 대신 방문자들의 긴 수다에 귀 기울이고 있었다. 경계를 하거나 눈치를 살피기 위해 듣는 것이 아니라 그들의 대화에 초대받은 기분이었다. 그사이 개어놓은 다리도 나른하게 풀려 있었다. 멀리서 밥 냄새가 밀려왔다. 벌써 점심시간이었다. 오늘은 평소보다 시간이 빨리 흘러가고 있었다.

4

꿈에 작은 개 한 마리가 나왔다.

털이 축축하게 젖은 개 한 마리.

개의 눈동자는 나를 향해 있었지만, 나를 보는 건 아니었다.

이미 활짝 열린 동공 밖으로 영혼이 빠져나간 뒤였다.

*

눈을 떴을 때, 까만 눈동자가 나를 바라보고 있었다. 정확히 나를 향한 눈이었다.

"괜찮아, 꿈이야."

낮고 부드러운 음성. 나의 룸메이트 김태한이었다. 꿈결에서 현실로 건너온 뒤에 제일 먼저 느낀 것은 얼굴이 축축하다는 거였다. 눈물인지 땀인지 알 수 없는 무언가가 얼굴과 베개를 흠뻑 적셔놓았다. 검게 벌어진 동공. 축축한 털. 차갑게 식은 작은 동물. 꿈에서 본 장면이 떠올라 털을 말리는 개처럼 고개를 세차게 흔들었다. 물기가 사방으로 흩어졌지만, 몸은 여전히 축축한 기분이었다. 의식은 무의식의 세계를 밀어내려 했고, 무의식은 의식의 세계에 침범하려 들었다. 나는 다시 고개를 흔들었다.

"그래, 다 털어내버려."

무슨 꿈을 꿨는지 묻는 대신 김태한은 블라인드를 걷어 올렸다. 빛의 면적이 점점 넓어지며 으슬으슬했던 뼈마디 사이로 온기가 스며들었다. 나는 몸을 일으키고 소매를 끌어당겨 대충 얼굴을 닦았다.

"날씨 좋네."

그 말에 자동적으로 고개가 창가로 돌아갔다. 봄은 나날이 산불처럼 번지고 있었다.

"센터에서 601호가 제일 좋은 방이라는 건 들어서 알고 있지? 전망도 좋지, 남향에다 창이 많아서 빛도 잘 들어오지."

김태한은 창틀에 팔꿈치를 걸치고 먼 곳을 바라봤다.

"그래서 말인데, 이따 점심 먹고 이 방에서 회의 좀 했으면 싶은데. 402호랑 603호 사람들 와도 괜찮겠어? 아주 중요한 회의거든."

굳이 그의 얼굴을 보지 않아도 '선 결정, 후 동의' 방식의 질문이라는 걸 알 수 있었다. 나는 이런 식의 질문에 익숙한 삶을 살아온 사람답게 고개를 끄덕였다. 하지만, 이번에는 어쩐 일인지 마음을 다치지 않았다. 내가 파악한 김태한과 그 무리는 적어도 위험한 사람들은 아니었다. 설명하기는 어렵지만, 사람이 사람을 대하는 법을 아는 사람들이랄까. 아니면, 사람을 사람으로 대하는 법을 안다고 해야 할까. 그렇다고 무작정 안심할 수는 없었지만, 사실 궁금하기도 했다. 나와 같은 선택을 한 이들에게 호기심이 안 생긴다고는 할 수 없었다. 새로 추가한 주문을 외우며 사람들을 맞이할 준비를 했다. 인사할 땐 인사하고. 말할 땐 듣고.

*

식사가 끝나고 30분쯤 지났을 때, 예정된 손님들이 찾아왔다.

한 여사님, 양지가 차례로 들어왔고, 그 뒤로 에코백을 하나씩 든 손 형과 작가 선생이 모습을 드러냈다. 김태한이 사물함에서 돗자리를 꺼내 방 한가운데 펼치자 손님들이 둥글게 모여 앉았다. 김태한 옆으로 공간이 비어 있었는데, 거기가 내 자리라는 걸 눈치챘다. 아니나 다를까, 김태한이 사뿐히 손짓했다. 다른 사람들은 가방에서 캔 맥주와 짭짤한 안줏거리를 꺼내느라 정신이 없었다. 튀지 않게, 남들처럼. 나만의 구호를 되뇌고 슬그머니 의자에서 엉덩이를 뗐다. 한 발짝씩 걸어가 자리에 앉고, 누군가 건넨 맥주를 받아 들고, 건배를 하기까지 거의 제정신이 아니었다. 차갑고 싸한 맥주를 한 모금 마시고 나서야 의식이 돌아왔다. 아, 이런 맛이구나.

"맥주 맛있네."

"새로 들어온 거야."

"에일이네."

"에일이 맛있지."

다들 맥주 거품처럼 가볍게 한마디씩 하고 안주를 집었다. 튀지 않기 위해 안주를 하나 집어 먹으면서 내가 정말 궁금했던 것은, '여기 모인 사람들은 정말 이 맥주가 맛있을까?' 하는 거였다. 오랜 칩거 생활로 맥주 맛을 알 리 없는, 아니, 맥주 맛이 궁금했던 적이 없는, 아니, 죽음 외에 도무지 뭔가를 욕망해본 적이 없는 나에게 이 쓰고 지린 맥주를 '맛있다'고 하는 건, 열탕에 들어가서 '어, 시원하다'고 하는 것과 다를 바 없었다.

"주인이 바뀐 뒤로 매점이 나날이 발전하고 있어."

"그러게. 예전에는 밍밍한 맥주밖에 없었는데."

"그래도 하루에 두 캔인 건 여전한 거지?"

"그건 센터에서 정해놓은 거니까."

"이해가 안 가. 알코올중독이라면 여기가 아니라 다른 센터에 들어갔겠지. 아무리 생각해봐도 술까지 제한을 두는 건 좀 심했어. 우리가 애들도 아니고."

그들의 대화에 끼어들지 못하는 나는 맥주만 홀짝거렸다. 한 모금 삼킬 때마다 남들이 맛있다고 하는 그 '맛'이 대체 어디에 있다는 건지 찾아보려 애쓰면서.

"특수 센터에 비하면 여긴 그럭저럭 괜찮지."

"그럼, 천국이지."

특수 센터에 대해서는 나도 알고 있었다. 거긴 마음 불치병 환자 중에서도 공격성이 강해 타인에게 해를 끼칠 위험이 있는 사람들이 가는 곳이었다. 인터넷 게시판에는 특수 센터에 관한 글들이 많았다. 때로는 꽤 사실적이고 그럴싸한 이야기, 때로는 학교에서 떠도는 괴담처럼 믿기 힘든 이야기였다.

"아!"

뭔가 떠올랐는지 작가 선생이 손을 반쯤 들어 올렸다. 그 바람에 캔에서 맥주가 흘러내렸지만 그는 개의치 않았다.

"센터에 들어오기 전에 말이야, 의사랑 면담할 때. 이런 질문 받은 적 있어? 누굴 죽이고 싶다는 생각한 적 있냐는 질문."

잠시 침묵.

"오, 그랬나? 기억이 잘 안 나네."

한 여사님이 고개를 갸우뚱했다.

"난 받았어."

손 형이 말하자 양지가 "나도" 하며 고개를 끄덕였다.

"그래서 뭐라고 했어요?"

"없다고 했지. 질문의 의도를 알 것 같아서."

"나도 없다고 했어요. 난 죽이고 싶은 사람이 딱히 없으니까."

나 역시 그런 질문을 받은 것 같기도 했지만 확신할 수는 없었다. 기억을 더듬어봐도 상담실 한쪽에서 뿌옇게 물기를 뿜어내던 가습기와 가습기가 뿜어내던 물기만큼이나 축축하던 내 손바닥만 떠오를 뿐이었다.

"나도 그런 질문을 받았거든. 그 질문에 '있다'고 대답한 사람들은 규율이 더 엄격한 센터로 보낸다는 거야. 우리야 상담하고, 짐 검사하고, 별 문제 없으면 외출이 가능하지만, 그쪽은 거의 불가능하대. 나가서 누굴 찌를 수도 있으니까."

"나도 그런 얘기 들은 적 있어. 그쪽 사람들은 외출도 어렵고, 인터넷도 맘대로 못 쓴다는데?"

"여긴 천국이야."

"그래, 천국이야. 겁 많은 모범생들의 천국."

"겁 많고 우울한 모범생들의 천국."

"그러니까 하루에 맥주 두 캔 제한은 좀 풀어달라고."

모두 손을 모아 캔을 부딪혔고, 나는 박자를 조금 놓치긴 했지만 그럭저럭 건배하는 흉내를 냈다.

"여기 센터장 말이야. 우수 센터로 뽑히려고 엄청 노력한 다며?"

"엄청 노력하지. 곧 벚꽃 축제도 한다며?"

"그날 대체 뭘 한다는 건지 내가 복지사 샘한테 물어봤거든. 근데 비밀이래. 절대 가르쳐줄 수 없대."

"궁금하면 참석하라는 거지."

"하여간 센터장 엄청 노력하네."

"우수 센터 지정되면 나라에서 지원 많이 해줄 테니까. 환자도 많이 몰리고."

우수 센터에 선정되는 기준은 크게 두 가지였다. 첫째, 마음 불치병 환자들이 편안하게 떠나도록 돕는가. 둘째, 얼마나 많은 사람들이 다시 사회로 돌아오도록 돕는가. 아이러니하게도 죽음과 삶, 둘 모두가 기준이었다.

"자, 그럼 이제 본격적으로 회의를 시작해볼까?"

"그래, 그 전에 첫 캔은 다 비우고."

저마다 남아 있는 맥주의 양만큼 고개를 뒤로 젖혔다 되돌아왔다. 그리고 곧장 두 번째 캔을 땄다. 딸칵. 엄마 생각이 나는 소리였다. 엄마는 아직도 매일 술을 마시고 있을까. 나는 두 번째 캔을 홀짝거렸다. 몸은 그대로인데 혼이 둥실 가볍게 떠올랐다. 취하는 게 이런 건가. 기분이 이상했다.

"여러분, 주목."

양지가 맥주 캔을 종처럼 흔들며 주의를 끌었다.

"다들 아시겠지만, 이제 한 여사님 디데이가 얼마 남지 않았습니다. 여사님은 연장 없이 그대로 진행하기로 결정하셨어요. 이제부터 장례 파티를 어떻게 열 계획인지 들어보고 좋은 의견 있으면 함께 나누는 자리 갖도록 하겠습니다."

양지가 천천히 말을 이어가는 동안 나는 슬쩍 한 여사님을 바라봤다. 잘 손질한 머리에 화사한 옷차림. 그녀는 드라마에 나오는 '우아한 사모님 전문 배우' 같은 느낌이었다. 한마디로 '나이 들었다'라고 하기에는 아직 일러 보였다. 문득 궁금해졌다. 다른 사람들은 어떤 사연으로 이곳에 올 수밖에 없었는지.

*

오, 다들 이렇게 모여줘서 고마워요. 정말 고마워.

60까지만 살아야지.

아마 내가 고등학교 때였을 거야. 어느 날 갑자기 그런 생각이 들었어. 그때는 그랬어. 60이라는 나이는 아무것도 할 수 없는 나이 같았지. 자연스럽게 죽음으로 이어지는 나이. 멀뚱멀뚱 죽음을 기다리는 나이.

나는 명문여중, 명문여고, 명문여대 코스를 밟고 방송국에 입사했어. 그리고 퇴사할 때까지 평생을 음악감독으로 살았지. 팝이랑 재즈를 특히 좋아했는데, 내가 회사에 들어갔을 당시만 해도 전문적인 여성 음악감독이 드물었어. 자부심이 얼마나 대단했을지 알 만하지?

남들 다 하는 결혼도 하지 않고 혼자 살았지만 외롭지 않았어. 일이 정말 좋았거든. 오, 맞아. 시대를 좀 앞서간 여성이었어요, 내가.

근데, 나 취했나 봐. 이렇게 옛날 얘기를 다 꺼내고.

내가 30대 중반쯤 됐을 때 알고 지낸 여자가 있어. 나이는 60대 초반이었고, 메이저 무대에 오른 건 아니지만 재즈 가수로 오랫동안 활동한 사람이었지. 작은 재즈클럽을 운영하면서 거기서 직접 노래도 하는. 처음엔 일 때문에 알게 됐는데, 친해진 건 일이 마무리된 뒤였어. 동료들이랑 회식을 하다가 장소를 옮겨 그녀가 운영하는 클럽에 몰려갔지. 문득 그녀가 했던 말이 떠올랐거든, 한번 놀러 와요, 했던 말.

무대에 선 그녀는 오, 정말 아름다웠어. 세련된 커트 머리에 가슴이 은근히 드러나는 검은색 드레스. 잘 다듬은 손톱에는 말린 장밋빛 매니큐어를 발랐고, 말의 속도나 음의 높낮이, 사용하는 단어, 거기에 어울리는 제스처……. 그녀는 기품이 넘쳤고, 그건 젊은 여자에게선 결코 찾아볼 수 없는 분위기였어.

그때 나는 처음으로 생각했어. 아, 60도 괜찮은 나이구나. 그녀가 무대에 선 모습을 보고 '늙음'의 기준을 바꾼 거지. 그녀를 만나기 전까지 60대란 이미 모든 것을 겪었기에 더는 새로울 것이 없는 나이, 욕망이나 열정 같은 건 이미 오래전에 다 빠져나가고 없는 마른 생선 같은 나이였는데, 그녀 덕분에 충분히 우아할 수 있는 나이라고, 늙었다고 말하기에는 아직 젊은 나이라고 생각했어.

그 뒤로 종종 재즈클럽에 찾아갔어. 친구들과 어울려 갈 때도 있었고 혼자 갈 때도 있었지. 그녀가 무대에 서는 날 일부러 찾아가 꽃을 건네기도 하고, 둘이 구석진 자리에 앉아 와인을 마시기도 했어.

그러다 어느 날인가 그녀와 우연히 마주쳤어. 그날 재즈클럽 근처 카페에서 미팅이 있었거든.

골목 구석구석까지 햇빛이 환하게 쏟아지는 낮이었어. 그녀가 먼저 나를 알아보고 손짓했지. 이제 막 잠에서 깨어난 얼굴로 늦은 아침인지 이른 점심인지 모를 식사를 하러 가는 길이라며 그녀는 웃었어. 그런 그녀가 낯설었지. 그럴 수밖에. 그러니까 그녀는, 자고 일어나서 간단히 세수만 하고 나온 얼굴이었어. 아니, 어쩌면 세수조차 건너뛰었는지 모르지. 나는 그녀의 눈 대신 눈가에 시반처럼 번진 기미를 바라봤어. 사람이 지을 수 있는 모든 표정의 결을 따라 깊이

130

팬 주름과 한껏 벌어진 모공도 찬찬히 들여다봤어. 그 벌어진 모공 틈으로 젊음이 서서히 빠져나온 게 분명하다고 생각했지.

그리고, 냄새가 있었어.

낮게 깔린 안개처럼 불길한 냄새. 몸속을 흐르는 피와 오랜 세월 사용해서 기능을 다해가는 장기들이 쉬어가는 냄새. 늙은 사람에게 풍기는 특유의 냄새. 그러니까, 죽음의 냄새 말이야. 그것이 그녀의 코에서, 입에서, 귀에서 흘러나와 몸 전체를 감싸고 있었어. 그 불길한 냄새를 피하기 위해 나는 그녀와 거리를 조금 두고 섰어. 그러고도 숨을 참아야 했지.

그 뒤로 나는 재즈클럽에 가지 않았어. 어쩐지 무섭고 슬펐거든.

나는 아이를 낳은 적이 없으니 젊었을 적 몸매에서 크게 달라진 건 없어. 하지만, 살성만큼은 확실히 달라졌지. 모든 세포가 활짝 피어나 표피를 팽팽하게 떠받치고 있던 시절이 있었는데, 오…… 어느 순간부터 세포들이 주저앉기 시작했어. 죽음의 발자국이 내 몸에 얼룩을 남기고 다녔지. 구불거리는 까만 털들 사이에서 하얗게 세어버린 음모를 처음 발견한 날, 한참을 그 자리에 멍하니 서 있던 기억이 나. 나중엔 무뎌졌지. 다 잊고 살았어.

퇴직을 한 뒤부터 크고 작은 전시회나 공연을 보러 다니는 재미로 살았어. 지하철을 타고 서울 시내에 있는 모든 미술관과 극장을 찾아다녔지.

그날은 아마 전철을 타고 예술의전당에 다녀오는 길이었을 거야. 맞은편 창문 너머로 한강이 보였던 기억이 나거든. 햇살이 강에 떨어져서 반짝거리는 나른한 봄날이었어.

왜 늙은 사람들은 아무 데서나 요란한 소리를 내면서 하품을 할까?

맞은편에 앉아 있던 젊은 여자애가 제 남자친구에게 말했지. 속닥거리듯 말했는데, 철교 위를 요란하게 달리는 전철 안에서 그 소리가 내 귀에 다 들렸어. 그러고 보니 좀 이상했어. 그 연인들 말이야. 내가 전철에 탔을 때만 해도 내 옆에 앉아 있었던 것 같은데, 어느샌가 내 맞은편에 가 있는 거야. 여자애가 입은 티셔츠에 하트 모양 스팽글 장식이 있어서 그걸 보고 확실히 기억할 수 있었어. 내가 깜빡 졸았나. 그사이에 저쪽으로 옮겨 갔나. 낮이라 전철은 한가했어. 빈자리가 많았지. 분명 내 옆에 있었는데 이상하다, 왜 자리를 옮겼을까. 나는 잠깐 꿈을 꾸고 있는 것 같은 기분이었어.

그 말이 정말 맞나 봐, 나이 들수록 더 자주 씻어야 한다는 말.

이번에는 남자애가 여자친구에게 말했어. 남자애와 여자애는 서로 마주 보고 있었지만 눈길은 나를 향해 있었지. 그 순간 왜 하품이 났을까. 의지와 상관없이 입을 크게 벌리고 숨을 들이마시다 깨달았어. 젊은 연인이 비웃던, 하품할 때 아무 데서나 소리 내는 늙은이가 바로 나라는 걸. 나는 입을 크게 벌리고 죽은 미라처럼 그대로 굳어버렸어. 동시에, 커다란 짐승이 우는 것 같은 소리도 뚝 끊겼고. 눈꼬리에는 하품을 따라 나온 눈물방울이 얄밉게 매달렸어. 그들이 자리를 옮긴 이유를 그제야 알았어. 오…… 그래, 그들은 자리를 옮긴 게 아니라 나를 피한 거야. 그때 불쑥 떠올랐어. 60까지만 살아야지, 다짐했던 고등학교 시절의 내가. 그렇게 생각했던 것도 다 잊을 만큼 나는 너무 오래 살았던 거야. 그때 내 나이는 이미 60을 넘어섰으니까.

그리고 아주 오랜만에 재즈클럽의 그녀를 떠올렸어.

그녀 주변에 떠 있던 냄새.

그래, 그런 냄새가 이젠 내 주변에 있겠지, 나를 따라다니겠지, 생각했어.

양지는 아마 알 거야. 내가 목욕을 아주 오래 한다는 거 말이야.

글쎄, 그러고 보면 그 젊은 커플에게 고맙다고 해야 하는 걸까. 그 뒤로 오래, 공들여 씻는 버릇이 생겼으니까. 샤워만으로는 불안해서 꼭 욕조에 물을 받고 오랜 시간 몸을 불렸으니까. 병적이었지. 목욕 용품을 구입할 때의 기준은 향이 진하고 오래가는 것. 거품을 충분히 낸 때수건으로 귀 뒤쪽과 목덜미, 겨드랑이, 사타구니…… 빈틈없이, 꼼꼼하게, 여러 번 닦았어. 피부가 벗겨질 만큼 씻고 나면 오일을 바르고 향수로 마무리했어. 그걸로도 불안해 향수를 휴대하고 다니면서 수시로 뿌려댔지.

젊은 시절에 말이야, 내가 만났던 남자들은 약속이나 한 듯 모두 같은 행동을 했어. 그건 섹스를 시작할 때, 그리고 섹스가 끝났을 때, 내 몸 구석구석에 코를 밀착시키고 체취를 맡는 거였어. 눈을 지그시 감고 오직 후각에 의지해 몸을 움직였지. 숨을 길게 들이마시는 소리나 그것을 다시 내뿜을 때의 뜨거운 입김, 콧날의 감촉 같은 게 나를 자극했어. 나와 떨어져 있을 때, 그들은 내 살냄새가 그립다고 했어. 보디로션이나 오일을 바르지 않아도 젊은 육체는 늘 좋은 냄새를 풍겼지. 자신은 느낄 수 없고 오직 이성만이 맡을 수 있는 신선한 냄새를.
내가 나날이 시들어가던 어느 날, 나와 잠자리를 한 남자들이 더 이상 내 몸에 코를 대지 않는다는 걸 깨달았어. 화장품이 뿜어내는 인공적인 냄새를, 일부러 코를 대고 맡아보는 남자는 없었어. 처음엔 서글펐고, 나중엔 무뎌졌지. 오…… 그래, 다 잊고 지냈어. 잊지 말았어야 했는데. 오래 전, 재즈클럽의 그녀가 그랬듯, 언젠가 내 몸에서도 그 불길한 냄새가 새어 나오게 될 거라는 걸 잊지 말았어야 했는데. 왜 그런 냄새는 본인은 느낄 수 없고 오직 타인만이 맡을 수 있는 건지. 마치 늙은이들을 이 세상에서 고립시키려는 것처럼, 밀어내려는 것처럼, 그래서 끝내 삶 밖으로 쫓아내려는 것처럼 말이야.

이제 오래전 재즈클럽에서 노래하던 그녀에 관한 기억은 샴푸나 입욕제, 비누처럼 몸을 청결하게 만드는 데 필요한 용품이 되어버렸어.

늙음을 감추려고 오랜 시간 목욕을 하고, 공들여 화장을 하고, 머리를 만지고…… 그것만으로는 불안해 피부과를 찾아가고, 성형외과를 들락거렸어. 병적으로 씻고 향수를 뿌린 것처럼 병적으로 새로운 약과 의술에 의지했지. 지쳤어. 그런 삶에 너무나 지쳐버렸어. 그건 곪은 사과를 도려내는 것과 다름없었어. 검게 썩어 들어간 부분을 도려내고 도려내다 더 이상 칼을 댈 곳이 없어진 거지.

그나마 다행인 건, 요즘 메이크업 제품이 굉장하다는 거야. 화장이 아니라 변장이 가능할 만큼 발전했으니까. 그런데 내 문제는 단순히 젊음과 아름다움을 잃었기 때문만은 아니라는 거지. 단정했던 내가 변해가는 걸 참을 수가 없어. 슬슬 고장 나기 시작한 몸이랑 자꾸 둔해지는 정신머리도 봐줄 수가 없고.

내 나이 이제 예순여덟.

나아지는 건 없어.

더 나빠질 일들만 남았지.

*

엄마보다 젊어 보였는데 예순여덟이라니.

진한 화장 덕분인가. 하긴 곁눈질로 얼핏 봤을 뿐이니. 그렇다고 다시 확인할 용기가 나지는 않았다. 아니, 그래서는 안 될 것 같았다.

"일흔 되기 전에는 떠나야지. 이제 분장하는 데 너무 오래 걸려. 화장품 사는 데 돈도 너무 많이 들고."

한 여사님이 눈을 찡긋하며 웃었다.

"앞으로 좋아질 건 하나도 없어. 정말로 그래. 게다가, 치매라도 온다면…… 오, 사실 나는 그게 제일 겁이 나. 눈치 없는 늙은이, 심술궂은 늙은이, 냄새나는 늙은이보다 내가 나를 잃어버리는 게 훨씬 더 무섭거든."

양지가 죽음 자체에 공포를 느낀다면 한 여사님은 자기를 잃어가는 것에 공포를 느끼고 있었다. 그녀에게 그것은 죽음보다 더 끔찍한 것이었다.

"예전에 존엄사법이 시행되기 전부터 존엄사니 안락사니 반대했던 사람들이 내세운 이유 중에 이런 게 있었어. 분명 그 법을 악용하는 사람들이 있을 거라고. 그 법이 결국 늙고 병든 사람들을 사회에서 밀어낼 거라고. 악용하는 문제는 또 다른 법적 장치를 마련해 막을 수 있다 치더라도, 늙고 병든 사람들이 남들 눈치 보며 살아야 하는 문제는 대체 어떻게 해결할 거냐고. 사실 그렇지. 옆에서 누가 뭐라 하지 않아도 스스로 압박을 느낄 수는 있으니까. 이 문제는 지금도 종종 사람들 입에 오르내리고 있고. 어려운 문제지, 어려운 문제야. 다만,"

한 여사님은 한 손을 들어 가슴에 얹었다.

"나의 경우는 온전히 내가 원해서 내린 결정이라는 거야. 누군가는 하나의 인간이 닳아가는 과정을 자연스럽게 받아들이겠지. 힘들어도 인정하려고 노력하거나. 하지만 누군가는 내적으로든 외적으로든 스스로 흐트러지는 모습을 조금도 견딜 수 없는 거야. 그런 사람에게 주어진 목숨까지 다 살라고 하는 건 너무 잔혹한 일이지. 나, 한예경은 더 이상 삶을 연장하고 싶지 않아."

한 여사님은 스스로의 결정에 재차 동의한다는 듯 고개를 끄덕였다.

"장례 파티는 어떤 식으로 진행할까요?"

손 형이 물었다.

"파티는 디데이 저녁에 열었으면 해요. 저녁 식사가 끝난 7시에. 각 층마다 초대장을 붙이고 원하는 사람은 전부 참석할 수 있게 하고 싶고. 장소는 벚꽃길. 예전에 태국 여행 갔을 때 말이야. 바닷가에서 칵테일파티가 열렸는데, 내 생애 최고의 파티였거든. 최대한 그날의 분위기를 내보고 싶어. 물론 여기엔 바다도, 야자나무도 없지만."

"칵테일파티, 완전 좋아요. 드레스 코드 같은 것도 정할 거예요?"

양지는 조금 들떠 보였다.

"물론 그러고 싶지만, 여기서 의상을 준비하는 데는 한계가 있을 거야. 대신 꽃을 잔뜩 주문해뒀어. 태국에서 흔히 볼 수 있는 리라와디면 좋았겠지만. 오, 그 꽃이 얼마나 향기로운 줄 아니? 뭐, 아쉬운 대로 백합을 주문해뒀어. 파티에 참석한 사람은 머리에 꽂든, 주머니에 꽂든 모두 백합을 몸에 지녀야 해. 그게 규칙이야."

"좋은 생각인데요."

"자, 다들 머리에 그려봐. 파티가 열리는 날, 파티장 입구에서 나눠준 백합을 꽂고 벚꽃길에 들어가는 거야. 거기엔 테이블 여러 개를 이어 붙인 칵테일 바가 있어. 테이블에도 백합을 장식하고 주변에는 노란 알전구를 잔뜩 달아놓을 거야. 칵테일은 두 종류를 준비할 건데, 거기에 어울리는 안주 각각 두 개씩, 총 네 종류의 안주가 각 테이블마다 세팅돼 있지. 바텐더는 섭외해뒀어. 전문 디제이도 올 거고. 거기서 먹고 마시면서 스탠딩 파티를 즐기는 거야."

"완전 기대된다!"

생일 파티에 초대받은 소녀처럼 양지는 손뼉을 쳤다.

"여사님답게 근사한 파티가 될 거예요."

"사람들도 많이 오겠는데? 지금까지 열린 장례 파티 중에 가장 쌈박하잖아."

칭찬이 이어지자 한 여사님은 안심이 되는지 활짝 웃었다. 그러고는 내 쪽을 돌아봤다.

"그날 와줬으면 좋겠어요. 오, 물론 내킨다면 말이야. 이곳에서 억지로 할 건 아무것도 없으니까. 안 와도 서운하지는 않겠지만, 와준다면 무척 기쁠 거예요."

내가 우물쭈물하고 있는 사이, 그녀는 시선을 옮겨 친구들을 둘러봤다.

"도와줄 게 몇 가지 있어. 우선 초대장을 만들 사람이 필요해."

"그건 내가 할게요."

양지가 말했다.

"안에 들어갈 내용은 작가 삼촌이 써줘요."

"좋아."

"입소문 담당은 내가 맡지."

김태한이 너스레를 떨자 모두 웃었다.

"그리고 파티 날, 입구에서 꽃 나눠 줄 사람도 필요해. 그건 손 형이 맡아줄래? 당신이 백합이랑 제일 잘 어울리거든."

손 형이 고개를 끄덕였다. 듣고 보니 그랬다. 큰 키에 단정한 용모. 그는 백합이랑 잘 어울리는 남자였다.

"좋아. 나머지 사람들은 테이블에 안주 세팅하는 거 도와주고. 오! 그날 우리는 저녁 먹을 시간 없으니까 상철 씨한테 미리 말해둬야겠다."

한 여사님은 돋보기를 꺼내 쓰더니 노트에 뭔가 끄적였다.

"마지막으로, 파티는 자정까지 이어질 거야. 다만 우리 친구들은 밤 10시가 되면 나와 함께 하늘정원으로 올라가줘. 그 방은 미리 준비해둔 대로 백합으로 가득할 거고, 나는 알싸한 향기 속에서 잠들 거야. 벚꽃길에서 사람들이 떠들썩하게 파티를 즐기는 소리를 들으면서 말이야. 그렇게 해줄래?"

한 여사님이 김태한을 바라봤다.

"거참, 당연한 얘기를. 배웅해드릴게."

"나도."

양지가 손을 번쩍 들었고, 작가 선생과 손 형도 고개를 끄덕였다.

나는 기분이 좀 이상했다. 술에 취한 탓인지, 아니면 죽음에 관해 이토록 자연스럽고 유쾌하게 이야기를 나누는 사람들 탓인지는 알 수 없었다. 알 수 없었지만, 기분이 좀 이상했고, 그건 좋은 쪽에 가까웠다. 그리고, 마시면 마실수록 맥주는 생각보다 맛있었다.

5

"처음엔 짝수팀이 앞섰는데, 홀수팀이 역전하고 오전 일
정 끝났어요."

평소보다 늦게 카트를 밀고 온 상철은 평소보다 더 높은
톤으로 바깥 상황을 중계했다. 오늘은 벚꽃 축제가 열리는
날이었다. 오전에는 3층의 여자들과 5층의 남자들이 '홀수
팀', 4층의 여자들과 6층의 남자들이 '짝수팀'이 되어 운동회
를 했다. 굳이 운동장에 나가지 않아도 이곳 601호에서는 피
구나 족구 같은 경기를 모두 관전할 수 있었다. 날씨가 좋아
서 그런지 운동장에는 생각보다 많은 사람이 모여 있었고,
그중에는 한 여사님과 양지, 작가 선생과 손 형도 있었다. 나
의 룸메이트 김태한은 축제 날 나를 혼자 두고 나갈 수 없다
며 601호에 남았다.

"시장하셨죠? 오늘은 벚꽃길에 뷔페를 차려놨거든요. 방에 남아 있는 분들도 꽤 있어서 인원 파악하느라 좀 늦었어요."

잠시 내 쪽과 김태한 쪽을 번갈아 보던 상철은 김태한의 테이블을 번쩍 들고 와 내 테이블에 이어 붙였다. 김태한이 의자를 들고 따라왔다.

"오늘은 뷔페니까."

상철은 테이블에 접시 여러 개를 내려놓았다. 수프와 샐러드, 해산물과 고기, 밥과 면, 디저트 등을 골고루 담은 접시였다.

"그것참. 축제라고 거창하게 이름 붙이고는 운동회가 다 뭐냐, 초등학교마냥. 점심 먹고 나면 보물찾기라도 하는 거 아냐? 아니면 수건돌리기 같은 거."

양 볼 가득 음식을 채워 넣고도 김태한은 말하는 데 별 어려움이 없어 보였다.

"점심 먹고 나면 야외에서 영화 상영하고요, 그다음에는 이 지역 노래 동아리랑 댄스 동아리에서 공연 온다고 하고……. 그런데요, 딴 거보다도 저녁 행사가 하이라이트라던데요?"

"뭐 하는지는 비밀이라는, 그거?"

"네, 그거요."

"뭐 하는 건데?"

"그거야, 저도 모르죠."

"에이, 그러지 말고."

"정말 몰라요."

"센터장이 춤이라도 추는 거 아니야?"

"설마."

벚꽃 축제는 시작 전부터 화제였다. 402호와 603호 사람들은 모이기만 하면 축제 얘기였다. 해 질 무렵에 시작된다는 그 '무언가'가 대체 뭘 한다는 건지는 철저히 비밀이었고, 그래서 사람들의 관심을 끌었다. 솔직히 말하자면 나도 조금은 궁금했다. 그 비밀스러운 행사는 벚꽃길에서 진행되는데, 지금은 꽃이 만개해 창밖을 내다본다 해도 몽글몽글한 꽃 덩어리 외에는 아무것도 보이지 않을 게 뻔했다.

"아, 궁금하고, 궁금하다."

"그렇게 궁금하면 이따 저녁에 나가면 되잖아요."

"상철이 너, 생각보다 매정한 녀석이구나."

"그게 무슨?"

"서우 혼자 외롭게 방에 놔두고 나만 실컷 즐기란 얘기야?"

"아……."

상철이 나를 돌아보며 길게 한 번 고개를 끄덕였다.

"날씨 좋지, 벚꽃은 사람 미치게 만들지, 축제는 열리지……. 이 좋은 날, 서우 혼자 방구석에 처박혀 있는 건 너무 잔인한 일이잖아. 대체 저 밖에서 뭘 한다는 건지 궁금해 돌아가실 지경이지만, 그래도 참아야지. 나는 서우 룸메이트 니까."

과장된 표정과 동작으로 말을 잇는 김태한은 꼭 연극배우 같았다. 멀뚱거리던 상철이 그 모습을 보고 큭큭, 코로 웃음 을 뱉었다.

"상철아, 이따 거기서 뭘 하는지 동영상 좀 찍어서 보내 줘."

이제 상철은 입을 크게 벌리고 시원하게 웃었다. 나 역시 김태한이 하는 말이 무슨 의미인지 알아챘다. 그러니까 그 는 지금 나한테 같이 나가자고 말하는 중이었다. 오전 행사 에 나가지 않은 것 역시 처음부터 나를 저 밖으로 끌어내기 위한 작전이었는지도 몰랐다.

창밖을 내다봤다. 하늘이 파래서 모든 게 더 선명했다. 저 아래에서 뭘 하는지 알 수는 없지만, 김태한 뒤만 따라다니 면 되지 않을까. 거기에 한 여사님이나 양지, 작가 선생과 손 형도 있을 테니 그럭저럭 견딜 수 있지 않을까. 다들 나처럼 아픈 사람들이니까 덜 힘들지 않을까. 무엇보다 세상을 떠 나기 전에 나도 '축제'라는 게 어떤 건지 한 번쯤 구경해보 는 것도 나쁘지 않겠지.

상철이 담아 온 음식은 종류가 스무 가지도 넘었다. 차가 운 음식은 차가운 음식끼리, 뜨거운 음식은 뜨거운 음식끼리. 빛깔도 모양도 맛도 잘 어우러지게. 곰 같은 손으로 솜씨 좋게 담아 왔구나 싶어 접시를 찬찬히 둘러보다 멈췄다. 샐러드 접시에 사람 얼굴이 들어 있었다. 납작하게 썬 오이에 블랙올리브를 얹은 눈 두 개, 아스파라거스로 만든 코, 반으로 자른 방울토마토를 쭉 이어 붙인 웃는 입, 그리고 브로콜리로 만든 머리카락까지. 소담스럽게 담은 감자 샐러드 위에 채소 인간이 웃고 있었다. 슬쩍 돌아보니 상철이 똑같은 얼굴로 웃었다. 아는지 모르는지 김태한은 포크로 채소 인간의 코를 쿡 찍어 입으로 가져갔다.

*

"여기가 603호, 손 형이랑 작가 선생이 쓰는 방이야. 저쪽 건너편으로 가면 4인실이 나오고."

6층 복도에 김태한의 목소리가 울렸다. 센터에 처음 들어온 날 담당 간호사가 그랬듯 나의 룸메이트는 한 걸음씩 옮길 때마다 안내 멘트를 덧붙였다.

"여기 생활하면서 특별히 주의할 건 없지만, 딱 하나, 저기 복도 끝에 있는 커다란 엘리베이터는 사용 금지야. 아니, 금지라기보다는 그냥 떠난 사람에 대한 예의랄까. 그건 임종실 직통이거든. 시체 나르는 엘리베이터라고."

김태한은 제법 들뜬 목소리였다. 그 비밀스러운 행사에

참여하게 됐기 때문인지, 601호에 칩거하던 나를 드디어 방 밖으로 끌어냈기 때문인지 알 수 없었지만, 하여간 그는 신이 난 얼굴이었다. 다른 사람들과 내기를 한 건 아닐까. 무력을 쓰지 않고 이서우를 방 밖으로 끌어내는 내기 같은 것. 의심스러운 눈초리로 김태한을 흘금거리는 동안 엘리베이터는 1층에 도착했다.

"날씨 좋네."

먼저 내린 김태한을 따라 천천히 한 발씩 움직였다. 그저 운동장에 나가는 것뿐이지만, 센터에 들어오고 첫 외출이었다. 여기 들어올 때만 해도 이런 일은 상상도 하지 못했다. 내 방에 처박혀 있던 하루하루는 죽은 시간이었는데, 죽음과 가장 가까운 이곳에서는 1분 1초가 전부 살아 있었다. 그래서일까. 저 바깥세상과는 다른 시간이 흐르는 기분이었다. 이곳에서의 하루는 더 진하고 깊었다. 유리벽 너머를 바라봤다. 해가 기울면서 파랗던 하늘은 연보랏빛으로 번지고 있었다. 잠시 멈춰 숨을 고르는 동안 김태한은 나를 기다려 주었다.

"여기!"

현관 앞에 서 있던 한 여사님이 손을 흔들었다. 양지, 작가 선생, 손 형도 함께였다.

"아까보다 사람들이 더 모인 것 같아."

"신비주의 전략이 제대로 먹혔네."

누가 말하지 않아도 모두 테라스를 따라 걸어갔다. 건물 끝에서 모퉁이를 돌면 거기서부터 벚꽃길이었다. 곧 행사가 시작되기 때문인지 테라스는 텅 비어 있었다. 601호에서 내려다볼 때는 파라솔 지붕과 사람들 정수리만 보여 실제라기보다 평면도 같은 느낌이었는데, 바로 옆에서 보니 잠시 앉고 싶은 생각이 들었다.

벚꽃길 입구는 사람들로 막혀 있었다.

"아직 기다려야 해."

"한 줄로 서서 기다리래요."

먼저 와 있던 사람들이 한마디씩 던졌다. 마구잡이로 서 있는 줄 알았는데, 이리저리 구불구불 이어져서 그렇게 보였을 뿐 엄연히 시작과 끝이 있었다.

"쉿. 조용히 기다리랬어요."

누군가 검지를 입술에 대며 속닥거렸고 몇몇이 고개를 끄덕였다. 침묵이 이어졌고 이따금 슬며시 기지개를 켜는 사람도 있었다. 그러는 사이 우리 뒤로 줄이 점점 길어졌다. 연보랏빛 하늘이 아까보다 더 짙어졌다는 걸 깨달았을 때, 가로등에 불이 들어왔다. 입구에 서 있는 커다란 벚나무에 달린 꽃잎이 한 장, 한 장, 선명하게 매무새를 드러냈다. 하얀 불빛이 쏟아진 공간을 무대 삼아 중년 남자가 자리를 잡고 섰다. 잘 다린 셔츠에 미색 가로줄 무늬가 들어간 은회색 니트를 덧입은 말끔한 차림이었다. 남자가 움직일 때마다 셔츠 위로 벚꽃 그림자가 한들거렸다. 그는 양손을 가지런히 모으고 사람들을 둘러봤다.

"센터장이야."

김태한이 내 귓가에 대고 말했다. 나는 고개를 끄덕였다. 센터장은 얼굴을 살짝 돌려 목을 가다듬고 다시 사람들 쪽으로 바르게 섰다.

"생각보다 많은 분들이 나오셨네요. 네, 잘 압니다. 여기서 뭘 할지 다들 궁금하시죠. 여기서 대체 뭘 할지, 이제 곧 알게 될 겁니다. 여러분은 순서대로 조용히 저를 따라하시면 됩니다. 어려울 것 없어요."

센터장이 빙긋 웃었다.

"딱 하나. 지금처럼 고요하게, 말없이 해야 한다는 것. 그것만 지키면 됩니다."

어려울 게 없는 말이었지만, 모두 여전히 어리둥절한 표정이었다. 센터장이 손짓하자 간호사들이 앞에 서 있는 사람들부터 벚꽃길 안쪽으로 이끌었다. 사람들은 풀을 뜯고 집에 돌아가는 양처럼 순한 걸음으로 간호사를 따라갔다. 구불구불하던 줄이 점점 짧아졌다. 뒤쪽에 선 사람들은 목을 길게 빼고 안에서 어떤 일이 벌어지고 있는지 살펴보려 애썼다. 보일 리 없다는 걸 알면서도 그랬다. 그리고 드디어 우리 차례가 왔다.

601호 창문으로 내려다볼 때보다 벚꽃길은 더 넓었다. 너른 길 양쪽에 오래된 벚나무들이 줄지어 서 있었고, 하늘을 향해 둥글게 뻗은 가지는 서로 맞닿아 있었다. 가지마다 촘촘히 매달린 꽃이 연한 분홍빛 궁륭을 완성했다. 그 아래에 먼저 들어간 사람들이 서 있었다. 간호사들은 새로 입장한 사람들이 자리를 잡을 수 있게 안내했다. 마침내 커다란 타원 모양으로 모두가 빙 둘러섰다.

"제장. 역시 수건돌리기라도 하려는 모양이야."

복화술을 하듯 김태한이 입술을 거의 움직이지 않고 중얼거렸다. 어느 정도 거리를 두기는 했지만 마주 서 있는 게 어색했는지 사람들은 눈동자를 이리저리 굴리며 동요했다. 호기심을 넘어 불안이 스며든 눈빛이었다. 정말 이상했다. 축제라고는 하는데, 음악도 없고, 화려한 조명도 없고, 풍선도 없고, 그저 벚꽃과 그 아래 둥글게 모여 있는 사람들뿐이었다. 여기서 뭘 하려는 건지 상상력이 바닥났을 즈음 센터장이 사람들 틈으로 끼어들었다. 술렁이던 공기가 순간 잠잠해졌다.

센터장은 평온한 얼굴로 사람들을 빙 둘러보더니 걸음을 옮겨 바로 옆에 있는 사람과 마주 섰다. 그는 천천히 두 팔을 벌리고 마주 선 사람을 끌어안았다. 1초, 2초, 3초……. 길고 고요한 몇 초가 지나고 그는 팔을 풀었다. 그리고 한 걸음 옮겨 그다음 사람을 끌어안았다. 다시 길고 고요한 몇 초. 그는 또 한 걸음 옮겨 그다음 사람을 끌어안았다. 처음 센터장

149

품에 안겼던 남자가 뭔가에 홀린 듯 멍하니 서 있자 간호사 한 명이 다가가 귓속말을 했다. 그는 얼이 빠진 얼굴로 센터장이 했던 것처럼 옆에 서 있는 사람과 마주 선 다음 천천히 팔을 벌렸다. 그 옆 사람도, 그리고 그 옆 사람도, 모두 센터장이 그랬던 것처럼 차례대로 사람들을 품에 안으며 한 걸음씩 이동했다. 한마디로 '포옹 파도타기' 같은 느낌이었다. 아직 차례가 오지 않은 사람들은 겁에 질린 얼굴로 그 광경을 지켜봤다. 누군가는 어이없는 얼굴로 웃음을 흘렸고, 누군가는 아직도 상황이 이해되지 않는다는 표정이었다.

그때, 어디선가 울음이 터졌다.

그사이 포옹의 파도가 제법 커졌기에 어디서, 누가 울음을 터뜨린 건지 금방 파악이 되지 않았다. 누군가 토하듯 울음을 쏟아놓자 다른 쪽에서 또 다른 울음이 터져 나왔다. 울음과 울음이 서로 엉켜들었다. 어떤 사람들은 서로를 얼싸안고 한참을 울었다. 그저 말없이 울기만 했다. 센터장은 여전히 평온한 얼굴로 포옹의 파도를 몰고 왔고, 울던 사람들도 몸을 추스르고 다시 옆 사람을 끌어안았다. 이게 뭘까. 뭔지는 모르겠는데, 코끝이 찌르르해져 나는 고개를 들었다. 온통 벚꽃이었다. 유리창을 통하지 않고 직접 본 꽃은 정말 아름다웠다. 가로등보다 더 환했다. 잠시 진공실에 머무는 기분이었다. 공기의 저항조차 없는 그런 곳에.

포옹의 파도와 함께 울음소리도 점점 가까워졌다. 아프리카 설화에나 나올 법한 기묘한 사나이처럼, 뜨겁고 진한 울음을 몰고 센터장이 다가왔다. 가까이, 아까보다 더 가까이 다가왔다. 센터장이 양지를 안았다. 한 여사님을 안았다. 손형을 끌어안았다. 작가 선생을 끌어안았고, 다음으로 김태한을 끌어안았고, 그리고, 마침내 내 앞에 섰다. 나는 눈을 꾹 감고 숨을 크게 참았다. 낯선 냄새와 낯선 타인의 품이 한꺼번에 들이닥쳤다. 1초, 2초, 3초……. 실제보다 더 길게 느껴졌을 시간이 흘러가고 센터장의 품에서 벗어났을 때, 안에서 뭔가 쑥 빠져나간 기분이었다. 아니, 뭔가 꽉 채워진 기분이었다. 아니, 모르겠다. 도무지 모르겠는 어떤 기분. 뭔지는 모르겠지만, 뭔가가 감정의 핵을 쿡 찌른 기분. 저 안에서부터 뭔가가 터져 나올 것만 같은 기분. 뭔지 알 수 없는 감정에 휩싸인 채 센터장의 뒤를 이어 포옹의 파도를 몰고 오는 사람들 품에 차례로 안겼다. 누군가 나를 안으면 숨을 참고, 또 안으면 또 숨을 참고, 숨을 참고, 참고, 참고, 그러다 어느 순간, 숨이 쉬어졌다. 사람이 다가와 옷을 바스락거리는 소리. 입고 있는 옷과 체형에 따라 다르게 느껴지는 감촉. 그러나 비슷한 체온. 살아 있는 사람들. 누군가는 울면서 나를 안았고, 누군가는 수줍게 웃으며 안았고, 누군가는 얕게 품었고, 누군가는 깊고 오래 품었다. 나를 끌어안았던 누군가가 떠난 자리에 36.5도보다 낮은 공기가 스며들기 전에 또 다른 누군가가 다가와 온기를 채워주었다. 그렇게 여러 개의 체온 안에 고요하게 머물렀다.

"서우 오빠."

아주 작은 소리였지만 나는 놓치지 않았다. 양지였다. 어느덧 양지가 나를 안아줄 차례였다. 눈가가 벌게진 그녀는 내 앞에 서서 그 작은 몸으로 나를 끌어안았다. 그녀도 나도 서로의 눈을 비껴 보고 있었지만, 그녀가 많이 울었다는 걸 알 수 있었다. 다음은 한 여사님이었다. 진한 향수 냄새를 풍기며 다가온 그녀는 나를 와락 끌어안고 조금 오래 머물렀다. 두 번인가 등을 토닥거리기도 했다. 키가 커다란 손 형이 조금 어색하게 나를 안았고, 마른 체형의 작가 선생이 끌어안았을 때는 뼈의 굴곡이 느껴졌지만 다른 사람들만큼 따뜻했다. 그리고 김태한. 나의 룸메이트가 짧지만 힘 있게 안는 바람에 잠시 숨을 쉴 수 없었다. 김태한은 내 어깨를 세게 두드리고 다음 사람에게 다가갔다.

이제 내가 파도를 몰고 갈 차례였다.

느리게 한 걸음을 떼 옆에 선 사람과 마주 선 다음 팔을 조금 벌렸다. 약간의 어지럼증을 느꼈지만 재빨리 주문을 외웠다. 튀지 말고, 남들처럼. 그저 안는 것뿐. 안아주는 것뿐. 팔을 좀 더 벌린 다음 포옹인지 팔을 걸친 건지 알 수 없는 기이한 자세로 첫 번째 임무를 수행했다. 그리고, 다음 사람. 또, 다음 사람.

152

밤이 되자 바람이 불어 꽃잎이 떨어졌다. 어떤 건 핑그르르 돌며 바닥으로 떨어졌고, 어떤 건 울먹이는 누군가의 어깨에 내려앉았다. 포옹의 파도가 다시 처음처럼 커다란 타원형이 될 때까지, 안아줬던 사람이 안기고, 안겼던 사람이 안아주며 다시 자기 자리로 돌아올 때까지, 꽃잎은 느린 속도로 흩날렸다.

6

생선초밥. 고기와 치즈가 듬뿍 들어간 스파게티. 게살볶음밥. 만두. 두꺼운 패티가 들어간 수제 햄버거. 치킨. 그리고 내가 이름을 알지 못하는 음식들까지. 엄마는 휴게실 테이블 가득 먹거리를 차려놓았다.

"이거 사려고 백화점 지하 식품코너랑 9층 식당가까지 다 돌았어. 솔직히 니가 뭘 좋아할지 모르겠더라. 모르겠어서 그냥 좋아할 거 같은 건 다 사 왔어."

엄마가 나무젓가락을 내밀었다. 양이 많기도 했고, 여러 종류의 음식 냄새가 뒤섞여 식욕을 느끼기도 전에 질려버릴 것 같았다. 그래도 젓가락을 받아 들었다. 양손 가득 음식을 들고 온 성의를 봐서라도 한 젓가락씩은 입에 넣어야 할 것 같았다.

"살이 좀 올랐네."

눈가에 잔주름을 만들며 엄마가 웃었다. 웃는 얼굴인데 쓸쓸해 보였다. 일단은 안심이지만 여전히 불안한 그런 얼굴.

엄마가 면회를 가도 되겠냐고 물을 때마다 나는 매번 "다음에"라고 답을 했다. 묻고 싶은 건 많은데 겁이 나서 다 묻지 못하겠다는 얼굴을 보는 것도 불편할 것 같았고, 휴게실까지 내려가야 하는 일도 자신이 없었다. 어제 "알았어" 하고 답장을 보냈을 때, 엄마는 오히려 불안한 기색이었다. 입소한 지 어느덧 보름도 더 지났고, 언제든 자유롭게 약을 받을 수 있는 날까지 이제 며칠 남지 않았기 때문에 아마 여러 가지 생각이 들었을 것이다. 사실 난 별 다른 뜻은 없었다. 그저 '포옹의 밤' 이후로 엄마가 원하는 걸 해주고 싶었다. 그냥, 내 마음이 그랬다. '포옹의 밤' 이후, 아무도, 심지어 말이 많은 김태한조차, 그날 밤에 대해 말하는 사람은 아무도 없었다. 하지만, 그날 이후 다들 조금씩 달라져 있었다. 분명, 달라져 있었다. 마치 단체로 뭔가에 홀린 사람들처럼. 내가 혼자서 휴게실까지 내려온 것도 그 증거 중 하나였다.

"서우야, 그러고 보면, 우리 같이 밥 먹은 것도, 외식한 것도 정말 오래됐다, 그렇지?"

외식. 낯선 말, 오래된 말이었다. 아빠, 엄마, 서진이와 함께 식당에 앉아 있는 장면이 남의 기억인 것처럼 잠시 겉돌다 사라졌다.

"왜, 맛이 없어? 잘 먹지를 않네. 뭐 좋아하는지 알려주면 엄마가 다음에…….

젓가락을 내려놓고 휴대전화를 손에 쥐었다. 불안한 시선이 와 닿는 게 느껴져 손가락을 빨리 움직였다.

－너무 많아.

휴대전화를 보여주자 엄마는 금방이라도 울음을 터뜨릴 것 같았다. 입술 주변 근육들이 서럽게 꿈틀거렸다.

－가지고 올라가서 친구들이랑 나눠 먹을게.

다시 글자를 만들어 휴대전화를 엄마 눈앞에 바싹 들이 댔다.

"친구……들?"

엄마는 제대로 읽은 게 맞냐는 얼굴이었다. 다시 자판을 두드렸다. 궁금해서 못 참겠는지 엄마는 내 옆자리로 옮겨 휴대전화를 들여다봤다.

－응. 내 친구들.

나는 특히 '친구들'이라는 글자를 또박또박 쳐냈다. 앞에는 '내'라는 글자까지 붙였다. 물론, 내가 생각하는 그들이 나를 친구라고 생각할지는 모르겠지만, '내 친구'라는 글자를 쓰는 것만으로 쪼그라든 근육 하나가 탱탱하게 부풀어 오르는 기분이었다.

－이건 나중에 나눠 먹을 테니까 지금은,

자판을 치다 말고 자리에서 일어났다. 말보다는 직접 보여주는 게 좋을 것 같았다. 일단 테이블을 정리했다. 거의 손도 안 댄 음식들을 다시 포장해 커다란 종이가방에 차곡차곡 쌓아 넣었다. 종이가방 세 개를 한쪽에 보관해두고 휴게실을 나섰다. 아직 벙벙한 얼굴로 서 있는 엄마에게 가볍게 손짓했다. 엄마는 그제야 겨우 걸음을 뗐다.

벚꽃길은 온통 연분홍 빛깔이었다. 그야말로 꽃길이었다. 바닥에 수북이 꽃잎이 쌓였는데도 아직 가지에는 꽃이 제법 달려 있었다. 하늘도, 바다도, 전부 화사했다. 어제 엄마한테 문자가 왔을 때, 문득, 이 풍경을 보여주고 싶다는 생각이 들었다. 왜냐하면, 내년에는 볼 수 없을 테니까.

천천히 돌아섰다. 엄마는 입을 반쯤 벌리고 서서 바닥을 한 번 보고, 하늘을 한 번 보고, 마지막으로 나를 바라봤다. 그리고, 웃었다. 꽃잎에 상처를 내지 않으려는 듯 조심조심 걸었다. 이번에는 엄마가 앞장서고 내가 그 뒤를 따라 걸었다. 푹신한 봄날이었다.

*

"어머니는 잘 만났고?"

601호로 돌아왔을 때, 김태한이 침대에 모로 누워 나를 맞았다. 점심 식사를 마치고 낮잠까지 한숨 푹 자고 일어난 모양이었다. 그를 보자 아까 내 마음대로 '친구'라는 말을 갖다 붙인 일이 생각나 얼굴이 화끈거렸다. 다행히 김태한은 내 손에 들린 물건에 눈길을 주고 있었다. 나는 종이가방을 내려놓고 휴대전화를 손에 쥐었다.

－그동안 식기 대신 반납해준 거, 고마웠어요. 이제 내가 할게요.

휴대전화를 내밀자 김태한은 몇 초간 나를 올려다봤다. 지금까지 601호 안에서의 대화는, 물론 나도 이따금 고개를 끄덕이거나 젓기는 했지만, 김태한의 끝없는 독백이 전부였다. 비록 문자이기는 해도 내가 건넨 첫마디에 나의 룸메이트는 놀란 얼굴로 눈만 끔쩍거렸다.

－엄마가 뭘 잔뜩 사 왔는데, 같이 드실래요?

다시 휴대전화를 보여주자 김태한이 "그래, 그래" 하며 고개를 끄덕였다.

－402호랑 603호 분들도 같이…….

이번에는 '내 친구'라는 말 대신 '402호'와 '603호'라고 썼다. 김태한은 여전히 놀란, 그러나 반가운 표정으로 "좋지, 좋아" 하고는 양지와 작가 선생에게 전화를 돌렸다. 통화를 끝내고 사물함에서 돗자리를 꺼내 바닥에 펼치다 말고 김태한이 손바닥을 내밀었다.

"폰 좀 이리 줘봐."

갑작스러운 요청에 허둥거리며 양쪽 바지 주머니를 뒤졌다.

"거참, 여기 있잖아."

종이가방 옆에 아무렇게나 내려놓은 휴대전화를 김태한이 먼저 발견했다. 돗자리 까는 걸 돕겠다고 거기 두고는 깜빡 잊은 것이다.

"잠금 풀고."

나는 말 잘 듣는 아이처럼 비밀번호를 눌렀다. 휴대전화를 건네받고 김태한은 손가락 끝으로 화면을 톡톡 두드렸다. 어디선가 벨이 울렸다. 김태한은 침대로 달려가 자기 휴대전화를 들었다.

"이서우. 저장 완료."

내 번호를 저장하고도 김태한은 휴대전화 두 개를 손에 쥐고 양쪽 엄지를 바쁘게 움직였다. 이쪽에서 저쪽으로 눈알이 여러 번 왔다 갔다 했다.

"다 됐다."

김태한이 팔을 뻗었다. 아직 불이 환하게 켜진 휴대전화에는 연락처 화면이 떠 있었다. 엄마와 서진이. 목록엔 언제나 두 사람뿐이었는데, 그새 김태한, 손 형, 양지, 작가 선생, 한 여사님까지, 일곱 명으로 늘어 있었다.

*

"거 봐. 내가 다 먹을 수 있다고 했지?"

159

김태한이 의기양양한 얼굴로 빵빵한 배를 두드렸다.

"우리가 아무리 잘 먹는다고는 하지만, 그래도 오늘은 좀 심한 거 아냐? 엄청 많았는데."

"오, 엄청 많았지."

한 여사님이 고개를 흔들었다.

"오늘 작가 선생이 별로 안 먹던데? 그래서 우리 배가 더 부른 거야."

"나 요즘 소화가 잘 안 돼서."

텅 빈 그릇을 가운데 놓고 빙 둘러앉은 사람들은 저마다 취할 수 있는 가장 편하고도 게으른 자세로 앉아 있었다. 거의 반쯤 누워 있던 김태한이 양반다리를 하며 자세를 고쳐 앉았다.

"우리가 이렇게 잘 먹는 이유를 생각해봤는데 말이야."

"생각해봤더니?"

"다들 마음이 허해서 그래. 그래서 먹는 걸로 채우는 거야."

"어라? 나도 그 생각했는데?"

"나도!"

보통 사람이라면 농담으로 들을 법한 얘기를 다들 진지하게 받아들였다. 김태한의 생각에 모두 동의했으므로 '마음이 허한 사람은 많이 먹는다'는 가설은 적어도 601호 안에서 '참'이었다.

"서우 씨, 어머니께 잘 먹었다고 전해드려요."

손 형이 내 쪽으로 몸을 기울였다. 나는 고개를 끄덕였다.

"나도."

"나도."

나는 모두에게 고개를 끄덕였다. 아마 엄마도 궁금해할 거라는 생각이 들었다. '빈 그릇 인증샷'이라도 보낼까 잠시 생각했지만, 곧 그만두었다. 당장 엄마를 안심시키려는 마음에서, 그리고 도대체 어디에서 튀어나왔는지 알 수 없는 뭔가를 내세우고 싶은 마음에서 '내 친구'라는 말을 함부로 사용한 것이 걸리던 차였다. 그런 말들이 엄마에게는 또 하나의 희망이 될 거라는 걸 왜 이제야 깨달았는지.

"그러고 보니까, 우리 중에 가족이 면회 온 사람은 서우뿐이다."

김태한이 중얼거리자 방 안에 나른하게 고여 있던 공기가 팽팽해졌다. 곧 '당신의 가족이 면회를 오지 않는 이유는 무엇입니까?' 류의 질문이 따라 나올 법도 했지만, 누구도 묻지 않았다. 여기 사람들은 먼저 얘기를 꺼내기 전에는 서로에 대해 쉽게 물어보지 않았다. 별 뜻 없이 던지는 질문들이 상처가 될 수도 있다는 걸 잘 알고 있었다. 섬세한 사람들. 조심스러운 사람들. 그래서 다치기 더 쉬운 사람들이었다.

"다들 알다시피 나는 결혼을 안 했고 자식도 없고. 가까운 가족은, 오, 물론 심정적으로 가깝다는 뜻이야. 사는 곳은 멀어. 그들은 캐나다에 있거든. 두 살 터울 언니도 있고, 형부도 있고, 조카들도 있기는 한데, 언니는 내 결정을 쉽게 이해 못 하지. 아마 나한테 좀 화가 나 있을 거야."

"우리 부모님도 나를 이해 못 해요. 아무리 설명해줘도 죽는 게 무서워서 죽겠다는 게 대체 말이 되는 소리냐고, 그런 말만 해요."

한 여사님이 양지를 토닥이자 양지가 한 여사님 어깨에 작은 머리를 기댔다. 그 위로 한 여사님이 머리를 가볍게 포갰다.

"우리 선택이 슬픈 걸 수는 있지만 나쁜 건 아닌데. 그걸 이해해주는 사람은 왜 대부분 가족이 아닌 다른 사람인 걸까."

양지가 혼잣말처럼 낮게 투덜거렸다. 다들 동의한다는 듯 무겁게 침묵하는데 오직 손 형만 고개를 가로저었다.

"차라리 이해 못 하는 게 나을 수도 있어."

손 형이 입을 열었다. 그는 설명이 더 필요하다고 느꼈는지 곧장 말을 이었다.

"그러니까 내 말은, 죽기를 바라는 것보다는 낫다는 얘기야."

나머지 말을 잇기까지는 얼마간 시간이 걸렸다.

*

대체 어디서부터 잘못된 건지.

나는 내가 좋은 아빠라고 생각했어. 좋은 남편이라고도 자부했지. 친구처럼 재밌는 아빠, 애인처럼 다정한 남편은 자신 없었지만, 집에서도 밖에서도 언제나 좋은 사람으로 살려고 노력했어. 부끄럽지 않은 사람으로 말이야. 때로는 강박적으로 나를 점검하는 일이 피로하게 느껴졌고 누군가는 융통성이 없다며 비웃었지만, 나는 내가 살아가는 방식이 옳다고 믿었어.

아내와 아이들만 호주에 보낸 게 잘못이었는지.

나는 아내를 사랑했어. 꽃을 사준다거나 예쁘다는 칭찬에는 서툴렀지만, 한 번도 아내의 생일을 잊은 적이 없었어. 아내가 좋아하는 음식이나 색깔 같은 것도 잘 알고 있었고, 화장실에 휴지를 걸어놓는 방향이라든가 차에 타기 전에는 발을 굴러 신발에 묻은 흙을 털어내는 생활 습관 같은 것도 잘 알고 나 역시 그대로 따라줬어. 결혼기념일에는 기억을 더듬어서 연애 시절에 우리가 갔던 음식점이나 공원, 전시회장 같은 델 다시 데려가는 것, 그게 내가 아내를 사랑하는 방식이었어.

아내는…… 글쎄, 아내는 나 정도면 결혼하기 적당한 남자라고 생각했는지 모르지. 성실하고 나쁜 짓 안 할 것 같은 남자. 이 정도면 괜찮다고 생각했는지 모르지.

큰애가 초등학교 6학년에 올라가기 전에 아내가 호주 얘기를 꺼냈어. 골프를 시켜야겠다는 거야. 아들은 날 닮아 키가 크고 체력이 괜찮았어. 운동에도 소질이 있었고. 아이를 위한 거라는데, 아이도 원한다는데, 내가 어쩌겠어. 그렇게 보냈지. 호주는 우리나라랑 시차가 크지 않잖아. 그게 그나마 위안이 되더라고.

처음엔 여름에 한 번, 겨울에 한 번씩 보러 갔어. 그러다 1년에 한 번으로 줄었고. 가족들 일정이랑 내 휴가를 맞추기 점점 힘들어지면서 1년 내내 못 볼 때도 있었지.

아들은 골프를 몇 년쯤 하다 그만뒀어. 그럼 돌아올 줄 알았는데, 아니더군. 어쩌다 한번 가서 얼굴을 보면 아들도 딸도 너무 낯설었어. 애들은 정말 빨리 크더라고. 온기 없는 눈빛이나 어색한 발음으로 버릇없이 말하는 모습들. 그냥 사춘기니까 그런 거겠지 생각했어. 아이들뿐만 아니라 아내도 나를 불편해했어. 영화 같은 데 나오는, 그러니까, 아내에게 다른 남자가 생긴, 뭐 그런 상상을 잠깐 해봤지만, 더는 생각하고 싶지 않더라고. 가정생활이라는 건, 진실을 파헤칠 때보다 덮어둘 때 순조롭게 유지되는 법이니까. 어쨌든 아내가 먼저 연락을 할 때는 도움이 필요할 때뿐이었어. 나는 은행 같은 거였어.

흔한 얘기지. 너무 흔한 얘기야.

아들이 대학을 그만두고 사업을 한다고 했을 때, 아내는 나에게 말하지 않았어. 나는 그냥 아이가 학교에 잘 다니고 있는 줄만 알았지. 그런데, 어느 날 연락도 없이 그 애가 한국에 들어온 거야. 놀랐지만 그래도 반가운 마음이었는데, 그래서, 저녁은 먹었니, 물어볼 참이었는데, 아이는 대뜸 화부터 냈어. 내가 알지 못하는 얘기들을 영어랑 한국말이랑 섞어가며 마구 퍼붓더라고. 나중에 들은 얘기지만, 아내는 아이들에게 뭐든 안 된다고 말할 때 내 핑계를 댄 모양이었어.

이제 성인이 된 아들은, 나보다 키도 더 크고 뼈도 더 굵어진 내 아들은, 금방이라도 나를 밀칠 기세로 화를 냈고, 사람들이 소통하는 방식이란 언제나 거울 같은 거니까 나도 똑같이 언성을 높였지. 나는 학창 시절에 그 흔한 주먹질 한 번 안 하고 자란 순한 사람이었어. 누군가와 소리 높여 싸우는 일은 익숙하지 않았어. 그런데, 심지어 그 상대가 아들이라니. 사실 아들이 하는 말은 귀에 들어오지 않았어. 그 애의 거친 행동들, 손에 든 겉옷을 바닥에 내던지는 동작이라든가 주먹으로 벽을 치던 모습, 목에 핏대를 세우고 소리를 지르며 나를 구석으로 몰아세우는 모습…… 그런 것들이 하나하나 아주 선명하게 가슴에 박혔어. 내 일이 아닌 것 같았어. 또 다른 내가 그런 일을 당하고 있는 나를 지켜보는 기분이었다고 해야 하나. 순간, 심장이 아팠어. 그대로 쓰러졌지. 온몸에서 식은땀이 흐르는데, 아들은 그 상황에서도 통장이 어디 있냐며 소리를 질러대더군. 119에 신고할 생각 같은 건 하지도 않고. 마치, 내가 죽기를 기다리는 것처럼. 죽어버리 라는 것처럼.

가족과 떨어져 지내는 시간이 길어질수록 내가 망가지는 게 느껴졌어. 느껴져도 외면했지. 문제를 들여다보고 해결 하려고 하기보다 그냥 덮어뒀어. 덮어두고 당장 하루하루를 살았지. 그랬는데, 나만 망가진 게 아니었던 거야.

아들이 그쪽에서 말썽이 많았나 봐. 사업한다고 일을 잔 뜩 벌였는데, 엄마가 도와주지 않으니까, 애들 엄마는 이미 아이가 일을 망친 꼴을 여러 번 봤으니까 도와줄 리 없었지. 그래서 중국 애들한테까지 돈을 빌린 모양이야, 각서까지 쓰고. 잘될 줄 알았던 사업은 엉망이 됐고, 빚은 불어나고, 급한 마음에 나를 찾아온 거지.

아내가 진작 나에게 말했으면 좋았을걸.

아니, 모르겠어. 말했다면, 뭔가 달라졌을지.

그날, 나는 아들이 무서웠어. 내 아들. 통통한 팔이랑 다 리에 선명한 주름이 있던 내 작은 아기가, 함께 공을 차고 자 전거를 타던 내 아이가, 무서웠어. 내가 내 아이를 두려워하 고 있다는 걸 깨달은 순간, 우리 관계가 끝장났다는 걸 알았 지. 영영 돌이킬 수 없이 완전히 깨져버렸다는 걸.

가족들이 반대한다고 해서 너무 서운하게 생각하지는 마. 가족이니까 이런 선택, 인정할 수 없는 거야. 화도 내보고, 잡아도 보고, 어떻게든 막아보고 싶은 거야.

왜냐하면, 가족이니까.

가족이란, 그런 거니까.

*

긴 침묵이 이어졌다.

누구도 애써 위로의 말을 하지 않았다. 서로에 대해 함부로 묻지 않는 것처럼, 위로 또한 함부로 하는 게 아니라는 걸 다들 알고 있었다. 다만 그저 말없이 곁에 앉아 있을 뿐이었다.

7

"그쪽에선 뭐 보이는 거 없어?"

화장실 너머에서 김태한이 물었다. 창문에 얼굴을 가까이 가져다 댔다. 멀리 정문이 보였고, 담장 너머로 가로수길이 조각조각 드러났다. 센터에 들어오던 날보다 초록이 차지하는 면적이 늘어났다. 나무에 매달린 잎들은 모세혈관 같은 줄기를 뻗으며 나날이 넓어지고 짙어졌다. 보이는 거라곤 온통 봄의 빛깔, 그뿐이었다. 바깥은 풍경화라고 해도 좋을 만큼 별 다른 움직임이 없었다.

– 아직. 아무것도요.

"거참, 오늘 중에는 꼭 도착해야 하는데."

나의 룸메이트는 아침부터 창문에 바짝 붙어 있었다. 식사 시간에도 밥을 한 숟갈 떠 넣고 창가에 한 번씩 다녀올

정도였다. 덩달아 나도 침대에 앉아 정문 쪽에 시선을 고정했다. 김태한은 이따금 내게 뭔가 보이는 게 없냐고 물었다. 그쪽에서 보나 이쪽에서 보나 별 차이가 없다는 걸 알면서도 수시로 물어봤다. 나 역시 이쪽에서 보나 그쪽에서 보나 큰 차이가 없다는 걸 알면서도 창가에서 눈을 떼지 않았다. 그만큼 우리에겐 중요한 일이었다. 센터에서 '중요한' 일이랄 게 딱히 없기도 했지만, 하여간 지금 우리에게 중차대한 일은 인터넷 쇼핑몰에서 주문한 물건이 제때, 무사히 도착하는 것이었다. 배송 조회를 해봤지만, 어찌된 일인지 어제 인천국제공항 화물터미널에서 출발한 이후로 위치 정보가 뜨지 않았다.

– 아침에 배달원한테 메시지가 왔으니까 아마 오늘은 올 거예요.

"배달 사고라는 게 있잖아. 실수로 다른 주소지에 물건을 가져다 놓는다거나, 상자가 바닥에 떨어진 줄도 모르고 그냥 문 닫고 출발한다거나. 아니면, 누가 훔쳐 갈 수도 있고."

느긋하게 농담을 던지던 평소와는 달리 김태한은 초조한 말투였다. 말하는 속도가 평소보다 두 배쯤 빨랐다. 우리가 주문한 물건은 해외에서 발송하는 상품이었는데, 그 때문에 김태한은 물건이 '사우스 코리아'가 아닌 '노스 코리아'로 배달되지는 않을까 몹시 염려했다. 일단 '사우스 코리아'로 무사히 들어왔다는 것을 확인하고도 걱정은 끝나지 않았다. 나 역시 불안한 말들에 전염되기 시작했다. 이런 마음은 감

추고 나의 룸메이트를 안심시키기 위해 휴대전화 자판을 두
드렸다.

－너무 걱정 말아요. 일단, 누가 훔쳐갈 만한 물건이 아니고요,

그랬다. 우리에겐 중요한 물건, 꼭 필요한 물건이지만, 그
것을 누군가에게 선물로 준다면 그 누군가는 굉장히 난감한
표정을 지을 게 분명했다.

－그리고 또,

"저기! 온다!"

건너편에서 유리창에 머리를 부딪는 둔탁한 소리가 들렸
다. 김태한은 당장 6층에서 뛰어내릴 기세로 쿵쿵거리다 방
문을 열고 밖으로 뛰쳐나갔다. 창문에 이마를 바싹 붙였다.
봄볕에 데워진 유리창이 뜨끈했다. 가로수 사이로 트럭 한
대가 달려오고 있었다.

*

이제 막 택배 상자를 열었을 때, 작가 선생과 손 형이 601
호에 찾아왔다. 그들은 복도 쪽을 살펴보고 슬며시 문을 닫
았다.

"한 여사님은 양지가 잘 맡고 있는 거지?"

"응, 지금 둘이 체스 두고 있을 거야."

택배 상자를 가운데 놓고 남자 네 명이 둘러앉았다. 몸을

구부리면 가뿐히 들어갈 수 있을 만큼 상자는 커다랬다. 비스듬히 열린 틈 안으로 이제부터 우리가 조립해야 할 물건이 보였다.

"호오, 태국에서 만든 거네."

설명서를 꺼내 앞뒤로 살펴보던 작가 선생이 말했다. 김태한이 설명서를 낚아챘다.

"응? 메이드 인 타일랜드? 태국은 타이완 아니었나?"

"그건 대만이고."

"그랬나? 어쨌든 태국에서 만든 거라니 더 잘됐네."

"그러게. 잘됐어. 태국에서의 칵테일파티, 제대로 느끼게 해드리자고."

"스크린은 빌렸지?"

"응, 사무실에 얘기해뒀어."

김태한과 작가 선생은 말을 주거니 받거니 하면서도 설명서를 보며 커다란 플라스틱 조각을 차근차근 이어 붙였다. 복잡하거나 어려울 것 없는 작업이라 손 형과 나는 옆에서 지켜보기만 했다.

"한 여사님 말이야. 오늘이나 내일 중에 마음 바꿀 수도 있는 거 아냐?"

"그럴 수도."

"안 바꿀 것 같지?"

"아마도."

그러는 동안 첫 번째 물건이 완성됐다.

"너무 조잡한 거 아니야?"

"해 떨어지고 조명발 받으면 좀 낫지 않을까?"

김태한과 작가 선생이 고민하는 사이 손 형이 두 번째 조립을 시작했다. 나는 설명서를 보고 순서에 맞게 조각을 골라 손 형에게 건넸다.

"하나만 있으면 초라해 보여도, 두 개 세트로 놓고 보면 좀 나을 거야."

손 형이 완성한 물건을 첫 번째 물건 옆에 나란히 세워 놨다.

"처음보다는 낫네."

"그래, 조금 낫긴 하네."

말은 그렇게 해도 다들 아쉬운 얼굴이었다. 하지만 진짜 아쉬운 건 그게 아닐 거였다. 아니, 아쉽다는 표현이 맞나. 정확한가. 이런 감정은 뭐라고 해야 할까. 저마다 다른 감정일 것이고, 또 결국은 비슷한 감정일 것이다. 누군가를 떠나보내는 마음. 영영 떠나보내는 마음. 그리고, 떠나는 사람의 마음.

사실 여기 모인 우리보다 한 여사님의 마음이 더 궁금했다. 눈밭에 누워 죽음을 기다리던 오래전 겨울이 떠올랐다. 센터에서 맞이하는 죽음은 그때와는 또 다를 것이다. 한 여사님은 지금 어떤 심정일까. 어떤 생각을 할까. 언젠가 누구든 한 번은 지나가야만 하는 생각들. 곧 나에게도 찾아올 생각들. 저마다 다른 삶을 거쳐왔고 다른 사연을 짊어지고 있지만, 같은 결말로 끝맺을 이들이 품을 마지막 생각들.

센터에서 맞이하는 마지막 순간. 거기에는 두려움도 있을까.

있겠지, 아마도.

좋아질 가능성이 없는 마음의 불치병으로부터, 진득한 질병 같은 삶으로부터 벗어나는 방법으로 센터는 분명 좋은 곳이었다. 고통 없이 편안하게 떠날 수 있다는 것만으로 행운이었다. 하지만 그게 전부는 아니었다. 죽음 이후. 그 알수 없는 시간 혹은 공간, 어쩌면 세상에 있는 단어로는 설명할 수 없는 어떤 것. 그런 것들에 대한 두려움은 어쩔 수 없었다. 결국, 무게의 문제였다. 숨의 무게가 두려움의 무게를 넘어설 때, 마침내 떠날 결심을 하게 되는 것이다.

내일은 한 여사님의 디데이였다.

*

아침부터 날이 좋았다.

점심 식사를 마치고 한 여사님을 제외한 나머지 친구들이 모였다. 이제 벚꽃길에는 꽃잎 카펫이 폭신하게 깔려 있었다. 벚나무에 꽃 대신 매달린 초록 잎들이 봄볕을 적당히 막아주었다. 약속한 시간에 한 여사님이 예약해둔 업체 사람들이 도착했다. 벚꽃길에 테이블을 세팅하고, 테이블 위로 알전구를 늘어뜨려 장식했다. 5시에는 백합이 도착했고, 6시에 술과 안주를 실은 트럭 한 대가 들어왔고, 마지막으로 묵직한 장비를 들고 디제이가 도착했다.

우리가 준비한 깜짝 이벤트도 실행에 옮겼다. 영화감상실에서 스크린과 빔프로젝터를 가져다 벚꽃길 입구에 설치했다. 스크린 양 옆에는 비밀리에 주문해 조립해둔 물건을 하나씩 세워두었다. 짐을 옮기며 운동장을 몇 번씩 오갈 때 이따금 402호 쪽을 올려다봤다. 한 여사님은 지금 뭘 하고 있을까.

7시가 가까워지자 벚꽃길 입구에 사람들이 하나둘 모여들었다. 각 층마다 붙여둔 초대장을 보고 왔거나 김태한이 입소문을 낸 덕에 발걸음한 사람들이었다. 볼륨을 낮추고 몇 가지 테스트를 하던 디제이가 사람들이 몰려드는 걸 확인하고는 소리를 키웠다. 커다란 헤드폰을 쓴 그는 리듬에 맞춰 몸을 흐느적거렸다. 음악 소리 덕분인지 더 많은 사람들이 몰려들었다.

입구 쪽에 따로 세워 둔 테이블에는 방금 제조한 두 종류의 칵테일이 놓여 있었다. 파티장에 입장하면서 하나씩 들고 갈 수 있게끔 준비해둔 거였다. 봄을 닮은 연둣빛 칵테일과 벚꽃보다 진한 분홍빛 칵테일. 그것만으로도 파티장은 충분히 화사했다. 각 테이블마다 네 종류의 안주가 보기 좋게 세팅돼 있었다. 모든 것이 계획대로 깔끔하게 준비됐다.

"이제 불 켤까요?"

양지가 묻자 김태한이 주위를 찬찬히 둘러보고 고개를 끄덕였다. 반짝. 보름달을 닮은 작은 알전구에 환하게 불이 들어왔다.

"스크린도?"

작가 선생의 말에 김태한은 다시 고개를 끄덕였다. 하얀 스크린을 이내 푸른 바다가 꽉 채웠다. 작가 선생이 유튜브에서 건진 가장 아름다운 바다였다. 물론, 태국의 어느 해안가를 촬영한 영상이었다. 스크린 양 옆에는 우리가 조립한 야자나무가 서 있었다. 나무 기둥과 열매는 플라스틱으로 만들었고, 이파리는 비닐로 된 조잡한 물건이었지만, 바다 옆에 세워두니 그럭저럭 봐줄 만했다.

입구에는 하얀 셔츠를 말끔하게 차려입은 손 형이 우아하게 서 있었다. 가슴에는 셔츠보다 더 하얀 백합을 꽂고서.

"향기에 취한다는 말, 무슨 말인지 알 것 같아요."

"우리도 꽂아야지."

양지는 한쪽 귀에 백합을 꽂았고 김태한과 작가 선생은 가슴에 꽂았다. 손 형이 내 가슴팍에도 꽃을 하나 달아주었다. 아찔한 향기가 기분 좋게 코를 찔렀다. 음악. 조명. 술과 안주. 그리고 사람들. 이제 주인공이 등장할 차례였다.

한 여사님이 인생 마지막 날을 위해 고른 의상은 아이보리색 원피스에 초록색 카디건이었다. 허리에는 가느다란 갈색 벨트를 두르고, 그것과 비슷한 색상의 샌들을 신은 주인공이 파티장에 입장했다. 손 형이 건넨 백합을 왼쪽 가슴에 달고, 분홍빛 칵테일이 담긴 술잔을 들고 사뿐사뿐 걷던 주인공이 걸음을 멈췄다. 그녀의 시선이 닿은 곳은 플라스틱 야자나무와 스크린을 가득 채운 에메랄드빛 바다였다.

"웰컴 투 타이완."

김태한이 합장한 채 허리를 숙여 인사했다.

"타일랜드라니까."

작가 선생이 팔꿈치로 김태한을 툭 건드렸다. 양지가 석상처럼 서 있는 한 여사님 곁으로 총총 걸어가 팔짱을 꼈다.

"마음에 들어요?"

한 여사님은 대답이 없었다. 다만 눈에 고인 눈물의 수위가 점점 높아졌다.

"오, 이렇게 시작부터 울리기야?"

진하게 그린 아이라인 밖으로 눈물이 흘러나올 듯 말 듯할 때, 작가 선생이 재빨리 티슈를 건넸다. 얇은 티슈가 눈물을 쪽 빨아들였다.

"근사해. 완벽해. 태국 여행을 하던 그때로 돌아간 기분이야."

한 여사님은 가슴에 손을 얹고 길게 숨을 내쉬었다. 그리고 칵테일 한 잔을 단숨에 들이켰다.

"우후."

한 여사님은 눈썹을 한껏 올렸다 내리고는 웃었다. 그 모습이 꼭 영화배우 같았다. 그녀가 나를 발견하고 다가와 손을 가볍게 잡았다 놓았다.

"와줬네. 고마워요. 정말 고마워."

한 여사님이 반 바퀴 빙 돌아 뭔가를 찾았다. 아이보리색 원피스가 꽃처럼 피어났다 오므라들었다. 그녀는 나에게 연둣빛 칵테일을 건넸다.

"다들 한잔씩 해야지. 규정이 너그러운 오늘 같은 날 실컷 마시자고."

한 여사님이 축배를 들었다. 디제이가 볼륨을 한껏 높이며 본격적인 파티가 시작되었음을 알렸다. 나는 조심스럽게 잔을 입에 가져다 댔다. 맥주에 이어 칵테일이라니. 센터에 들어오기 전에는 생각지도 못한 일이었다. 술. 축제. 파티. 전에는 나와 아무 상관없던 단어들이 내 삶에 끼어들었다. 짧은 시간 안에 너무 많은 일들이 일어나고 있다는 생각을 하면서 고개를 천천히 뒤로 젖혔다. 입술 사이로 스며든 칵테일은, 봄의 맛이었다. 푸릇한 봄을 통째로 갈아 넣은 듯 알싸하고 청량했다.

"모히토."

양지가 입술을 작게 모으며 중얼거렸다.

"그거, 오빠가 마시는 칵테일. 그게 모히토라고요."

모히토. 속으로 천천히 발음해봤다. 예쁜 말이었다. 양지는 한 여사님이 처음에 들이켠 분홍빛 칵테일을 들고 있었다.

"이건 핑크레이디."

핑크레이디. 처음 말을 배우는 아이처럼 나는 양지가 했던 말을 머릿속에서 되뇌었다. 칵테일은 이름부터 사람을 취하게 하는구나, 이런 싱겁고도 간지러운 생각을 하면서 파티장을 슬쩍 둘러봤다. 몇몇은 둘씩 셋씩 모여 웃고 있었고, 어떤 사람은 술잔을 든 채 혼자 바닥만 보고 걷고 있었다. 김태한과 한 여사님 주변에 사람들이 가장 많이 모여 있었는데, 두 사람이 쉴 없이 말을 주고받았고, 그들을 둘러싼 사람들은 똑같은 지점에서 웃음을 터뜨렸다.

휴대전화로 시간을 확인했다. 10시가 되려면 아직 멀었지만, 마시고 웃고 떠드는 사이에도 시곗바늘은 움직이고 있었다. 한 여사님은 오늘 10시 이후에도, 내일도, 저렇게 웃고 떠들 사람 같았다. 여기 모인 사람들 모두 죽음과는 아무 상관이 없어 보였다. 여러 번 장례 파티를 경험하고 나면 다들 저렇게 되나. 아니면, 애써 아무렇지 않은 척하는 걸까. 아니면, 내가 생각이 너무 많은 건가. 낯설었다. 불편한 건 아닌데, 이상한 기분이었다. 당장 며칠 후에는 나도 의사와 면담을 해야 했다. 입소한 지 한 달이 되는 날 곧바로 약을 처방받을 것인지, 아니면 좀 더 미룰 것인지 결정을 해야 했다. 잠들기 전에 몇 번이고 그 생각을 펼쳐놓았지만 아직 답을 내리지 못한 상태였다. 센터 밖에서의 삶이라면 생각도 하기 전에 고개부터 세차게 저었지만, 이곳은…… 모르겠다. 일단은 모르겠다는 것이 내가 할 수 있는 생각의 전부였다.

스피커에서 빠른 템포의 음악이 터져 나왔다. 한 여사님과 몇몇 사람이 디제이 앞에 몰려가 춤을 췄다. 몇몇은 노래를 따라 불렀다. 작가 선생이 뒤로 몇 걸음 물러서 내 옆에 다가왔다. 몸을 내 쪽으로 기울여 가볍게 잔을 부딪쳤다. 거의 줄어들지 않은 칵테일을 들고 그는 춤추는 사람들을 바라봤다. 피로한 얼굴이었다. 아니, 쓸쓸한 얼굴인가. 알 수 없는 얼굴이었다. 나 역시 그런 얼굴일 것이다. 이 순간 이곳에 머물고 있지만, 이 안에 떠다니는 감정이 무엇인지 도무지 알 수 없었다. 춤추는 사람들과 디제이, 파도가 밀려오는 스크린 너머로 아주 먼 곳을 응시했다. 저기 멀리 센터 밖 세상에서도 누군가 이렇게 춤을 추고 있겠지. 그중 누군가는 두 시간이나 세 시간 후에 사고나 심장마비로 죽을 수도 있겠지. 만일 그 사람이 그 사실을 알게 된다면 더 이상 춤을 추지 않겠지. 어떻게든 죽음을 피할 방법을 찾으려 애쓰겠지. 하지만 이곳은. 두 시간 뒤에 죽음을 예약해둔 사람이 춤을 추고 있었다. 죽음을 앞두고 있기에 생을 다해 몸을 움직이고 있었다.

누군가의 마지막 춤을 바라보는 마음은, 어지러웠다. 다행이다 싶다가도 금세 아득해졌다. 이 마음을 뭐라 해야 할지 모르겠어서 손에 든 칵테일만 홀짝거렸다.

*

문이 닫히자 음악 소리가 멀어지고 둔한 기계음이 좁은 공간을 채웠다. 엘리베이터에 탄 여섯 명 모두 말이 없었다. 그저 빨간 표시등이 1에서 2로, 2에서 3으로, 3에서 4로 바뀌는 것을 바라볼 뿐이었다.

10시에 가까워지자 한 여사님과 친구들이 모였다. 조금 떨어진 곳에서 칵테일을 홀짝거리던 나는 그쪽으로 가야 하나 어째야 하나 망설였다. 장례 파티에 초대는 받았으나 그것이 배웅까지 해달라는 의미인지 확신할 수 없었다. 사람과 사람이 친해지는 데 시간이 중요한 건 아니지만 어쨌든 한 여사님과 알고 지낸 지 아직 한 달도 되지 않았고, 그래서 한 여사님과 가까운 사이라고 하기엔 무리가 있었기에 그들 사이에 끼어드는 것이 무례한 일처럼 느껴졌다. 한편으로는 그래도 601호에서 함께하던 멤버 중 한 명이었으니까, 하는 생각도 들어 이러지도 저러지도 못하고 있는데, 김태한이 다가와 조용히 내 팔을 잡아당겼다. 그렇게 그들 뒤를 따라 엘리베이터에 올라타고도 여전히 내가 참석해도 되는 걸까 싶어 마음이 복잡했다.

"방에는 안 들러도 돼요?"

양지가 물었다.

"응, 방이랑은 아까 작별 인사 다 했어. 침대도, 테이블도 전부."

그렇게 말하는 한 여사님의 표정을 보지는 못했지만 아마 웃고 있는 것 같았다. 엘리베이터는 6층을 지나 7층에 도착했다. 문이 열렸다. 한 여사님이 앞장섰다.

복도를 가운데 두고 왼쪽에 종교실이 있었다. 네 곳으로 나뉜 공간에 각각 개신교, 천주교, 불교, 그리고 기타 종교를 위한 공간이 마련돼 있었는데, 원하는 사람은 세상을 떠나기 전 종교 지도자를 모셔놓고 마지막 의식을 치를 수 있었다. 꼭 임종 직전이 아니더라도 입소자가 상담 요청을 하면 해당 종교 관계자가 이곳에 방문하기도 했다.

"천국이든 극락이든 가게 해달라고 빌어야 하는 거 아니야?"

김태한이 엄지로 종교실 쪽을 가리켰다.

"천국이 있을지 극락이 있을지 알 수 없어서 못 빌겠어. 아님, 방마다 전부 들러서 빌어야 하나?"

한 여사님과 김태한 둘이 상체를 들썩거리며 키득거렸다.

"곧 알게 되겠지. 거기 뭐가 있는지."

웃음을 멈추고 한 여사님이 혼잣말처럼 중얼거렸다.

7층 복도에 은은하게 풍기던 백합 향이 임종실을 묵직하게 채우고 있었다. 침대 주변으로 온통 백합이었다. 한 여사님이 하늘정원으로 연결되는 유리문을 활짝 열었다. 웅웅거리던 음악 소리가 선명해졌다. 1층에서는 아직 파티가 한창이었다.

"오, 전부 내가 원하던 그대로야."

한 여사님은 잠시 하늘정원을 내다봤다. 태국 여행을 했던 젊은 날을 떠올리는 걸까. 지나온 시간들을 차근차근 되새김질하는 걸까.

"나 여기 들어오기 전에 말이야, 입소 허가가 안 나서 고생 좀 했다고 그랬잖아. 마지막 면담하러 갔을 때, 떠나야 할 이유에 대해 말했더니 역시나 의사가 시큰둥한 얼굴로 쳐다보더라. 그래서 모자도 벗고 마스크도 벗었어. 그날은 만약에 대비해서 화장을 하나도 안 하고 갔거든. 내 얼굴이 점점 드러날 때마다 의사는 미간을 찌푸렸지. 늙음을 도려내려 했던 끔찍한 흔적들이 곳곳에 고스란히 남아 있었으니까."

먼 곳을 응시하던 시선이 바닥에 낮게 내려앉았다.

"그날 대기실에 앉아 있을 때 나랑 나이가 비슷해 보이는 사람이 하나 있었어. 자연스럽게 얘기를 나눴지. 그 사람이 그러더군. 자기는 '경로'라는 말보다 '혐로'라는 말이 더 많이 쓰이는 이유를 충분히 이해한대. 단정한 노인보다는 나이를 무기로 삼는 노인, 심술쟁이 아이가 돼버린 노인이 더 많으니 젊은 친구들이 꽤 피곤할 거라고. 나도 동의했어. 그러고는 둘이서 참 이상하다, 참 이상하다, 그랬어. 젊었을 땐 다들 곱게 나이 들자 다짐했을 텐데, 왜 나이가 들면 그걸 다 잊어버리는 걸까, 하고. 우린 아직 이런 생각을 할 줄 아니 그나마 다행이다, 하면서 웃었어. 이런 얘기들을 농담처럼 씁쓸하게 주고받다가 센터에 가려는 이유에 대해 털어놨는데, 그 사람이 그러더라. 늙는 게 끔찍해서 가려는 건 아니라고. 늙어가는 건 분명 서글픈 일이지만 그게 죽을 일은 아니지 않냐고. 그 사람 이유는 이런 거였어. 평생을 계획대로 착착 살아왔는데, 죽음만은 그럴 수 없다는 게 싫다. 그거야말로 진짜 끔찍한 일이다."

한 여사님은 고개를 돌려 하늘정원을 바라봤다. 열린 문틈으로 밤바람이 불어왔다.

"그 후에 그 사람이 센터에 들어갔는지, 계획대로 떠났는지, 그런 건 알 수 없지만, 지금 문득 그이가 생각나네. 참 단정하게 늙은 사람이었는데……. 처음에 면담했던 의사가 그랬어. 내 문제는 늙어가는 게 아니라 늙어가는 걸 두려워하는 마음의 병이라고. 처음엔 나도 단순히 시들어가는 나를 부정하고 싶었는지도 모르지. 하지만 그것만이 이유였다면 여기까지 오지는 않았을 거야. 앞으로 나빠질 일만 남았다는 생각뿐 아니라 지금이 나의 가장 적당한 때라는 생각이 들어. 별 차이 없는 말처럼 들릴지 모르지만, 전혀 다른 거야. 이제 내 삶이 문을 닫아도 되겠구나, 하고 마음이 고개를 끄덕이는 것. 이런 생각이 들지 않았다면 아마 떠날 수 없을 거야. 억지로 살 수 없어 여기에 들어온 것처럼 억지로 죽을 수도 없는 거니까. 생은 내가 어쩌지 못했지만, 마지막은 내 계획대로 이렇게 떠날 수 있어서 정말 다행이다 싶어. 행복해. 만족해. 헤매고 헤매다 마지막 순간에 길을 발견한 기분이야."

그녀는 방 안을 찬찬히 둘러보며 잔잔한 미소를 지었다.

"미련 같은 게 남지 않을까 조금은 걱정했는데, 이 방에 들어온 순간 다시 깨달았어. 여기 이 꽃들과 밖에서 들리는 파티 소리, 밤공기, 그리고 지나온 삶……. 꽤 괜찮은 삶이었다 싶어. 충실하게, 열정적으로 살아왔기 때문에 더 이상 아쉬움도 없나 봐. 물론, 세월에 반항하며 성형외과에 다니던 때만 빼고 말이야. 만약에 시간을 되돌릴 수 있다면 그 시절만큼은 다르게 살아보고 싶어. 하지만, 마지막은 바꾸지 않을 거야. 지금 이대로, 이렇게 끝낼 거야, 다시 산다고 해도."

똑똑.

반쯤 열려 있는 문을 밀고 의사와 4층 담당 간호사가 들어왔다.

"난 준비 다 됐어요."

의사가 약에 대한 설명을 마치자 간호사가 서류를 내밀었다. 한 여사님은 돋보기를 걸치고 내용을 훑어보더니 부드러운 동작으로 사인을 했다. 그러고도 연애편지를 읽는 사람처럼 한동안 잔잔한 미소를 띠고 서류를 바라보다 안경을 벗었다. 한 여사님이 팔을 벌리자 간호사가 다가왔다. 그녀는 말없이 한 여사님을 마주 안았다. 이제 의사와 간호사, 그리고 친구들이 지켜보는 가운데 장례 파티의 마지막 의식이 거행될 것이다. 한 여사님이 베개를 높이 세우고 반쯤 누운 자세로 몸을 기댔다.

"고마웠어. 즐거웠어, 덕분에."

한 여사님이 김태한에게 손을 내밀었다. 둘은 가볍게, 그러나 진하게 악수를 나누었다. 손 형, 작가 선생도 차례로 손을 잡았다. 양지는 상체를 숙여 한 여사님을 가볍게 안았다. 나도 마지막 악수를 나눴다.

"가족들과도 이렇게 인사하고 갈 수 있었다면 더 좋았을 텐데. 나, 정말 행복하게 잘 떠났다고 전해줘요."

한 여사님은 자신이 떠난 뒤에 소식이 전해지길 원했다. 내일, 센터에서 캐나다에 사는 한 여사님의 가족에게 연락을 할 것이다. 장례식은 생략하고 곧장 화장해 공원묘지에 봉안하는 것이 한 여사님의 뜻이었으므로 가족들에게는 공원묘지 주소와 유언장 정도만 전달될 것이다. 행복한 모습으로 떠났다는 말과 함께.

"자, 그럼 다들 잘 살거나 잘 죽거나 하라고 나는 먼저 갑니다.”

의사가 한 여사님에게 약을 건넸다. 의료인이 주사를 놓는 것이 아닌 스스로 약을 삼키는 방식. 그것은 타인의 도움은 조금도 받지 않고 온전히 자기 의지로 죽음을 선택한다는 의미였다. 한 여사님은 손바닥에 놓인 알약 두 개를 물끄러미 바라보다가 한꺼번에 입안에 털어 넣고 물을 마셨다.

“곧 잠이 올 거예요. 푹 주무시면 돼요.”

간호사가 침대 모서리에 가볍게 걸터앉았다. 이불을 끌어당겨 덮어주고 아기를 재우는 엄마처럼 가슴을 토닥거렸다.

“잘 가요.”

“안녕.”

친구들이 인사를 건넸다. 한 여사님은 손을 흔들고 두 손을 가지런히 모았다. 그리고 눈을 감았다.

“향기 참 좋네.”

잠꼬대처럼 낮게 중얼거리며 그녀는 웃었다. 웃으며 잠이 들었다.

가슴을 사르륵 끌어 올리고 내리던 숨이 점차 옅어졌다. 한동안 잔잔한 숨이 이어지다 순간 사라졌다.

1층에서 귀에 익숙한 음악 소리가 올라왔다. 어디에서 들은 걸까 생각해봤다. 인터넷을 할 때 눈에 자주 띄던 자동차 광고 배경음이었다.

광고에서 본 멋진 자동차에 한 여사님이 올라타는 상상을 했다. 시동을 걸고, 그녀는 고개를 돌리지 않은 채로 한쪽 손을 흔들었다. 바람이 불어 초록색 카디건이 팔랑거렸다. 마침내 자동차가 속력을 내며 멀어졌다. 한 여사님은 해안도로를 따라 달리며 점점 작아지다 마침내 시야에서 사라졌다. 마치 바닷속으로 사라진 것처럼.

클라이맥스에 이르자 디제이가 기교를 부렸다. 빠르고 세련된 비트에 사람들이 환호했다.

파티는 계속되고 있었다.

8

"탈 대로 다 타아시오오. 타다 말지인 부디 마소. 타아고 다아시 타서 재 될 버업은 하거어니와. 타다가 남은 도옹강은 쓸 고옷이 없소이다."

601호 문을 열자 물이 쏟아지는 소리 사이로 노랫소리가 들렸다. 나의 룸메이트는 열과 성을 다해 가락을 뽑았다. 욕실이라는 공간이 리버브 효과까지 제공해 더욱 흥이 오른 듯했다.

"반 타고 꺼어질진대 아예 타지이 말으시오. 차라리 아아니 타고오 생나무로오 있으시오. 탈진댄 재 그거엇조차 마저 타암이 옳소이다."

의자에 깊숙이 몸을 기대고 앉아 가곡을 감상했다. 제법 듣기 좋았다. 문득 궁금했다. 김태한은 왜 가수가 안 됐을까.

아니, 어쩌면 가수였는지도 모를 일이었다. 언젠가 기회가 되면 한번 물어봐야겠다는 생각이 들었다.

나는 엄마를 배웅하고 오는 길이었다. 다행히 엄마는 지난번처럼 음식을 잔뜩 사 들고 오지는 않았다. 대신 친구들과 함께 먹으라며 케이크 상자를 건네고 갔다. 요즘 가장 인기 있는 베이커리에서 사 온 거라는 말을 두 번이나 하면서. 그런 말은 두 번이나 했으면서 엄마는 정작 묻고 싶은 말은 꺼내지도 못하고 돌아갔다. 자칫 내 신경을 건드릴까 봐 조심하는 게 눈에 보였다. 당장 내일 의사와 면담이 있었다. 디데이를 잡을지, 아니면 기간을 연장할지, 엄마는 무척 궁금했을 것이다. 아마 물어봤어도 답을 하지는 못했을 거다. 왜냐하면, 아직 결정을 내리지 못했으니까.

욕실 문이 열렸다. 뜨겁고 습한 공기가 밀려 나오고 그 뒤로 머리카락에 묻은 물기를 털어내며 김태한이 모습을 드러냈다.

"여어, 어머니는 잘 만났고?"

고개를 끄덕이고 테이블에 올려둔 케이크 상자를 두드렸다.

"거참, 매번 이렇게 감동을 주시네. 그럼 오랜만에 친구들 부를까?"

나는 다시 고개를 끄덕였다.

돗자리 한가운데 케이크가 얌전히 놓여 있었다. 종이처럼 얇은 빵 사이에 크림을 바르고 다시 얇은 빵을 얹어 겹겹이 쌓은 단순한 모양의 케이크였다.

"와, 크레이프. 나 이거 완전 좋아하는데."

양지가 케이크 앞에 바짝 붙어 앉았다.

"이 집 케이크 완전 맛있다고 그러던데. 서우 오빠, 앞으로도 어머니 자주 오시라고 해요."

양지가 케이크를 잘라 사람들에게 나눠 줬다. 김태한은 접시를 받자마자 포크로 케이크를 큼직하게 잘라내 입에 넣었다.

"노노, 이건 그렇게 먹는 거 아니에요. 자, 봐요. 내가 시범을 보일게."

양지는 포크 틈에 얇은 빵조각을 끼우고 돌돌 말아 입에 쏙 넣었다. 김태한이 따라했지만 쉽지 않은지 하던 대로 뭉텅 잘라내 입에 넣었다.

"이렇게 먹든 저렇게 먹든 배 속에 들어가면 다 똑같아."

"그럼 짜장면도 면 따로, 소스 따로 먹게?"

이렇게 601호에 모여 웃고 떠드는 게 꽤 오랜만인 것처럼 느껴졌다. 한 여사님이 떠난 뒤로 처음이었다.

한 여사님이 떠난 다음 날, 가볍게 몸살을 앓았다. 장례 파티에서 마신 칵테일 탓인지 모르지만, 하여간 몸이 으슬으슬해 약을 먹고 한숨 푹 잤다. 자고 일어나서는 한참 동안 휴대전화를 들여다봤다. 전화번호부에 저장된 일곱 명 중 한 사람이 세상에서 사라졌다는 것. 번호는 여전히 남아 있는데, 사람은 없다는 것. 그 사실을 오랫동안 생각했다. 오랜만에 모인 걸 보면, 떠난 사람에 대해, 우리의 선택에 대해 생각하며 다들 마음 한쪽이 수축했던 모양이었다. 김태한만은 아무 일 없는 사람처럼 잘 지냈다. 때론 그 모습이 낯설었다. 성격이 좋은 건가. 아니면, 둔한 건가. 그는 정말 아무렇지 않나. 하기는, 내가 센터에 처음 온 날 밤에도 김태한은 이승과 저승의 경계선까지 친구를 배웅하고 돌아와 어둠 속에서 내 밥을 남김없이 먹지 않았던가. 아무리 죽고 싶어서 센터에 들어왔다지만, 그래도 좀 너무하는 거 아닌가 싶은 생각도 들었다. 아니지. 어쩌면 나 몰래 우는지도 모르지. 아니지. 한 여사님이 원했던 일이니까 오히려 잘된 거라고 생각해야지. 이런저런 생각을 하다가 결국 그만두었다. 사실 내가 느끼는 감정이 어떤 종류의 것인지 나도 잘 몰랐으니까.

"한 명 빠졌다고 케이크 모양이 달라졌네."

"무슨 소리야?"

"여섯 명이면 케이크 자르기 쉽잖아. 일단 반으로 딱 자른 다음에, 그걸 세 조각씩 나누면 쉽다고. 다섯 조각은 공평하게 자르기 쉽지 않거든. 봐, 내 것보다 네 조각이 더 크잖아."

"그거야 김 형이 빨리 먹어서 작아진 거고."

말은 그렇게 해도 작가 선생은 김태한에게 자기 몫의 케이크까지 주었다. 접시 두 개를 앞에 놓고 김태한이 흐뭇한 얼굴을 했다.

"한 여사님 떠나고 첫날은 정말 이상했거든요. 한 여사님이 쓰던 침대나 의자를 보고 있으면 괜히 눈물도 나오고. 혼자 방에 있는 게 허전하고 그랬는데, 이제 괜찮아요. 한 여사님, 마지막에 진짜 편안해 보였잖아요. 역시 센터에 오길 잘했다 싶어. 여기선 그냥 잠들면 되는 거니까. 고통 없이 떠나는 거니까."

"그래, 나도 그런 생각했어. 누군가의 죽음이 슬픈 이유는 여러 가지가 있겠지. 그런데 그 이유가, 다시는 못 보니까, 그거 딱 하나라면 그 죽음은 정말 괜찮은 죽음인 거야. 다시 못 보더라도 우리가 알 만한 곳에 가는 거라면 그나마 덜할 텐데, 우리가 전혀 모르는, 한 번도 가본 적 없는 델 가니까 마음이 더 허전한 걸 테고."

작가 선생이 말을 맺자마자 김태한이 두 손바닥을 마주쳤다.

"자, 따라 해봐."

재촉하듯 김태한이 다시 손바닥을 마주쳤다. 다들 영문도 모르는 채 저마다의 박자로 어색하게 손을 부딪혔다.

"사실 이렇게 손뼉 치며 축하할 일인 거야. 생각해봐, 여기선 마음이 바뀌면 언제든 날짜를 미루거나 센터를 나가거나 할 수 있잖아. 내가 여기 오래 머물면서 여러 명 배웅했는데, 떠나기로 결정한 사람은 대부분 편안해 보였어. 떠날 준비가 된 얼굴이랄까. 준비가 덜 된 얼굴 중 대부분은 결국 약을 삼키지 못했지. 한 여사님은 정말 복받은 거라고. 돌이켜보니 꽤 괜찮은 삶이었다, 이렇게 생각할 사람, 세상에 몇이나 되겠어? 잘 마무리하고 떠난 거, 축하할 일인 거야."

김태한의 말에 모두 동의하는 얼굴이었다. 축하할 일. 며칠 마음이 착 가라앉기는 했지만, 생각해보면 축하할 일이 맞았다.

"그나저나, 넌 결정했어?"

김태한이 내 쪽으로 시선을 돌렸다. 고개를 끄덕이거나 젓는 것만으로 대답하기에는 뭔가 많이 부족했다. 휴대전화를 꺼냈다. 메시지 창을 띄워놓고도 한참을 망설이다 겨우 몇 글자 적었다.

– 아직. 고민 중이에요.

휴대전화를 내밀자 동그란 머리 네 개가 동시에 모였다 흩어졌다.

"고민한다는 거 자체가 연장이 필요하다는 뜻이야."

툭 던지듯 말하고 김태한은 남은 케이크 조각 전부를 입에 넣었다. 옆에서 빈 접시를 물끄러미 바라보던 작가 선생이 입을 열었다.

"내가 재밌는 얘기 해줄까?"

"혹시, 커플 탄생 소식? 나 그 얘기 알아요."

양지가 포크를 내려놓으며 반색했다.

"다들 308호 은미 언니 알죠?"

"키 크고 얼굴 하얀?"

"응, 여기 오기 전에 경찰이었다는 언니. 그 언니랑 513호 까칠이 아저씨 둘이 데이트하더라? 어젯밤에 산책 나갔다가 둘이 미로정원에 있는 거 봤어요."

"그 까칠이가 연애를?"

"그렇다니까요. 둘이 손잡고 있는 걸 내가 봤다니깐."

무슨 상상을 하는 건지 다들 묘하게 웃는 얼굴로 말이 없었다.

"주목!"

작가 선생이 침묵을 깼다. 그는 김태한 앞에 놓인 포크를 집어 들고 접시를 두드렸다.

"여러분, 주목! 내가 장담하는데, 새로운 커플 탄생 소식보다 흥미로울 거야."

"뭔데?"

"나 며칠 전에 외출증 받아서 나갔다 왔거든. 그때 들은 얘긴데, 다른 센터에 이런 사람이 있었대. 디데이를 이틀 남겨놓고 심장마비로 죽은 남자. 그리고,"

작가 선생은 등을 잔뜩 구부린 채로 한 손에 턱을 괬다. 머리를 받치고 있는 팔도, 동그랗게 휜 상체도 너무 말라서 위태로워 보였다.

"그리고?"

"나, 암이래."

"응? 아미?"

"아미가 아니라, 암. 위암. 자세한 건 배를 열어봐야 알겠지만, 긍정적인 상황은 아닌가 봐."

작가 선생이 몸통 한가운데를 툭툭 두드렸다. 김태한은 무슨 말인가를 입에 잔뜩 물고 있을 뿐 밖으로 뱉지 못했다. 놀란 건 손 형이나 양지, 나도 마찬가지였다.

"정말 웃기지 않아? 죽으려고 여길 들어왔는데, 암이라니."

*

갑작스럽지?

나도 그랬어. 생각이 좀 정리가 된 다음에 얘기해야겠다 싶어서 이제야 꺼내는 거야.

어릴 때부터 몸이 워낙 말랐고 소화도 잘 안 되는 체질이기는 한데, 그래, 이제 와 생각해보면 원래 타고난 게 그렇다 해도 최근엔 좀 이상하긴 했어. 안되겠다 싶어서 진료실에 갔더니 의사가 감이 안 좋았는지 외출증을 써주더라. 마침 한 여사님 디데이가 얼마 남지 않아서 외출을 조금 미뤘

지. 여사님 보내드리고 나서 복지사 샘이랑 같이 큰 병원에
다녀왔어.

암이라는 얘기를 듣고 처음엔 웃음이 나왔어.
센터에 돌아와 밤에 자려고 누웠는데, 그땐 눈물이 나더라.
뭘까.
이건 뭘까 싶었어.

나의 경우는, 글쎄, 이유를 뭐라고 해야 할까.
어릴 때부터 나는 좀 유별난 아이였어. 지나치다 싶을 만
큼 예민했지. 말이 서툴던 시절에는 내 안의 감정을 어떻게
전달해야 할지 몰라 결국 울음을 터뜨렸어. 말을 알아가고
비로소 내 안에 들어 있는 생각들을 가장 적합한 단어와 문
장으로 연결 짓게 됐을 때. 그때의 희열을 아직도 생생하게
기억해.
사람마다 나를 살게 하는 이유들이 있잖아. 많은 사람들
이 그 이유로 가족, 특히 아이들을 꼽지. 누군가에겐 일이,
누군가에겐 명예가 그 이유가 되기도 하고. 나에겐 글이었
어. 하나의 세상을 창조해내고 그것을 글로 옮기는 일 외에
는 도무지 마음에 시동이 걸리지 않았거든. 나의 스승은 쓰
는 게 뭐가 그리 대단한 일이냐며 스스로를 낮췄지만, 위대
한 작가 중에는 글을 목숨처럼 여겼던 사람도 많아. 문제는,

196

간절하다고 해서 모두가 위대한 작가가 되는 건 아니라는 거지. 이게 연애랑 비슷해. 내 온도는 이만큼 뜨거운데, 상대방은 그렇지 않다고 생각해봐. 때론 온도가 사람을 죽이기도 하거든.

고백하자면, 어릴 때는 상상도 못 했어. 내가 그저 그런 작가로 살다 갈 거라는 거 말이야.

어떤 날은 사람들이 내 글을 못 알아보는 것뿐이다 싶어 견딜 만했고, 어떤 날은 내 글이 형편없게 느껴져서 괴로웠어. 어떤 날은 세상에 봐주는 사람 하나 없어도 쓸 힘이 났고, 어떤 날은 누구에게인지 모르게 화가 났어. 그래도 그런 날들은 좋았지. 언제부터인가 아무것도 쓸 수 없게 돼버렸거든.

그래도 쓸 수 있을 땐 살 수 있었어. 그러니까 쓴다는 건, 나에겐 정체성 같은 거니까. 세상에 알아주는 사람 하나 없어도, 읽어주는 사람 하나 없어도, 그래도 쓸 수밖에 없는 사람들. 안에서 들끓는 걸 문장으로 바꿔놔야만 숨이 쉬어지는 사람들. 그게 작가라고 믿었지.

그런데, 쓸 수 없게 된 거야. 생각과 생각들이 끊임없이 세포분열을 일으켜 밤이 와도 뇌가 잠들지 않는 사람이었는데, 그 모든 게 멈춰버린 거야. 누가 시켜서가 아니라 그저 자연스럽게 쓰게 됐던 것처럼, 누가 빼앗아간 것도 아닌데 어느 날 갑자기 그게 안 되는 거야. 사라져버린 거야. 텅 비어버린 거야. 공장이 멈췄으니 물건을 생산할 수 없었지. 처음엔 기계가 다시 돌아갈 거라고 생각했어. 지쳐서, 힘들어서 잠시 이러는 것뿐이라고. 근데 아니더라고. 인정을 받든 못 받든 써야만 살 수 있는 사람이 한 줄도 못 쓰게 됐으니 이젠 끝났다 생각했지. 이건 가수가 목소리를 잃은 것, 화가가 빛깔을 볼 수 없게 된 것과 똑같은 거야.

저길 봐. 조명등이 달려 있지? 누구나 여기, 가슴 어딘가에 저런 등이 하나씩 달려 있어. 저마다 쓰임도 모양도 빛깔도 전부 다른 등이지. 그런데 어느 날 그게 펑 나가버리는 거야. 전구가 깨져서든 누군가 스위치를 내려서든. 나는 그 불이 나갔어. 한 줄도 쓸 수 없게 펑, 나가버렸어. 여기가 온통 암흑이라고. 다시는 빛이 들어오지 않을 거라는 걸 알고 얼마나 무섭던지. 끝내버리자 생각했어. 자연스럽게 그런 생각에 가닿았어.

그래서 센터에 들어왔지.

가끔은 궁금하기도 했어. 내 의지로 만들어가는 죽음이 아니라, 나의 운명이 정해놓은 죽음은 어떤 걸까 하고 말이야. 나를 그냥 내버려두면 아흔까지 장수할지, 아니면 쉰다섯쯤 심장마비로 죽을지, 그도 아니면 술 먹고 무단 횡단하

198

다 차에 치여 죽을지. 그것이 언제, 어디서, 어떤 형태로 들이닥칠지 궁금할 때도 있었어. 그리고 그 순간 내가 감당해야 할 물리적인 고통이라든가, 머릿속에 스쳐갈 생각 같은 것. 그 모든 게 궁금했지.

그런데, 암이라니.

아, 이거였구나. 암이었구나.

웃음이 나오고, 어이가 없었고, 눈물이 났고, 화가 났고, 무서웠고, 우습다 서글퍼졌고, 울다가 화가 나고…… 이상하지? 어차피 죽으려고 여길 왔는데, 암이든 아니든 무슨 상관이라고. 그런데 참 이상도 하지. 막상 암이라는 얘길 듣고 보니까 슬슬 죽기 억울해지는 거야. 이건 내 의지가 아니잖아. 죽겠다고 벼랑 끝에 섰는데, 누가 등 떠밀어준다니까 갑자기 발끝에 힘을 주게 되는 기분. 버티게 되는 기분. 그리고.

다시 문장이 만들어지기 시작했어.

영영 빛이 사라졌다고 생각했는데, 다시 희미하게 불이 들어오기 시작했어. 영영 암흑일 줄 알았는데, 개기일식 같은 거였어. 숨이 붙어 있으면, 숨만 붙어 있으면 빛이 완전히 꺼지지는 않더라.

암.

어쩌면 작가에게 가장 적당한 마지막인지도 모르겠어. 기록할 수 있으니까. 심장마비든 뇌출혈로 쓰러지든 갑자기 죽는 건 막막하거든. 마지막에 대해 아무것도 쓸 수 없을 테니까.

내 얘기를 써보려고.

죽어야지 결심했던 것, 죽음 주변을 맴돈 것, 이제, 죽음을 직시하고 그곳을 향해 직진하기로 마음먹은 것. 내가 죽어가는 과정을 가장 가까이에서 관찰하고 글로 옮겨보려고. 내 안에서 일어나는 모든 일을 문장으로 바꿔보려고. 죽음에 대해 생생하게 기록하고 싶은, 마지막 숨까지 전부 적어넣고 싶은 욕망. 그 욕망이 다시 살고 싶게 만드네.

지금까지는 삶과 싸웠지. 싸워서 졌고.

이제부터는 죽음과 싸워보려고.

이번에도 질 게 분명한 싸움이지만, 그래도 한번 붙어보려고. 여기서 나갈 거야. 나가서 입원할 거야. 할 수 있는 데까지 해보려고. 죽음을 똑바로 마주 보고, 눈을 피하지 않고, 하나하나 다 기록해보려고. 다시 나로 살아보려고.

9

세상은 질리도록 초록이었다.

아직 5월인데도 낮에는 여름처럼 더웠다. 점점 뜨거워지는 햇빛과 공기에 세상은 진한 풀빛으로 익어갔다. 파라솔 아래 멍하니 앉아 풍경을 바라보기 좋은 계절이었다. 먼 곳을 바라보다 이따금 휴대전화를 들여다봤다. 화면에는 환자복 차림의 작가 선생이 들어 있었다. 수술 날짜를 잡았다는 메시지도 여러 번 읽었다. 엄지를 치켜세우고 찍은 사진을 바라보다 다시 먼 곳으로 시선을 옮겼다.

나는 아직 살아 있었다.

아니, 아직 결정을 내리지 못했다고 해야 하나.

센터에 입소한 지 한 달이 되는 날을 앞두고 담당의와 면담을 했다.

의사는 나에게 몇 가지 질문을 했고, 골똘한 얼굴로 뭔가를 기록했다. 이따금 서류를 뒤적거리기도 했다. 마지막으로 그는 이렇게 물었다.

"좀 더 머물다 가시겠습니까, 아니면…….”

그 말을 듣고 있으니 여행을 온 기분이 들었다. 호텔 직원이 며칠 더 묵을 거냐고 묻는 것 같았다. 센터에 오던 날, 두 아들과 소풍이라도 온 듯한 착각에 빠져 있던 엄마의 얼굴도 떠올랐다. 나는 좀 더 머물고 싶은가. 아니면, 떠나고 싶은가. 분명 떠나고 싶은 마음, 아니, 떠나야 한다는 마음이었지만, 그것이 언제인지에 대해서는 아직 답을 내리지 못한 상태였다. 센터에서 최소 6개월만 버텨보라던 엄마의 말도 귀에 맴돌았다.

– 아직 고민 중이에요.

몸도, 얼굴도, 안경도 모두 동글동글한 의사가 고개를 끄덕였다.

"아직 결정을 내리지 못한 것 또한 이서우 씨의 결정인 거예요. 고민할 시간을 좀 더 가져보는 게 좋을 것 같습니다."

그래서 나는 아직 고민 중이었다. 엄마는 나의 고민을 기쁘게 받아들였다. 센터에 찾아와 기간을 연장하고 흔쾌히 추가 비용을 지불했다. 그 뒤로 비슷한 날들이 흘러갔다. 어떤 날은 내가 살아 있다는 걸 의식하지 못했고, 어떤 날은 아직 살아 있다는 것이 신기하거나 우습거나 야릇하게 느껴졌다. 어떤 날은 그냥 이렇게 마음 아픈 사람들끼리 모여 조용조용 사는 것도 나쁘지 않겠다는 생각을 했고, 어떤 날은 어둡고 축축한 기운에 발목이 잡혀 하루 종일 잠만 잤다. 한 가지 확실한 건 이제부터 내가 원할 때는 언제든지 약을 받을 수 있으니 초조할 필요도, 성급할 필요도 없다는 사실이었다.

파라솔이 볕을 가려주기는 했지만, 야외에 오랜 시간 앉아 있었더니 눈이 시리고 목이 탔다. 바지 주머니를 뒤졌다. 구겨진 지폐가 몇 장 들어 있었다.

날이 좋은 탓인지 휴게실은 한가했다. 휴게실에 딸린 매점도 비슷했다. 음료 코너로 직행해 익숙한 위치로 손을 뻗었다. 휴게실 앞에 자판기가 있지만, 내가 원하는 음료는 거기 없었다. 시원한 밀크티를 골라 계산대로 가져갔다.

"신기해. 이걸 찾는 사람이 많지는 않은데, 꾸준히 있기는 하단 말이야."

매점 주인이 혼잣말처럼 감탄했다.

"나는 영 별론데, 이거 먹는 사람은 꼭 이것만 찾아."

그는 바코드를 찍고 음료를 건넸다. 고개를 반쯤 숙여 어색하게 인사를 하고 휴게실을 빠져나왔다. 손에 든 차가운

캔의 감촉이 좋았다. 마개를 딸 때의 경쾌한 소리도, 첫 모금을 마실 때의 진하고 둥근 향도 좋았다. 모래알처럼 씁쓸한 뒷맛도. 밀크티를 천천히 마시며 벚꽃길을 한 바퀴 돌고 오는 건 나의 몇 안 되는 즐거움 중 하나였다. 요즘의 벚꽃길은 나뭇잎이 그늘막이 되어줘 한낮에도 걷기 괜찮았다.

"이봐."

현관 쪽으로 걸음을 옮기려는데, 누군가 어깨를 잡았다. 몸이 저절로 움츠러들었다. 숨을 멈추고 돌아보니 몸집이 굉장히 왜소한 남자가 나를 올려다보고 있었다. 나 역시 평균보다 작은 키인데도 남자를 내려다보고 있자니 갑자기 거구가 된 기분이었다. 이목구비가 동글동글해 어려 보이는 인상이었지만, 주름진 피부와 흐릿한 눈동자를 보고 나이가 꽤 많은 사람이라는 걸 알았다. 전체적으로 기이한 인상의 중늙은이였다.

"너, 601호에 있지?"

나는 불안한 눈빛으로 고개를 끄덕였다. 남자는 주변을 살핀 다음 내 손목을 잡고 구석진 곳으로 끌고 갔다.

"너랑 같은 방 쓰는 남자 말이야. 김태한이라고."

그는 목소리를 한껏 낮추더니 한 번 더 주위를 돌아봤다.

"같이 지내면서 뭐 이상한 점 없었어? 그 사람, 프락치라는 말이 있던데."

프락치?

"그 사람이 여기서 제일 오래 살았다는 건 알고 있지? 그
게 다 이유가 있었어. 그는 센터에 위장 잠입한 거야. 누군가
센터에 들어오면 그 가족이랑 몰래 연락해서 쇼부 치는 거
지. 어떻게 알았는지 센터에 들어오기 전부터 연락하는 가
족들도 있다던데? 의뢰인의 가족이 기간을 연장하도록 꼭
붙들어두는 거. 그게 그 사람 임무라던데."

임무?

"하여간 옆에서 유심히 살펴보라고. 마음 아픈 사람들 살
살 꼬드겨서 그걸로 돈벌이하는 인간이라면 내가 가만 안 둘
거야."

그는 여러 번 접은 종이를 내 손에 쥐여준 다음, 마치 내
곁을 스쳐가던 사람인 것처럼 시침을 떼고 반대편으로 사
라졌다. 쪽지를 펼치자 꼼꼼하게 눌러 적은 휴대전화 번호
가 나왔다. 이건 대체 무슨 상황인가. 나는 잠시 생각을 정리
해봤다. 김태한이 프락치라고? 그러니까, 아까 그 남자의 말
에 따르면, 김태한은 이곳 사람들이 삶을 연장하도록 회유
하고 그 가족들로부터 대가를 받고 있다는 거였다. 그게 가
능한 얘기인가? 뭐, 가능하기는 했다. 가능하기는 한데, 너무
소설이나 영화에나 나올 법한 얘기 같았다. 센터에서 지내
다 보면 심심해서 온갖 상상을 하기 마련이니 이건 전부 그
남자의 망상일 가능성이 높았다. 하지만, 현실과 상상을 구
분하지 못하는 사람이라면 이곳이 아닌 다른 센터로 보내졌

어야 하는 거 아닌가. 설마. 설마 엄마도…… 엄마도 뭔가 미리 알고 내가 김태한과 같은 방을 쓰게끔 조치한 게 아닐까. 김태한이 나한테 잘해준 것도, 친구들과 어울리게끔 도와준 것도 전부 엄마의 계획이었을까. 하지만. 그럴 리가. 그럴 리 없겠지. 소문과 음모가 나도는 것은 바깥세상이나 센터나 똑같구나.

마음 어딘가 어긋난 기분이 들었다. 밀크티 한 잔의 즐거움도 날아가버렸다. 그냥 방으로 돌아갈지, 기분을 풀기 위해 벚꽃길을 걸을지 고민하고 있는데, 누군가 또 어깨를 가볍게 쳤다.

"미안하지만, 지금 바빠?"

이번에는 낯선 여자였다. 아니, 어디서 본 듯 익숙한 느낌이기도 했다. 젊지만, 나보다는 나이가 많아 보이는 여자. 센터에서 몇 번 마주친 적이 있는지도 몰랐다. 그나저나, 오늘은 센터 사람들이 나한테 말 걸기로 약속한 날인가.

"시간 괜찮으면 잠깐 얘기하고 싶어서."

잠시 망설였다. 또 김태한 프락치 운운하면 그냥 자리를 떠버리자고 생각했다.

"음, 조금 긴 얘기가 될 지도 몰라. 날도 좋은데, 테라스로 나갈까?"

나는 느릿느릿 고개를 끄덕였다. 여자가 먼저 현관을 나섰다.

206

*

내 이름은 오민아.

미나가 아니라 민아야.

음, 내가 몇 살 누나니까 말 편하게 해도 괜찮지? 편하게
얘기하고 싶어. 원래 잘 아는 사람처럼. 친한 사이처럼.

사실 나는 너 알고 있어. 아니, 원래 알았다는 뜻은 아니
고. 지난 번 벚꽃 축제 때도 봤고, 장례 파티 때도 봤는데, 늘
말이 없더라. 그래서 너에 대해 좀 알아봤지. 미안. 너, 말이
없는 게 아니라 말을 안 한다며.

너한테 하고 싶은 얘기가 있어. 아무한테도 한 적 없는 내
이야기. 의사한테도 전부 말하지는 않았으니까, 아무도 알지
못하는 내 이야기. 너한테는 하고 싶어. 너는 말하지 않을 테
니까.

음…… 처음부터 나는 혼자였어.

글쎄, 나를 만든 사람이 최소한 두 명은 있겠지만, 나를 만
들었을 뿐 함께한 적은 없었으니까. 외로울 때. 대상이 없는
그리움이 일어 속이 싸하고 허전해질 때. 나는 그게 배가 고
픈 건 줄 알고 자랐어. 아무도 내게 그런 감정이 있다는 걸
알려주지 않았거든.

어릴 때 마음이 허하면 뭐든 집어 먹은 것처럼, 성인이 되고는 미친 듯이 돈을 벌었어. 전단지 돌리기부터 시작해서 편의점 아르바이트, 식당 서빙, 설거지…… 내가 할 수 있는 건 다 해봤어. 돈을 모아서 나중에는 내 가게를 하나 갖고 싶었거든. 따뜻한 밥을 파는 집. 그냥 상상이 아니라 계획이었어. 숙식을 제공하는 식당에서 일하면서 월급은 고스란히 저축했으니까.

돈을 더 많이 주는 가게로 옮겨 다니면서 열심히 일했어. 다양한 메뉴를 접해봐야 나중에 가게를 열 때 도움이 되기도 할 테고. 하여간 여기저기 옮겨 다녔기 때문인지 친구라고 할 만한 사람은 없었어. 식당에서 일하는 사람 중에 내 또래가 없기도 했고. 그래도 좋았어. 몇 년이 지나 작지만 내 방도 생겼고 돈도 꽤 모았으니까.

친구는 없었지만, 인터넷 친구는 있었어. 페이스북에 가입해서 이름이 예쁜 사람, 글을 잘 쓰는 사람, 멋진 곳에 여행을 다니는 사람, 음식 사진을 맛깔나게 찍는 사람들에게 친구 요청을 보냈지. 그들은 대개 나를 친구로 받아줬어. 나는 그게 고마워서 열심히 '좋아요'를 눌렀어. 그렇게 그들의 삶에 끼어들었지.

친구 신청을 하는 건 언제나 나였는데, 그런 적이 한 번도 없었는데, 어느 날 누군가 나에게 친구 요청을 보내온 거야. 얼마나 놀랐는지. 심지어 외국에서 날아온 메시지였어. 이름은 마이클. 말레이시아에서 외식 사업을 하는 미국인이었어. 나보다 나이가 많은 줄 알았는데, 알고 보니 두 살이나 어렸어. 내가 한참 어릴 거라고 생각했다면서 마이클도 웃더라. 나는 영어를 잘 몰랐지만, 구글 번역기가 있어서 괜찮았어. 마이클은 내가 알아듣기 쉽게 말하려고 애쓰는 친절한 남자였어. 우리는 하루에도 몇 번씩 쪽지를 주고받았지.

얼마 후에 그가 사랑한다고 고백했어. 이렇게 대화가 잘 통하는 사람은 처음이라고 했어. 아니, 언어로 말할 수 없는 무언가가 통하는 느낌이라고 했어. 그 말이 진심이라는 걸 금방 알았지. 왜냐면, 나도 똑같은 마음이었으니까. 그 문장을 내가 몇 번이나 읽었는지 알아? 몇 번을 읽고, 또 읽어도 좋은 말이었어.

마이클이 한국에서 함께 크리스마스를 보내자고 했어. 직접 만나면 청혼도 할 거라고 했어. 티파니 매장에서 반지도 몇 개 봐뒀다면서 손가락 사이즈를 물어봤지. 그랬는데, 며칠 뒤에 그가 계획이 틀어졌다고 하더라. 말레이시아에서 쓰는 계좌가 막혔다는 거야. 세금을 내지 않아서 생긴 문제인데, 벌금만 내면 되니까 걱정 말라고 했어. 일을 처리하고 나면 그때 한국에 온다고 했어. 크리스마스를 함께 보내지 못하게 돼 정말 미안하다면서. 벌금이 얼마냐고 물어봤지. 그는 별일 아니니 신경 쓰지 말라고 했어. 다시 물어봤지. 마지못해 그가 대답하더라. 다행이었어. 내가 모아둔 돈으로 충분히 해결할 수 있는 금액이었으니까.

고마워. 크리스마스를 함께 보낼 수 있게 돼 정말 기뻐, 마이 달링. 곧 만나.

그게 마이클이 보낸 마지막 메시지였어.

도대체 얼마나 멍청하면 그런 사기를 당하냐고?

어떻게 그런 말도 안 되는 말에 속아 넘어가냐고?

음…… 뭔가 이상하다는 걸, 나는 몰랐을까?

내가 정말, 몰랐을까?

나는 속은 게 아니라, 믿고 싶었던 것뿐이야. 만약의 가능성, 마이클이 하는 말이 진짜일지도 모른다는 1퍼센트의 가능성, 그걸 붙잡고 싶었던 거야.

경찰에 신고하지는 않았어.

나의 마이클은, 내가 보내준 돈으로 벌금을 냈고, 계좌가 풀리자마자 제일 먼저 티파니로 달려갔어. 거기서 내게 어울리는 반지를 사서 집으로 돌아가는 길에 교통사고로 죽은 거야. 그래서 나한테 연락할 수 없었던 거야. 그는 죽는 순간까지 내게 프러포즈할 상상을 하면서 행복하게 웃었을 거야. 그냥, 그렇게 생각하기로 했어.

다시 악착같이 돈을 모았어. 이제 인터넷에서 친구 사귀는 일은 그만뒀지.

미안, 얘기가 길어졌네. 그래도 조금만, 조금만 더 들어줄래? 고마워. 정말 고마워.

그러던 어느 날이었어. 그날은 쉬는 날이었지. 평일 낮이었는데, 유리창 너머로 보이는 레스토랑마다 둘씩 셋씩 앉아 수다를 떨고 있더라. 태어나서 지금까지 언제나 혼자였는데도, 나는 혼자인 게 익숙해지기는커녕 여전히 춥고 수치스러웠어. 구석진 곳에 있는 작은 식당에 들어가 밥을 먹다가 문득 맞은편에 놓인 빈 의자가 눈에 들어왔어. 거기 누군가 앉아 있는 상상을 해봤지. 처음엔 재미 삼아. 장난처럼.
맛있어?
뭐, 나쁘진 않아. 그래도 이런 작은 식당 말고 좀 더 근사한 데서 먹어보고 싶어.
어디? 봐둔 데 있어?
이태원이나 연남동 같은 데 한번 가보고 싶어. 거기에 맛있는 집이 정말 많대.
이런 식으로, 맞은편에 누가 있는 것처럼 속으로 혼잣말을 주거니 받거니 했어. 그런 식의 장난은 TV를 보면서, 일하면서, 심지어 잠들기 전에도 계속됐지.

잘 자.

너도 잘 자, 좋은 꿈 꿔.

이런 식으로 말이야.

음, 그러다 어느 순간 이런 생각이 드는 거야. 이것도 나쁘지 않겠다는 생각. 나를 둘로 나눠서 둘이 함께 지내면 외롭지 않을 거라는 생각. 누군가 떠날 리 없으니 상처받을 일도 없을 거라는 생각. 한 사람은 '우노^{Uno}', 남성성으로 분류할 수 있는 모든 것을 담당하는 나였어. 다른 사람은 '우나^{Una}', 여성성을 담당하는 나였지. 스페인어에서 따온 이름이야. 숫자 1이 남성형과 여성형으로 나뉘어 있거든. 우노와 우나. 하나인데 둘인 거지. 둘인데 하나인 거고.

그날부터 나는 혼자가 아니었어. 우노와 우나는 언제나 함께였거든. 한 달에 한 번은 데이트를 나갔어. 이태원도 갔고, 연남동도 가봤지. 맛집도 찾아다니고 새로 개봉한 영화도 보러 다녔어. 가끔은 무얼 먹을지, 어떤 영화를 볼지 의견이 갈리기도 했지만, 결국은 원만하게 합의를 봤어. 둘은 사이가 좋은 편이었거든.

우노와 우나는 1주년 기념일을 조금 특별하게 보내기로 했어. 근사한 레스토랑 창가 자리를 예약했지. 물론 두 명으로 말이야. 품에 커다란 꽃다발을 안고 우노와 우나는 직원의 안내를 받아 예약석으로 향했어. 테이블에는 2인용 식기와 커트러리가 보기 좋게 세팅돼 있었지.

일행분은 아직 안 오셨습니까.

우아한 표정과 말투로 직원이 물었어.

다 왔는데요.

두 분 예약하지 않으셨습니까.

둘인데요.

직원은 혼란스러운 얼굴이었어. 지금껏 치장하고 있던 세련된 매너는 온데간데없어졌지. 멀리서 매니저가 무슨 일이냐는 듯한 눈짓을 보냈고, 직원은, 잠시만 기다려주시겠습니까, 하고 떨리는 목소리로 말하고 급히 자리를 뜨려 했어. 그때.

쨍그랑.

서둘러 자리를 뜨던 직원이 테이블에 놓인 아름다운 잔을 건드렸고, 그것이 바닥에 떨어지며 무참히 깨져버렸지. 그 순간, 내 안에서도 뭔가 깨져버렸어. 잔이 부서지는 소리보다 더 쨍쨍한 소리를 내면서. 우노와 우나, 둘이 함께하는 삶에 너무 깊이 빠져 있었다는 걸 그 순간 깨달았어. 깨달을 정도로만 빠져들었으니 그나마 다행이라고 해야 하나. 아니, 어쩌면 영영 깨닫지 않는 쪽이 나았을지도 몰라. 처음부터 나는 세상에 혼자였는데, 다른 사람들이 무슨 상관이라고.

1년간 매일 함께했던, 단 한순간도 떨어진 적이 없었던 다정한 우노와 우나는 그날 사라졌어. 나는 다시 나로 돌아왔고 외로워졌지.

센터에 들어온 거, 나에겐 참 다행이야. 적어도 이곳에서
는 고독사 할 일이 없잖아. 나는 그게 정말 무서웠거든. 언제
나 혼자였는데, 마지막까지 혼자이고 싶지는 않아. 그건 너
무 지독한 일이야. 지독한 일인데, 종종 일어나지. 이름 없는
죽음들. 이야기 없는 죽음들. 혼자인 죽음들. 죽어서도 혼자
인 죽음들.

하나의 생이 온전한 역사로 남을 수는 없겠지. 그건 누구
나 마찬가지야. 아무리 가까운 사람이라도 모든 순간을 함
께할 수는 없으니까, 다 알 수는 없으니까. 다 말하지 않았으
므로, 다 보여지지 않았으므로, 오직 자신만이 자기의 역사
를 품고 떠나갈 뿐.

음, 그래도 대개는 기억되잖아. 온전하지는 않아도, 조각
조각이어도, 누군가는 기억해주잖아.

내 이름은 오민아.

바보 같은 사기를 당한 여자. 우노와 우나 덕에 잠시 행복
했던 사람. 보잘것없는 쓸쓸한 삶을 살아온 무명씨.

드러내기 초라해 남들에게 쉽게 말할 수 없는 삶이라 해
도 아무도 모르고 아무도 기억해주지 않을 거라는 생각을
하면 슬픈 기분이었어. 누군가는 기억해주길 바랐어. 누군

가 기억해주는 것만으로도 혼자가 아닌 것 같은 기분이 드니까.

미안. 얘기가 너무 길었지? 들어줘서 고마워.

이제 이 세상에 나의 이야기를 알고 있는 사람이 한 명은 있구나 생각하면 조금은 마음이 놓여. 물론, 너도 언젠간 떠나갈 테니 그리 오래 기억되지는 않을 테지만.

*

긴 이야기를 마치고 그녀는 자리에서 일어나 홀홀 걸어갔다. 그게 다였다. 그녀가 떠난 뒤에도 나는 테라스에 굳은 듯 앉아 얼굴을 한 번도 본 적 없는 연인에게 돈을 보낸 여자와 자신을 둘로 나눠 살아가던 사람에 대해 생각했다. 다 알 수는 없지만, 그녀가 들려준 그녀의 이야기, 그리고, 그녀의 이름을 오래오래 생각했다.

그날 이후 매점에서, 테라스에서, 혹시라도 그녀와 마주치지 않을까 싶어 두리번거리는 습관이 생겼다. 솔직히 말하면, 우연을 가장해 그녀와 마주치고 싶었다. 내가 알지 못하는 그녀의 이야기를 기꺼이 더 들어주고 싶었다. 기억하고 싶었다.

그 후로 그녀를 볼 수 없었다.

혹시나 하는 마음에 센터 홈페이지에 들어갔을 때, 떠난 사람 목록에서 그녀의 이름을 발견했다. 한동안 그녀의 이름을 바라보다 떠난 날짜를 확인했다. 그녀가 나에게 자신의 이야기를 들려준, 바로 그날 밤이었다.

10

진주색 상자 위로 자줏빛 리본이 단정하게 둘러져 있었다. 양지는 리본 끝을 잡고 조심스럽게 잡아당겼다. 매듭은 싱겁게 풀렸다. 양지는 리본을 돌돌 말아 주머니에 넣고 상자를 열었다. 투박한 모양을 한 초콜릿이 가지런히 담겨 있었다. 양지가 먼저 하나를 골라 입에 넣었고, 다음에 김태한이 큼직한 걸로 집어 들었다. 손 형과 나도 하나씩 골랐다. 딱딱한 덩어리가 순식간에 녹아내리며 입안을 달콤함과 씁쓸한 맛으로 가득 채웠다.

"이게 407호 정희 씨가 직접 만든 거라고?"

김태한이 초콜릿을 우적우적 씹어 먹으며 물었다.

"진하고 부드럽죠? 여기 들어오기 전에 쇼콜라티에로 일했대요."

"응, 사 먹는 것보다 훨씬 진하고 맛있어."

초콜릿은 양지가 언니라 부르며 따르던 정희 씨가 남긴 선물이었다. 양지에게 가끔 얘기를 들었지만, 그녀를 직접 본 적은 없었다. 조용히 지내던 정희 씨는 장례 파티 대신 가까이 지내던 몇몇에게 직접 만든 초콜릿을 남겨두고 어젯밤 비밀스럽게 떠났다. 마음이 축축하고 생이 쓸쓸했던 사람들은 아름다운 계절에 떠나기를 원하는 걸까. 요 며칠 사이 임종실이 유난히 북적거렸다.

"아침에 자고 일어났더니 문 앞에 편지랑 같이 이게 놓여 있잖아요. 언니가 그랬거든요. 자기는 마지막 인사 같은 거 너무 쑥스럽다고. 그래서 그냥 슬쩍 떠날 거라고. 알고는 있었지만, 막상 이렇게 가버리니까 좀 서운하고 슬프다."

"덜 서운하고 덜 슬프라고 달콤한 걸 남기고 갔나 보네."

김태한의 말에 양지는 눈이 동그래지더니 양손에 초콜릿을 하나씩 집어 들고 차례로 입에 넣었다. 불룩해진 볼을 이리저리 움직이더니 하나를 더 집어 넣었다.

"정말 그러네. 조금 덜 슬픈 것 같아요."

초콜릿을 입에 가득 문 채로 힘겹게 말하는 양지를 보고 김태한이 웃음을 터뜨리자, 이번에는 앞니가 온통 초콜릿 범벅인 김태한을 보며 양지가 웃음을 터뜨렸다. 세상에서 가장 달콤한 웃음이었다.

"아, 그 얘기 들었어요? 308호 은미 언니랑 513호 까칠이 아저씨."

"둘이 왜?"

"둘이 이번 주에 같이 퇴소한대요."

"잘됐네."

"잘됐죠."

모두 고개를 끄덕이며 초콜릿을 입에 넣었다.

매일 누군가 떠나갔다.

누군가는 영영 아주 멀리 떠나버렸고, 누군가는 암을 치료하기 위해 센터를 나갔고, 누군가는 이곳에서 만난 사람과 다시 한 번 생에 도전해보기로 용기를 냈다. 그리고 누군가는 아직 이곳에 남아 달콤한 초콜릿을 나눠 먹었다. 떠난 이가 남기고 간 선물을. 다시는 맛볼 수 없는 마지막 초콜릿이라는 사실을 잠시 떠올린 다음 천천히 녹여 먹었다.

11

바람이 불어와 걸음을 멈췄다. 둥그런 공기가 얼굴을 부드럽게 쓸고 지나갔다.

여름을 앞둔 밤이 가장 싱그럽다는 것을 알게 된 뒤부터 매일 벚꽃길로 산책을 나왔다. 꽃이 달려 있는 기간은 한 달도 안 되는데, 이 길은 계절에 상관없이 언제나 벚꽃길이라 불렸다.

다시 길을 따라 걸음을 옮겼다. 나무 그늘 아래 사람이 있었다. 밤의 싱그러움을 느끼려는 사람은 나 말고도 많았다. 혼자 산책 나온 사람은 그나마 나았다. 서로의 그림자가 포개지지 않도록 멀찍이 떨어져 걸으면 그만이었다. 하지만, 지금처럼 손을 잡은 커플과 마주치면 왠지 그들만의 땅에 침범한 기분이 들어 자리를 피하게 됐다.

벚꽃길에서 빠져나와 테라스에 앉았다. 운동장을 멍하니 바라보는 것도 나쁘지 않았다. 구름이 연기처럼 흩어지는 모습을 눈으로 좇다가 말간 바람이 불어오면 잠시 눈꺼풀을 닫았다. 머리카락 사이로, 피부 위로 바람이 지나갈 때면 '좋다'는 말이 목구멍 안에서 맴돌았다. 그랬다. 좋았다. 이런 순간은, 정말이지 괜찮았다.

고요한 풍경 사이로 소음이 끼어들었다. 주차장 쪽에서 차 한 대가 요란하게 빠져나와 현관으로 다가왔다. 면회차 방문했다고 하기에는 어딘가 급하고 불안해 보였다. 차가 완전히 멈추기도 전에 건물 안에서 한 여자가 아이를 데리고 나왔다. 중학생쯤 돼 보이는 아이. 아침에 김태한이 했던 말이 떠올랐다. 나의 룸메이트는 한껏 들뜬 목소리로 오랜만에 견학생이 온다는 소식을 전했다.

미성년자가 센터에 입소하려면 반드시 부모의 동의가 필요하지만, 여전히 많은 부모가 그것을 거부했다. 그나마 자녀와 대화가 좀 통하는 부모들은 함께 센터에 방문해 아이가 생각을 정리할 기회를 줬다. 센터를 찾는 견학생들은 주로 고등학생이었고, 드물게 중학생도 있었다. 견학생은 언제나 사람들의 관심을 끌었다. 센터에서는 날씨가 좋은 주말 밤이면 운동장에 스크린을 세우고 비교적 최근에 개봉한 영화를 틀어주었고, 1층에는 영화감상실, 도서관, PC실도 있었지만, 사실 센터에서의 생활이란 게 빤한 것이어서 몇몇 사람은 한 달에 한 번씩 머리를 잘라주러 오는 미용 봉사자들이나 기타를 가르쳐주는 동호회 사람들, 종이접기 강사가 오는 날을 기다렸다. 새로운 입소자가 들어오면 센터에 생기가 돌았다. 심지어 남의 가족이 면회를 와도 괜히 주변을 어슬렁거리는 사람들이 있었다. 사람 때문에 마음에 치명상을 입고 이곳에 들어왔어도 여전히 사람을 그리워하는 사람이 있었다.

여자는 아이를 뒷좌석에 밀어 넣고 서둘러 차에 올랐다. 짧은 순간이었지만, 아이의 귀에 하얀 천이 감겨 있는 게 눈에 들어왔다. 마치 빈센트 반 고흐의 자화상처럼. 소름이 돋을 만큼 하얗고 깨끗한 붕대가 아이의 작은 머리를 압박하고 있었다.

빨간 미등이 정문 밖으로 사라질 때까지 바라봤다. 불빛보다 아이의 잔상이 오래갔다. 어지러웠다. 고개를 털어내고 맑은 공기를 깊이 들이마셨다. 입을 크게 벌려도 숨은 양껏 차오르지 않았다. 자리에서 일어났다. 발을 딛는 곳마다 붕대를 감은 아이가 안개처럼 떠 있었다. 아닌가. 그 아이가 아닌가. 선명해지려는 얼굴을 지우듯 걸음을 서둘렀다.

순간, 작은 벌레가 기어 다니는 것처럼 귓속이 따끔했다. 손가락을 넣고 귀를 후볐다. 시원하기는커녕 안이 퉁퉁 붓는 기분이었다. 웅웅. 주변에 떠다니던 소리들이 뭉개지는가 싶더니 세상의 모든 소음이 귓속으로 빨려 들었다. 고개를 털었다. 소리는 사라지지 않았다. 오히려 흩어져 있던 음소들이 하나둘 결합해 음절을 만들고 단어를 만들고 문장을 만들었다. 하나하나 선명해지려는 말들 위로 장막이 처졌다. 장막 너머에서 그림자극의 한 장면처럼 말들이 춤을 췄다. 회오리쳤다.

심장이 차가워지고 속이 메슥거렸다. 몸은 차가워지는데 귓속은 뜨거워졌다. 말들이 요동치며 장막을 찢었다. 숨어 있던 말들이 찢어진 틈으로 손을 뻗었다. 손가락으로 귓구멍을 틀어막았다. 내 안에서 울리는 소리였기에 귀를 막아도 소용없다는 걸 잘 알고 있었다. 알면서도 내가 할 수 있는 건 손가락을 더 깊숙이 넣는 일뿐이었다. 바람이 멈췄다. 소리가 잠잠해졌다. 무대를 옮긴 말들이 한곳에 모여 낮게 바스락거렸다.

601호에 돌아오자마자 침대에 누웠다.

"견학생 나가는 거 봤어?"

김태한이 다가와 엉덩이를 걸치고 앉았다. 몸이 으슬으슬해 이불을 끌어당겼다.

"거참…… 겨우 중학생이래. 학교에서 몹쓸 짓을 당한 모양이야. 지금은 휴학 중인데, 자꾸 환청이 들린다면서 자기 귀를 찌른대. 좀 아까도 한바탕 난리가……."

따그그극.

날카로운 무언가가 머릿속을 지나갔다. 벌어진 틈으로 말들이 흘러나왔다. 머리가 아팠다. 이쪽에서 저쪽으로 통증이 옮겨 다녔다. 바스락거리던 말들이 저벅저벅 소리를 내며 머릿속을 마구 짓밟았다. 한 줄로 늘어선 말들이 원을 그리며 빙빙 맴돌았다. 점점 빠르게 돌았다. 소용돌이쳤다. 말들이 한쪽 귀로 빠져나가는가 싶더니 반대쪽 귀에서 물살치며 밀려들었다. 거센 파도를 만들었다. 귀를 막고 몸을 동그랗게 말았다.

"야, 이서우. 너 왜 그래? 어디 안 좋아?"

김태한이 머리맡으로 다가와 이불을 끌어 내렸다.

"얼굴이 창백한데? 무슨 일이야?"

몸이 달달 떨렸다. 머릿속도, 심장도, 차갑게 식으며 바닥으로 가라앉았다. 김태한이 간호사를 부르는 소리가 점점 멀어졌다.

12

3월. 햇볕이 들지 않는 교실은 찬 기운이 그득했다.

무채색 페인트를 칠한 벽도, 시멘트 바닥도, 딱딱한 의자도, 어느 것 하나 온기가 돌지 않았다. 교복 재킷만으로는 냉기를 막을 수 없어 의자에 걸어두었던 패딩을 덧입었다. 내가 배정받은 중학교는 규율이 엄한 편은 아니었다. 따로 지정해둔 코트가 없어 검은색이나 회색, 청색 계통의 외투라면 무엇이든 자유롭게 입을 수 있었다.

쉬는 시간. 이제 제법 얼굴을 익힌 아이들은 큰 소리로 떠들었다. 이쪽 분단에서 저쪽 분단으로 지우개와 종이 뭉치가 날아다녔고, 함부로 책상을 밀치며 교실 안을 뛰어다녔다. 변성기가 시작된 사내아이들의 굵직한 목소리 사이로 여자아이들의 높고 가느다란 웃음소리가 끼어들었다.

따그그극.

온갖 소음을 자르며 날카로운 소리가 귓가를 파고들었다.
짧은 소리였지만 여음이 고막을 깊숙이 찔렀다. 고개를 돌
리다 하마터면 얼굴을 베일 뻔했다. 눈 밑에서 칼날이 번쩍
였다. 커터칼을 쥔 아이는 방지완이었다. 그 뒤로 방지완과
몰려다니는 아이들이 웃고 있었다.

"놀랐어? 미안."

지완은 커터칼을 든 손을 뒤로 빼며 사과했다. 나는 별 다
른 말없이 무슨 일이냐는 표정으로 그 애를 쳐다봤다. 그때,
칼을 든 손이 스르르 미끄러지며 내 심장에 닿았다. 툭. 뭔가
끊기는 소리가 들렸다. 아주 작은 소리였지만 분명하게 들
렸다. 뾰족한 칼끝이 패딩 점퍼를 뚫는 소리. 지완은 칼날을
아래로 움직여 긴 선을 그었다. 벌어진 틈으로 하얀 깃털이
드러났다.

"이런. 정말 미안."

지완이 웃자 뒤에 있던 아이들도 따라 웃었다. 반 아이들
은 떠들기를 멈추고 이쪽에 집중하기 시작했다. 지완은 벌
어진 틈에 손을 집어넣고 깃털을 한 움큼 꺼내 내 머리 위에
얹었다. 그중 몇 개가 바닥으로 떨어졌다. 방지완이 내 어깨
를 툭툭 치고 돌아섰다. 패거리 중 하나가 내 머리에 대고 입
김을 세게 불었다. 사방으로 깃털이 날렸다. 반 아이들이 한
꺼번에 웃음을 터뜨렸다.

너무 갑작스럽고도 황당해 오히려 화가 나지 않았다. 그저 저만치 돌아선 방지완을 바라봤다. 그 애의 뒷모습. 어쩐지 낯이 익었다. 그 애가 걸친 패딩이 내 것과 똑같다는 걸 잠시 뒤에 깨달았다.

그때 말했어야 했을까.
하지 말라고.
사과하라고.

한번 놓쳐버린 말은 그 뒤로도 적당한 시기를 찾지 못했다. 그날 나는 아이들이 모두 지켜보는 가운데 반에서 가장 약한 개체로 낙인찍혔다. 누구든 함부로 대해도 되는 보잘것없는 존재였다. 이를테면 칠판지우개 같은 것. 아무렇게나 두들겨 털어내면 기침처럼 하얀 분필가루만 뿜어낼 뿐 이내 납작하게 엎드려 있는 낡은 칠판지우개 같은 것. 아무나, 아무 때나 두들기고 던질 수 있도록 방지완이 반 아이들 모두에게 허락해준 셈이었다.

밥을 혼자 먹거나 체육 시간에 혼자 달리는 건 괜찮았다. 나와 짝이 된 여자애가 과장된 얼굴로 토할 것 같다는 표정을 짓는 것도 괜찮았다. 화장실에 다녀온 사이 쓰레기통에 처박힌 가방을 꺼내 툭툭 털어내는 것도, 4층에서 떨어뜨린 교과서나 운동화를 주우러 1층에 내려가는 일도, 다 괜찮았다.

그래도 때리는 건 아니니까. 그저 짓궂은 장난일 뿐이니까.

아니, 사실 괜찮지 않았다. 긴장감에 늘 어깨가 움츠러들었다. 비웃는 표정이 보기 싫어 아이들 눈을 피했다. 보고도 못 본 척, 듣고도 못 들은 척 숨을 죽였다.
그때라도 말했어야 했을까.
그만두라고.
다들 그만하라고.

그 뒤로는 영영 말할 기회를 잃어버렸다. 장난을 가장한 괴롭힘, 실수로 포장한 폭력은 점점 진짜가 됐다. 이유도 없이, 혹은 이유를 만들어서, 수시로 쏟아지는 주먹질이 두려워 아무 말도 할 수 없었다. 공부도 운동도 다 잘하는 방지완을 담임은 아무런 의심 없이 아끼고 칭찬했다. 나는 잠깐만 견디면 된다고 생각했다. 덜 아프게 맞는 요령을 터득했고, 그 요령을 들킨 날이면 더 맞았다. 흉터나 멍에 대해 엄마가 물어볼 때면 이런저런 거짓말로 둘러댔다.
"병신새끼."
주먹질 끝에 방지완은 내 머리채를 흔들며 꼭 그렇게 말했다. 그 말을 들으면 이제 끝났구나 싶어 안도했다. 하지만 잠들기 전에 나를 괴롭힌 건 통증보다 그 말이었다. 나는 나에게 '병신새끼'라고 욕을 퍼붓다 잠이 들었다.

*

겨울방학이 되면서 기분이 조금 나아졌다. 당분간 학교에 가지 않는 건 물론, 곧 2학년에 올라갈 거라는 생각만으로도 위로가 됐다. 2학년이 되면 새로 시작할 수 있었다. 다시 처음부터 시작하면 그만이었다. 조금만 버티면 될 일이었다.

숨을 들이마실 때마다 폐에 살얼음이 낄 만큼 공기가 차가운 날이었다.

잠결에 루키가 얼굴을 핥는 게 느껴졌다. 따뜻한 혀로 볼도, 눈도 핥던 작은 개는 내가 아무런 반응을 보이지 않자 앙앙 짖으며 앞발로 가슴팍을 긁었다. 참았던 웃음을 터뜨리자 루키가 빠른 속도로 꼬리를 흔들었다. 친척 집에서 기르는 개가 새끼를 세 마리 낳았다는 얘기를 듣고 서진이와 함께 보러 갔다가 엄마 허락도 없이 냉큼 품에 안고 온 녀석이 루키였다. 엄마는 당장 돌려주라고 소리를 질렀지만, 나와 서진이는 우리가 밥도 주고 목욕도 시킬 거라고 사정하며 버텼다. 혹시라도 내가 잠이 들었을 때 엄마가 루키를 도로 친척 집에 가져다줄까 봐 언제나 녀석을 품에 안고 잤다. 무서운 꿈에서 깨어나면 루키의 보드라운 등을 오래도록 쓰다듬었다. 그러면 다시 잠들 수 있었다.

창 너머로 세상이 온통 하얬다. 루키에게 눈을 보여주고 싶었다. 이제 젖을 뗀 지 얼마 안 된 루키는 세상 모든 것이 신기했고, 나는 그런 루키를 보는 게 좋았다.

옷 속에 루키를 넣고 지퍼를 반쯤 올렸다. 루키는 점퍼 밖으로 고개를 쏙 내밀었다. 아파트 단지는 벌써 눈을 치워 바닥이 훤히 드러났다. 근처 공원을 떠올렸다. 거기라면 루키가 첫 발자국을 찍을 수 있는 자리가 남아 있을 거였다. 하얀 입김을 길게 뿜고 걸음을 옮겼다. 루키는 코를 킁킁거리며 겨울 냄새를 맡았다. 작은 코를 쉴 새 없이 실룩거리는 게 귀여워 나는 턱을 당겨 녀석의 머리에 비볐다.

공원 입구에 막 들어섰을 때, 반사적으로 뒷걸음질 쳤다. 거기, 방지완 패거리가 몰려 있었다. 왜 하필. 그들이 나를 보지 못했기를 간절히 바라며 가만히 돌아섰다.

"이서우!"

걸음을 멈췄다. 숨을 크게 들이마시고 그들 쪽으로 돌아섰다. 패거리 중 하나가 내 쪽으로 걸어왔다. 나는 눈사람처럼 서 있었다. 심장이 거칠게 뛰었다. 그 애는 내 어깨에 팔을 두르고 친한 척하며 나를 방지완 앞으로 데려갔다.

"이런, 방학에 만나니까 더 반갑다, 서우야."

방지완이 악수를 청하며 손을 뻗다가 그대로 주먹을 날렸다. 뒤로 넘어질 듯 휘청거리면서도 본능적으로 루키를 꼭 안았다.

"어라."

방지완이 루키를 발견했다. 입술을 모으고 쭈쭈쭈, 소리를 내며 다가왔다. 지완이 루키에게 주먹질이라도 할까 겁이 났다. 이대로 도망갈까. 하지만, 잡힐 게 뻔했다. 주변을 살폈다. 산책로에 운동복 차림을 한 어른 몇몇이 눈에 띄었다. 제발. 제발 여기 좀 봐주세요. 얘들한테 그만하라고 말해주세요.

"귀엽네. 나 강아지 무지 좋아해."

방지완이 손을 뻗어 루키를 쓰다듬었다. 루키가 킁킁대며 낯선 사람의 냄새를 맡았다. 방지완은 등을 가볍게 숙이고 루키를 들여다보며 웃었다. 그 웃음을 해석할 수 없어 불안했다.

"우리 스케이트 타러 왔는데. 너도 같이 갈래?"

방지완이 내 목에 팔을 둘렀다. 실내 스케이트장은 걸어서 가기에는 먼 거리라고 생각하면서도 목줄 걸린 개처럼 끌려갔다.

방지완 패거리가 데려간 곳은 실내 스케이트장이 아니었다. 공원 한쪽에 있는 연못가였다. 날이 좋을 때는 벤치에 앉아 쉬었다 가는 사람들이 많았지만, 한겨울에는 얘기가 달랐다. 침엽수가 빙 둘러진 연못가에는 방지완 패거리와 나, 그리고 루키뿐이었다.

"우리 여기서 스케이트 타고 놀려고. 그런데, 연못이 얼마나 단단하게 얼었는지 알 수 없으니까 니가 좀 확인해봐."

방지완이 내 멱살을 붙잡고 연못 가까이 다가갔다.

"자, 여기서 출발해서 저 끝까지. 너무 겁먹지 말고. 별로 안 깊다는 건 너도 알잖아."

얼어붙은 연못을 내려다봤다. 검은 어둠 안에 하얀 숨이 떠다니는 것 같았다. 그래. 여기만 통과하면, 그러면 보내주겠지. 보내줄 거야. 나는 첫발을 내디뎠다. 얼음이 깨져 빠진다 해도 허벅지 정도만 젖을 거였다. 루키를 단단히 안고 한 걸음씩 조심조심 걸었다.

"워, 워."

뒤에서 방지완이 불길한 소리를 내며 겁을 줬다. 패거리가 웃었다. 나는 넘어지지 않으려고 신경 쓰며 발을 뗐다. 아니, 거의 얼음판에 발을 붙이고 바닥을 밀듯이 조금씩 이동했다.

쩌억. 반대편에 거의 다다랐을 때, 번개가 치듯 얼음에 금이 갔다. 나도 모르게 루키를 꽉 안았다. 갑작스러운 일에 놀랐는지 잠시 숨을 죽이고 있던 패거리가 이내 키득거렸다. 방지완이 연못가를 반쯤 돌아와 나와 마주 보고 섰다. 패거리가 우르르 따라왔다.

"쭈쭈쭈, 힘내. 이제 다 왔어."

강아지를 부를 때처럼 방지완이 손짓했다. 그래, 이제 다

왔어. 이제 조금만 더. 그 순간, 한쪽 다리가 푹 빠졌다. 패거리가 바닥에 주저앉으며 웃음을 터뜨렸다. 겁에 질려 허둥거리다 가까스로 정신을 붙잡았다. 얼음이 두껍게 언 곳을 찾아 손바닥으로 짚고 힘을 줬다. 한쪽 손으로는 루키를 받치고 있어 빠진 다리를 빼내기 쉽지 않았다. 물이 차가워 다리에 통증이 느껴졌다. 패거리에게 즐거움을 주며 몇 번이나 미끄러진 끝에 겨우 얼음판에 올라섰다. 젖은 다리에 칼바람이 들러붙었다. 눈물이 나는 걸 꾹 참고 다시 걸음을 옮겼다. 목적지에 도착하자 방지완이 손을 잡아 끌어당겼다.

"수고했어. 아쉽네. 아직 스케이트를 탈 만큼 얼지는 않았네."

방지완이 어깨를 툭툭 쳤다. 이제 다 끝났다. 끝난 거다.

"아무래도…… 스케이트보다 수영이 좋겠어."

나를 바라보던 서늘한 시선이 조금씩 아래로 내려갔다.

"우리는 수영복이 없으니까, 이 녀석이라도."

방지완이 작은 개의 머리를 낚아챘다. 깨갱, 울며 루키가 발버둥 쳤다.

"제발."

나도 모르게 두 손을 모아 빌었다. 방지완이 루키를 패거리 중 한 명에게 건넸다. 그 애가 루키의 목덜미를 잡고 연못 가로 걸어갔다.

"제발."

무릎을 꿇고 울먹이면서도 그저 겁을 주는 것뿐이라고 생각했다. 그냥 이러다 말 거야. 곧 그만둘 거야. 루키가 얼음 구멍 위에서 위태롭게 버둥거렸다. 끙끙거리면서도 까만 눈동자로는 나를 찾았다.

"제발. 내가 잘못했어."

대체 무얼 잘못했는지 알 수 없었지만 용서를 빌었다. 아니, 나는 잘못했다. 왜냐하면, 늘 방지완 눈에 거슬리니까. 왜냐하면, 나는 짜증나는 애니까. 왜냐하면, 나는 병신새끼니까. 내가 잘못했으니까, 다시는 안 그럴 테니까, 제발 루키는.

방지완이 고개를 끄덕이자 패거리가 오므린 손가락을 하나씩 펼쳤다. 하나, 둘, 셋……. 마침내 모든 손가락이 활짝 열린 순간, 루키가 구멍 안으로 사라졌다. 깊고 좁은 물소리. 곧, 낮고 넓게 퍼지는 물소리로 이어졌다. 루키가 고개를 내밀었다. 가라앉았다 다시 떠올랐다.

"야, 니네 개 수영 잘한다. 재밌나 봐."

방지완이 나를 일으켜 세웠다. 다정하게 한쪽 팔을 걸치고 연못가를 벗어났다. 뒤에서 물이 찰방거리는 소리, 루키가 우는 소리가 들렸지만, 돌아볼 수 없었다. 공원 입구에 도착할 때까지 다리가 후들거렸다. 방지완 패거리는 어디에 가서 뭘 하고 놀 것인지 다음 일정을 궁리했다. 이제 나에게 흥미를 잃은 것 같았다. 옆에 꼼짝도 못 하고 서서 빨리 그들이 떠나기를 기다렸다. 루키야. 조금만 기다려. 형이 미안해.

정말 미안해. 조금만 기다려. 조금만 참아줘. 형이 금방…….

"서우야, 반가웠어. 또 보자."

어깨를 툭 치고 방지완이 돌아선 뒤에도 나는 굳은 듯 서 있었다. 곧장 연못가로 달려가면 그들이 다시 쫓아올 것만 같았다. 그들이 모퉁이를 돌 때까지 기다렸다가, 달렸다. 눈 쌓인 길에서 몇 번씩 미끄러지며 달려갔다.

연못가에 도착했을 때, 거기, 루키가 있었다. 털이 젖어 몸집이 더 작아진 녀석이 물에 가만히 떠 있었다. 움직임이 없었다. 떨리는 손으로 루키를 물속에서 꺼냈다. 품에 안았다.

"루키야."

귓가에 대고 여러 번 불러도 나의 작은 강아지는 반응이 없었다. 얼음만큼 차갑게 식어 있었다. 눈을 뜨고 있었지만, 아무리 바라봐도 눈을 맞출 수 없었다. 루키는 이제 너무 먼 곳을 보고 있었다.

침엽수 아래 땅을 팠다. 꽁꽁 얼어버린 흙을 손으로 파냈다. 살갗이 벗겨져 피가 났다. 루키는 작아서, 너무 작아서 금세 무덤을 만들 수 있었다. 스웨터 안에 껴입은 티셔츠를 벗어 루키를 감쌌다. 아침에 따뜻한 혀로 내 얼굴을 핥았을 때의 감촉이 되살아났다. 동그란 머리에 볼을 맞대고 있다가 차가운 땅에 묻어주었다.

집에 돌아왔을 때, 엄마한테는 루키를 잃어버렸다고 둘러 댔다. 잔소리를 몇 마디 했을 뿐, 엄마는 더 말이 없었다. 다행히 바지 한쪽이 젖은 건 눈치채지 못했다.

루키를 묻은 그날, 내 안에서 뭔가 쑥 빠져나갔다.
그건, 다시는 채워지지 않았다.

*

겨울방학이 끝나고 봄방학도 지나갔다.
2학년이 시작됐고, 나는 여전히 방지완과 같은 반이었다.

매일 비슷한 일상이 반복됐다.
일찍 맞는 날은 그나마 마음이 편했고, 별일 없는 날은 하루 종일 불안에 떨다 집에 갔다. 그런 날은 꿈에서 맞았다.
조금 특별한 일이 있었다면 방지완이 손등에 X자 모양을 새겨준 일이었다. 면도칼이 갈라놓은 살 틈에서 새살이 돋았다. 빨갛고 작고 통통한 애벌레 두 마리가 교차한 것처럼 보였다. 집에서는 여름에도 소매가 긴 티셔츠를 입었다. 옷을 끌어당겨 손등을 덮어야 했다. 방지완 패거리는 흉터를 가리켜 '병신새끼 낙인'이라고 불렀다. 처음에 낯설었던 흉터는 금세 원래부터 거기 있던 것처럼 익숙해졌다.

236

하지만, 소리는 익숙해지지 않았다. 그것은 주로 어두운 밤 혼자 있을 때 찾아왔다. 패거리가 욕하고 웃는 소리는 점점 귓속 깊이 파고들었고, 나는 그것을 끄집어내기 위해 손가락을 쑤셔 넣었다. 뾰족한 물건으로 헤집어도 소리는 멈추지 않았다. 귓속은 진물이 마를 날이 없었다.

*

여름방학이 끝나고 개학했을 때, 반 아이들은 키가 훌쩍 자라 있었다. 어깨가 움츠러든 뒤로 성장이 더뎌진 나는 또래와 키 차이가 심했다.

나는 키 따위를 걱정할 여유가 없었다. 당장 2박 3일 속리산으로 떠나는 수련회가 문제였다. 어떻게 하면 빠질 수 있을지 궁리하다 방지완의 한마디에 그만두었다.

"너 빠지면, 알지?"

첫날은 별일 없이 지나갔다. 숙소에 도착해 짐을 풀자마자 곧장 산행을 해 몸이 피곤하기도 했고, 무엇보다 교관들이 엄격해 다들 바싹 긴장한 탓이었다.

이튿날 마지막 프로그램이 끝나자 교관들은 처음으로 웃어 보였다. 여자아이들 몇몇은 그새 정이 들었는지 벌써부터 눈물을 흘리며 이별을 슬퍼했다. 나는 오늘 밤만 무사히 보내자고 생각했다. 밤새 괴롭힐 수 있는 좋은 기회를 방지완 패거리가 놓칠 리 없었다. 분명 끔찍한 밤이 될 거라는 걸 알았다. 주문처럼 오늘 밤만 잘 버티자고 되뇌며 숙소로 들어갔다.

방은 여섯 명이 함께 썼다. 나를 제외한 나머지가 모두 방지완 패거리였다. 나는 구석에 웅크리고 앉아 그들이 내 이름을 언제 부를지 초조한 마음으로 기다렸다.

패거리는 게임을 하고, 과자를 집어 먹고, 시시한 농담을 하며 시간을 보냈다. 나는 베란다 너머를 물끄러미 바라봤다. 주변에 건물이라곤 이곳뿐이어서 바깥은 온통 캄캄했다. 밤하늘보다 더 짙은 빛깔로 이어지는 산줄기를 좇다가 나른하게 밀려오는 잠을 몰아내려고 고개를 흔들었다. 11시가 조금 넘었을 때 방문을 열고 담임이 고개를 들이밀었다.

"이 녀석들, 이제 그만 자야지."

담임은 술을 몇 잔 마셨는지 벌게진 얼굴로 빙긋 웃으며 문을 닫았다. 형식적인 단속일 뿐이었다. 한 번씩 방문을 열어보는 것으로 의무를 다하고 다시 술을 마시러 갈 거라는 걸 나도 알고, 패거리도 알았다. 패거리는 잠시 복도 쪽에 귀를 기울이다 이제 됐다 싶었는지 게임판을 한쪽으로 밀어 뒀다.

"가져왔어?"

"당연하지."

그들의 움직임을 안 보는 척 지켜보며 바싹 긴장했다. 잠은 벌써 달아났다.

패거리 하나가 가방을 끌어당겨 그 안에서 뭔가를 꺼냈다. 그들은 머리를 한데 모으고 킬킬거렸다. 책장 넘기는 소리. 누군가 감탄하는 소리. 침 넘기는 소리. 제발 이대로 나에게 관심을 두지 않기를 바라는 마음과 차라리 빨리 맞고 끝났으면 하는 마음이 분주하게 오갔다.

한데 모여 있던 머리가 흩어지는가 싶더니 방지완이 나를 슬쩍 바라봤다. 그들이 눈빛을 교환하는 걸 보고 때가 왔음을 직감했다. 숨을 크게 들이마셨다.

"야, 이서우."

패거리 중 한 명이 나를 불렀다. 다음 말은 까딱까딱 손가락으로 대신했다. 나는 재빨리 몸을 일으키고 그들 앞에 엉거주춤 섰다.

"야, 너 바지 내려봐."

잘못 들은 건가 싶어 멀뚱히 그들을 바라봤다. 빙 둘러앉은 자리 한가운데 잡지가 펼쳐져 있었다. 벌거벗은 여자들의 사진이 실린 잡지였다. 내가 잘못 들은 게 아니라는 걸 깨달은 순간 온몸에서 피가 빠져나간 기분이었다.

"내 말 안 들려?"

말 뒤에 욕설과 주먹이 이어졌다. 벽에 붙어 몸을 한껏 웅크렸다. 괜찮아, 아침은 올 거니까. 조금만, 조금만 버티면 돼.

"야, 그만해라."

방지완이 나서자 폭행을 가하던 아이가 물러섰다. 대신 다른 아이가 눈앞에 잡지를 들이댔다.

"야, 이서우, 이것 좀 봐. 넌 이런 거 봐도 아무렇지 않냐? 응? 이것 좀 보래두?"

고개를 돌리자 그 애는 잡지를 내 얼굴에 밀착시켰다. 키득거리는 소리.

"안 되겠다. 우리가 꼭 이렇게까지 해야겠냐."

패거리가 다가와 양쪽에서 내 팔을 잡았다. 어떤 일이 벌어질지 본능적으로 알아채고 나는 몸부림쳤다. 맞는 건 할 수 있었다. 맞는 건 괜찮았다. 하지만.

누군가 내 바지를 끌어 내린 건 순식간에 벌어진 일이었다. 온몸에 힘이 풀렸다. 잡지를 들고 있던 아이가 그것을 동그랗게 말아 쥐고 아랫도리를 툭툭 건드렸다.

"야, 인마, 넌 왜 반응이 없냐. 살았니, 죽었니."

배를 잡고 웃느라 패거리가 나를 놓아버렸다. 놓아버렸는데도 도무지 꼼짝할 엄두가 나지 않았다. 바지가 벗겨진 채로 벽에 기대 멍하니 서 있었다. 생각이 흐르지 않았다. 머릿속이 하얬다. 추웠다.

"서우야, 한번 해봐. 빨리 하면 빨리 끝나는 거잖냐."

"밤새도록 그러고 서 있을래?"

나는 베란다 너머를 바라봤다. 저기로, 저 아래로 뛰어내
린다면…… 이 모든 게 끝나버리겠지.

"안 되겠네. 야, 니가 좀 해줘라."

"그래, 형이 도와줄게."

잡지를 든 아이가 히죽거리며 다가왔다.

"형이 한 번 더 기회를 줄게. 내가 할까, 니가 할래."

나는 울었다. 베란다를 한번 바라보고 다시 울었다. 뛰어
내리자 생각했다가도 발이 떨어지지 않았다. 용기가 나지
않았다. 그냥 눈물만 나왔다. 나는 정말 병신새끼구나. 주먹
으로 내 얼굴을 치고 싶었다. 가슴을 쥐어뜯고 벽에 머리를
들이받고 싶었다.

그날 밤, 나는 그들이 시키는 짓을 했다.

*

처음부터 그랬던 것처럼 나는 그저 병신새끼로 조용히 학
교에 나갔다.

조용한 건 패거리도 마찬가지였다.

수련회에서 돌아온 뒤로 그들은 조금 떨어진 곳에서 나를
바라보기만 할 뿐, 괴롭히거나 주먹을 휘두르지는 않았다.

그것이 불안했고, 한편으로는 이제 다 끝난 건가 하는 희망 같은 것도 생겼다.

"아, 정말 더러워."

며칠 뒤 학교에 갔을 때, 짝이 의자를 반대쪽으로 끌어당기며 나를 흘겨봤다. 여자아이들 몇몇이 나를 벌레 보듯 한다는 건 별로 새로울 게 없는 일이었다. 그런데 그날은 정말 이상했다. 쉬는 시간에는 나를 흘끔거리며 수군거렸고, 수업 시간에도 나에게 시선이 와닿는 것을 여러 번 느꼈다. 무슨 일이지. 무슨 일일까.

궁금증은 점심시간에 풀렸다.

누군가 스크린을 내렸다. 시선이 하나둘 모이기 시작했다. 까만 칠판이 하얗게 덮이는 광경을 반 아이들 모두가 조용히 바라봤다. 막이 완전히 내려오자 컴퓨터 바탕화면이 떠올랐다. 수업용으로만 사용하는 컴퓨터와 스크린은 반장이나 부반장 외에는 다룰 수 없었다. 이 반의 반장이 방지완이었기에 가능한 일이었다. 시끌벅적하던 교실에 딸깍거리는 마우스 소리만 들렸다. 인터넷 창을 띄우고 포털사이트 카페에 접속했다. 나를 제외하고 반 아이들 모두가 가입한 2학년 3반 단체방이 열렸다.

2-3반의 변태왕, 이서우(※경고※ 여자들은 클릭 금지!)

게시글 맨 위에 내 이름이 있었다. 어젯밤에 올린 게시물이었고, 조회 수대로라면 벌써 반 아이들 중 3분의 1이 봤다는 얘기였다. 대체 뭐지. 이게 뭐지. 머릿속이 복잡하게 뒤엉킬 때 누군가 외쳤다.

"여자애들은 자신 없으면 눈 감아라! 경고했다!"

다시, 마우스가 딸깍거리는 소리. 화면이 열렸다. 동시에 남자아이들의 웃음소리와 여자아이들의 비명이 뒤섞였다.

거기, 내가 있었다.

바지를 벗은 내가 있었다.

아이들이 시키는 짓을 하는 내가 있었다.

나와 잡지 모델을 교묘하게 배치해 찍은 사진도 있었다. 옷을 입은 아이들이 나란히 서서 내 흉내를 낸 것도 있었다. 나만 빼고 다들 즐거운 얼굴이었다.

사진 속에서 나는 울고 있었다. 누군가 디지털 카메라로 찍고 있는 줄도 모르고 나는 울고 있었다. 정말, 병신새끼처럼, 울고만 있었다.

나는 그날 속리산에서 베란다 밖으로 뛰어내렸어야 했다.

그랬어야만 했다.

*

그날 이후에도 학교에는 나갔다.

멍하니 자리에 앉아서 죽을 궁리를 하고 집에 돌아와 실행에 옮겼다.

베란다에서 뛰어내리기로 결심한 날, 그러나 그러지 못했다. 옷장에 목을 맸다 문짝이 떨어져 무릎을 다쳤다. 동맥을 끊는 일도 쉽지 않았다. 사는 것도 무서웠지만, 죽는 것도 무서웠다. 내겐 고통 없이 편하게 갈 수 있는 방법이 필요했다.

겨울이 오고 몹시 추웠던 어느 날, 학교에 가는 대신 산에 올랐다. 가장 좋은 방법이라고 생각하며 하얗게 쌓인 눈 위를 걸었다. 눈의 결정체 위로 햇살이 잘게 부서지며 반짝였다. 아주 잠깐만 추위를 견디면 되는 거였다. 금방 잠이 쏟아질 거였다. 그럼 다 끝. 모든 게 끝.

내가 정한 마지막 자리에 누워 영원히 잠들기를 기다렸다.

깨어났을 땐 병원이었다.

하얀 구두를 신은 남자가 나를 둘러업고 산을 내려왔다고 했다.

내가 자살을 시도했다는 사실이 학교에 알려졌고, 마음

약한 여자애들 몇몇이 그간 학교에서 벌어진 일들을 증언했다.

엄마는 내 어깨를 붙잡고 물었다.

"대체 왜 그랬니? 그동안 왜 아무 말도 안 했어?"

왜 그랬을까. 나는 왜 아무 말도 못 했을까.

엄마한테 혼날까 봐? 방지완 패거리의 보복이 두려워서? 내가 당한 일들이 수치스러워서? 어쩌면 그 모두가 이유였고, 어쩌면 그 모두가 답이 될 수 없었다. 한 가지 분명한 것은, 두려움도, 외로움도, 고통도, 모두 비밀이 될 수 있다는 거였다.

학교에서는 사과를 하고 문제를 조용히 덮으려 했다. 방지완의 할아버지가 학교 재단에 관계됐다는 말이 있었다. 나는 온통 하얀 병실에 누워 그런 말들을 흘려들었다. 엄마도, 아빠도 다 알게 됐으니 이제 학교 같은 덴 가지 않아도 되겠구나, 그 생각만 했다.

엄마는 주먹으로 가슴을 두드렸고, 마음 약한 아빠는 많이 울었다. 늦은 밤 조용히 병실에 들어와 내 손을 꼭 잡았다. 아빠는 학교에 항의하며 매일 아침 교문 앞에서 피켓을 들고 시위를 벌였다. 그러다 어느 날, 심장을 움켜잡고 도로에 쓰러졌다. 하필 그때 지나가던 차에 부딪혔다. 학교 앞이

라 속력을 내며 달려오지는 않았지만, 차에 부딪혀 튕겨나
간 아빠의 머리가 닿은 곳은 보도블록 모서리였다. 참 애매
한 죽음이었다. 하지만, 나는 알았다. 아빠는, 나 때문에 죽
은 거였다.

나 때문에 루키가 죽었고, 나 때문에 아빠가 죽었다.
나 때문에 엄마는 남편을 잃었고, 서진이는 아빠를 잃었
다. 서진이는 화가 난 얼굴로 내게 아무 말도 하지 않았다.
나는 루키를 잃고, 아빠를 잃고, 서진이를 잃었다.
그리고, 나는 나 자신을 잃었다.

나는 더 이상 학교에 가지 않았다.
아직 다 성장하지 못한 나의 세계는, 오직 내 작은 방이
전부였다.

3부

1

블라인드를 바짝 당기고 창문을 열었다. 장마 끝에 태양은 더 뜨겁고 쨍한 빛을 뿜었다. 양쪽으로 창이 난 덕분에 601호 구석구석까지 햇빛이 잠겼다. 대청소하기 좋은 날이었다.

한동안 계속된 몸살은, 아니, 몸살로 위장한 긴 마음의 병은 장마와 함께 지나갔다. 소리도 함께 사라졌다. 그것은 '끝난 것'이 아닌 '지나간 것'이었다. 언제, 어디서 다시 들이닥칠지 알 수 없었다. 대상포진처럼 몸속에 잠복해 있다가 불쑥 튀어나오는 바이러스 같은 거였다. 살아 있는 한 내게 있었던 일이 없었던 일이 될 수는 없었다. 오래전에 잃어버린 것들을 되찾을 수는 없었다. 고장 난 것은 고장 난 채로. 부서진 것은 부서진 채로. 이따금 마음의 병을 독하게 앓아가면서. 이 모든 것을 끝낼 방법은 오직 하나, 죽음뿐이었다.

센터가 생긴 뒤로 오히려 자살률이 낮아졌다는 조사 결과는 틀린 것이 아니었다. 시름시름 앓는 동안 나는 이런 생각으로 버텼다.

여기는 센터니까.

여기선 언제든 약을 받을 수 있으니까.

이런 생각들을 산소마스크 삼아 하루하루를 넘어왔다. 당장 약을 받아 삼키는 대신 하루하루 버티는 쪽을 택한 것이 실은 나로서도 조금 의외였다. 내가 앓아 누워 있는 동안에도 누군가는 약을 받아 삼켰고, 누군가는 센터를 떠나 다시 세상으로 돌아갔다.

"너무 무리하지는 마. 또 앓을라."

침구를 털며 김태한이 말했다. 김태한은 나에게 아무것도 묻지 않았다. 견학생이 다녀간 직후 발작을 일으켰으니 어렴풋이 짐작을 하고 있는지는 모르겠지만. 나 역시 김태한에게 아무것도 묻지 않았다. 며칠 전 유리창을 부술 듯 쏟아지는 장대비 소리에 잠이 깬 밤이었다. 창문이 거세게 흔들려 욕실 쪽으로 몸을 돌리고 누웠을 때, 어둠 속에서 희미한 그림자를 발견했다. 그것은 머리맡 가까이에 웅크리고 있었다. 어디선가 흐느낌 비슷한 소리도 들려왔으나 휘몰아치는 바람과 빗소리에 묻혀 확신할 수는 없었다. 그때, 빛이 번쩍 터지며 세상을 뒤덮었다. 아주 짧은 순간이었지만, 손으로 머리를 감싸고 앉은 사내가 선명하게 드러났다 사라졌다. 휘파람을 불며 건들거리고 시답지 않은 농을 던질 때와는 다른 모습이었지만, 사내는 나의 룸메이트가 분명했다. 번개가 지나가고 하늘이 갈라지는 소리가 이어졌다. 그 요란한 밤에 나는 다시 펄 같은 잠 속으로 깊이 빨려 들었다. 효과 좋은 안정제 덕분이었다.

꿈이었나. 먼지떨이를 마이크 삼아 가곡을 부르는 이 남자와 비바람이 치던 밤에 어깨를 떨며 아이처럼 울던 사내가 하나의 인물로 포개지지 않았다. 꿈이었겠지. 이불과 베개를 치우고 매트를 탕탕 두드려 털었다. 햇빛에 먼지가 반짝거렸다.

내가 세탁실에 다녀오는 동안 김태한이 바닥 청소를 맡기로 했다. 베갯잇과 이불을 들고 지하 1층에 내려갔다. 날이 좋아서인지 세탁기 대부분이 작동 중이었다. 내 것과 김태한의 것을 각각 넣고 돌리려다 다른 사람을 생각해 세탁기 한 대만 사용하기로 했다. 여름 홑이불이라 한 대로도 충분했다.

세탁 버튼을 누르고 601호로 돌아왔을 때, 김태한은 이제 막 사물함 문을 열고 안에 든 물건을 꺼내는 중이었다.

"거참. 사물함부터 정리하고 청소기를 돌렸어야 했는데."

그는 고개를 절레절레 흔들며 물건을 테이블에 하나씩 늘어놓았다. 옷장 겸 사용하는 철제 사물함 안에 옷이 빽빽하게 걸려 있었다. 그 틈에서 돗자리, 낡은 노트 한 권, 작은 종이상자, 그리고 하얀 구두 한 켤레가 나왔다. 구두코에 빛이 반사돼 눈이 부셨다. 코끝이 시렸다. 오래전 겨울날, 바닥에서 올라온 냉기와 뼈마디까지 파고들던 통증이 되살아났다. 얼마 뒤에 쏟아진 나른한 잠. 그것이 영원으로 이어지지 못하게 방해했던 하얀 구두를 신은 남자의 실루엣. 그때 나는 그를 천사로 착각했었다.

"이 구두? 멋있지?"

내 시선을 감지하고 김태한이 구두를 높이 들어 보였다. 입으로 후 불어 먼지를 털어내고 티셔츠에 문질러 닦은 다음 사물함에 도로 넣었다.

잠시, 아주 잠시, 오래전에 나를 업고 산에서 내려왔다는 그 하얀 구두 아저씨가 나의 룸메이트 김태한이 아닐까 하는 생각을 했지만 곧 그만두었다. 세상에 하얀 구두가 한 켤레뿐인 것도 아니고, 하얀 구두는 원래 다 비슷하게 보이는데다, 무엇보다 나이가 맞지 않았다. 의식이 흐려지는 가운데 언뜻 보긴 했지만, 하얀 구두 아저씨는 지금의 김태한보다도 나이가 더 들어 보였다.

하지만, 그 구두는, 정말이지 낯이 익었다. 나는 휴대전화를 꺼냈다.

– 혹시, 겨울에 산에 올라간 적 있어요?

휴대전화를 들이밀자 김태한은 이게 무슨 뜬금없는 얘기

냐는 표정이었다.

"산에? 여름에도 안 올라가는 산을, 왜 겨울에."

그럼 그렇지.

"너도 사물함 정리할 거면 얼른 해. 청소기 다시 돌리고, 걸레질 한번 하고, 욕실 청소하고 샤워하면 끝. 다 끝내고 내려가서 시원한 거 한잔하자."

*

날이 더워 매점에 사람이 많았다.

김태한은 맥주 한 캔을 골랐다. 나는 언제나처럼 밀크티를 찾았다. 다양한 음료 사이에 딱 하나 남은 밀크티를 차지하고 기분 좋게 계산대에 올려놓았다. 하나 남은 밀크티가 언제나 더 맛있는 법이었고 나에게는 종종 그 행운이 따랐다. 별것 아닌 일에 마음이 흐뭇했다가도 누더기 같은 삶에 가끔 이런 행운이라도 있어야지 싶었다.

매점을 빠져나오려는데, 긴 머리 여자 하나가 조금 전까지 내가 서 있던 냉장고 앞에서 이쪽저쪽 살피고 있었다. 밀크티를 찾고 있구나. 매점 주인의 말에 따르면 찾는 사람은 많지 않은데, 밀크티를 먹는 사람은 이것만 고집한다고 했다. 그녀가 숨을 길게 내쉬자 커튼처럼 늘어진 머리카락이 가볍게 흔들렸다. 그리고, 그녀가 나를 봤다. 아니, 정확히는 내 손에 들린 밀크티를.

순간, 가슴이 뛰었다. 깨끗한 피부. 그린 듯 길고 짙게 뻗은 눈썹. 조금 피로한 듯 보였지만, 유난히 까맣고 커다란 눈동자는 세상 모든 빛을 빨아들인 것처럼 반짝였다. 거기에 기쁨과 슬픔, 웃음과 눈물을 모두 머금고 있었다. 뭐랄까, 그녀의 눈동자는, 깊었다. 아주 짧은 순간 눈이 마주쳤음에도 쉽게 빠져나올 수 없을 만큼 깊었다. 나는 얼굴이 벌게진 채로 서둘러 매점 밖으로 나왔다.

"잠깐만."

김태한이 내 어깨를 붙들었다. 그리고 밀크티를 낚아챘다. 가만있어보라는 듯 그는 여유 있는 표정으로 벽에 기댔다. 잠시 후, 긴 머리 그녀가 매점에서 나왔다. 빈손이었다. 역시 그녀는 밀크티만 마시는 사람 중 한 명이었다. 나처럼.

"저기요."

김태한이 그녀를 불러 세웠다. 숨이 턱 막혔다. 아니, 심장이 터질 것 같았다. 아니, 머리가 바닥에 떨어진 것 같았다.

그녀가 무슨 일이냐는 표정으로 바라봤다. 김태한이 밀크티를 내밀었다.

"이거, 저 친구가 사는 거예요."

그녀가 나를 힐끗 보고 다시 김태한 쪽으로 고개를 돌렸다.

"그냥 사는 거 아니에요. 다음엔 그쪽이 저 친구한테 사야 해요."

그녀가 고개를 돌렸다. 당장 김태한을 끌고 자리를 뜨고 싶었지만 몸이 말을 듣지 않았다. 어떡하지. 민망함으로 얼굴이 점점 더 시뻘게지는데, 가만 보니 그녀가 고개를 돌린 채 웃고 있었다. 입술을 굳게 닫고 있는데, 세상 그 어떤 미소보다 화사했다. 아, 사람이 저렇게 웃을 수도 있구나. 세상에 저런 웃음도 있구나. 그녀는 웃음을 머금은 채로 고개를 한쪽으로 기울였다. 한동안 그렇게 서 있다가 음료수를 받았다.

"다음에 저 친구한테 밀크티 사기로 한 거예요. 저 친구는 601호, 이서우. 다음 달이면 딱 서른. 아, 저 친구가 워낙 과묵해서…… 내가 저 친구 센터 대리인이라고 보면 돼요."

김태한이 쉴 새 없이 떠드는 사이 나는 거의 쓰러질 지경이었지만, 그래도 두 다리로 버티고 서 있던 건 그녀가 여전히 웃고 있기 때문이었다.

"나랑 동갑이네. 난 312호, 정연수예요. 잘 마시겠다고 전해줘요."

그녀는 나를 바로 옆에 두고도 나의 대리인에게 인사를 남기고 돌아섰다. 모든 게 꿈 같았다. 물끄러미 그녀의 뒷모습을 바라보는데, 김태한이 바짝 다가와 속삭였다.

"너, 그거 알아? 아까 저 여자랑 눈 마주 본 거? 니가 다른 사람이랑 그렇게 오래 눈 맞추고 있는 건 처음 봤다."

김태한은 벽에 비스듬히 기대 캔 맥주를 열었다. 탄산이 올라오는 소리가 시원했다.

2

- 빨래하러 갈래?

문자메시지를 확인하고 침대에서 벌떡 일어났다. 빨래. 빨래. 주변을 둘러보고 사물함을 열어봐도 당장 세탁실에 갈 필요는 없어 보였다. 급한 대로 티셔츠를 벗었다. 바지도 벗었다. 욕실로 달려가 새로 걸어둔 수건을 도로 끌어 내리고, 내친김에 베갯잇과 이불도 벗겨냈다. 나는 당장 빨래를 하러 가야 했다. 빨랫감이 없으면 만들어서라도 해야 했다. 왜냐하면, 연수에게 온 메시지니까.

빨랫감을 끌어안고 3층 엘리베이터 앞에서 기다리자 잠시 후 연수가 나타났다.

지난번 매점에서 밀크티 사건이 있고 이틀 뒤, 누군가 601

호 문을 두드렸다. 그녀, 연수였다. 한 손에는 밀크티 두 개를, 다른 손에는 맥주 한 캔을 들고 그녀가 찾아왔다. 그날 이후로 우리는 매점에 밀크티가 들어왔다는 정보를 교환하거나 벚꽃길을 산책했다. 연수를 따라 처음 도서관에 가 책을 뒤적거렸고, 혹시나 하는 마음으로 작가 선생의 책을 찾아보기도 했다. 'ㅇ' 코너를 차례대로 훑다가 '임이상'이라는 이름을 발견했다. 센터 도서관에 그의 책이 무려 두 권이나 있었다. 나는 그 두 권을 모두 꺼내 연수에게 보여줬다. 영화 감상실에서 영화를 본 것도 처음이었다. 칸막이를 설치해둔 작은 책상에 앉아 각자의 컴퓨터로 각자 다른 영화를 본 게 전부였지만, 게다가 그녀가 옆에 있다는 사실에 도무지 영화에 집중할 수 없었지만, 나는 그 시간이 좋았다. 그녀 덕분에 나의 세계는 매일 조금씩 넓어졌다. 십수 년 동안 빛도 안 드는 창고에 처박혀 곰팡이를 뒤집어쓰고 있던 걸레가 세탁 후 빨랫줄에 널린 기분이었다. 볕도 잘 들고 바람도 잘 부는 곳에.

"이불을 또 빨아? 너 진짜 깔끔한가 보다."

엘리베이터를 기다리는 동안 연수는 내 품에 안긴 빨랫감을 보고 눈을 동그랗게 떴다. 나는 괜히 귀가 벌게져 딴청을 부렸다.

세탁기가 세탁과 헹굼과 탈수, 그리고 건조 과정을 모두 마무리할 때까지 우리는 테라스에 앉아 밀크티를 마셨다. 엉뚱하게도 새삼 밀크티에 고마운 마음이었다. 이게 아니었으면 이렇게 연수와 나란히 앉아 있을 일도 없었겠지. 이런 바보 같은 생각을 하고 있다는 걸 들킬까 봐 음료를 마셨다. 시원하고 달았다.

바람이 불어 연수의 긴 머리카락이 뒤로 날렸다. 옆얼굴이 드러났다. 동그란 귀와 부드러운 선을 가진 목과 어깨가 살짝 보였다가 이내 머리카락에 가려졌다. 시간이 느리게 흘러가는 기분이었다.

왜일까.

연수와 나란히 앉아 있으면 궁금해졌다. 그녀처럼 밝은 사람이, 아름다운 사람이, 웃을 때면 빛나는 사람이, 어떤 이유로 이곳에 오게 됐을까.

"서우야."

방금 지나간 바람처럼 부드러운 음성으로 그녀가 내 이름을 불렀다.

"나는 니가 말이 없어서 좋아."

그 순간 심장이 멎었다. 저 바닥으로 떨어졌다. 아니, 저 위로 튀어 올랐다. 팔딱거리는 심장을 들키지 않으려고 밀크티를 들이켜다 하마터면 쏟을 뻔했다.

"나는, 말을 믿지 않거든."

그녀의 깊은 눈이 조금 더 깊어졌다고 느꼈을 때, 다시 바람이 불어왔다. 아까보다 더 센 바람이었다. 머리카락이 날렸고, 동그란 귀와 하얀 목덜미가 드러났다.

응?

아까는 보지 못한 무언가가 목덜미에 있었다. 언뜻 보기에 머리카락 같았지만, 그림 같기도 하고 글자 같기도 한 무언가가.

"봤어?"

연수가 손으로 목을 감싸며 웃었다. 수줍게 웃던 그녀가 결심했다는 듯 손가락으로 머리카락을 모아 위로 틀어 올렸다. 그리고 내 쪽에서 잘 보이도록 상체를 돌렸다.

"자, 이거야."

외국어였다. 자세히 보려고 고개를 앞으로 내밀었을 때 그녀가 틀어 올린 머리카락을 풀었다. 긴 머리가 출렁이며 쏟아졌다. 너무 짧은 순간이기도 했고, 알파벳 자체가 하나의 그림처럼 구불구불해 알아보기 쉽지도 않았고, 무엇보다 내가 모르는 단어였기 때문에 뭐라고 쓰여 있는지 알 수 없었다. 그저 'c'로 시작하는 글자라는 것 외에는.

"나 여기 들어오기 전에 타투이스트였어. 알아? 문신해주는 사람."

나는 고개를 끄덕였다. 타투이스트를 잘 안다기보다 그녀에 대해 조금 더 알게 됐다는 의미의 끄덕임이었다. 그녀와 문신이라는 단어는 서로 어울리지 않았지만, 그녀 목에 있는 작은 글자는 교묘하게 어울렸다.

"그전에는 다른 일을 하기도 했고. 그런데, 타투 일이 훨씬 더 좋아. 여기 들어올 때 장비도 다 가져왔어. 원하면 나중에 하나 그려줄게. 너한테는 뭐가 좋을까? 아! 밀크티 어때?"

그녀가 아이처럼 웃었다. 캔을 들고는 내 것에 부딪히며 건배했다. 문득 그녀가 웃음을 멈췄다. 그녀의 시선을 따라 가자 운동장 한쪽에 스크린을 설치하는 사람들이 보였다. 경비 아저씨와 보안 직원, 그리고 상철도 있었다.

"아, 오늘 야외 상영하는 날이구나."

스크린 설치가 끝나고 이번에는 스피커를 옮겼다. 사람들이 건물과 운동장을 몇 번씩 오가는 모습을 그녀는 말없이 지켜봤다. 마침내 모든 과정이 끝났는지 사람들이 안으로 들어갔다. 테라스에서 보니 스크린은 딱 도화지 크기였다. 연수가 기지개를 켜면서 자리에서 일어났다. 나는 조금 간격을 두고 그녀를 따라 걸었다.

"이따 저녁에, 같이 영화 볼래?"

뒤도 돌아보지 않고 그녀가 말했다.

걸음을 멈췄다. 잠시 멍했고, 정신이 돌아오자 김태한에게 돗자리를 빌려야겠다는 생각이 제일 먼저 들었다. 연수는 어느새 저만치 앞서가고 있었다. 나는 속도를 내 그녀 옆에 나란히 걸었다.

3

저녁 7시. 약속대로 손 형과 양지가 601호에 찾아왔다. 오늘은 다 같이 작가 선생과 영상통화를 하기로 했다. 양지가 기획한 깜짝 이벤트였다. 얼마 전 수술이 잘됐다는 연락을 받고도 다들 걱정이 많았던 차에 작가 선생이 김태한에게 메시지를 보냈다. 김태한이 낭독해준 내용에 따르면, 위는 반으로 줄어들었으나 먹는 양은 배로 늘었고, 손 형과 씨름을 해도 이길 만큼 체력이 좋아졌다고 했다.

"양지 좀 더 앞으로 나오고, 손 형은 뒤로 빠지는 게 좋겠다. 형이 커서 서우가 안 보여."

김태한이 휴대전화 화면을 들여다보며 위치를 잡아줬다.

"서우 왼쪽으로 조금만 더. 그렇지. 좋아. 그럼 이제 건다."

신호가 가는 동안 김태한은 화면을 거울 삼아 머리를 정리했다. 곧 그 위로 작가 선생이 나타났다.

"와아."

"여어."

다들 첫마디로 반가움과 그리움과 놀라움이 뒤섞인 감탄사를 내뱉었다. 환하게 웃는 작가 선생이 반가웠고, 더 이상 홀쭉해질 수 없을 만큼 말랐던 몸이 그럼에도 반쪽이 돼 있어 안쓰러웠다.

"잘들 지내지? 다들 좋아 보인다."

"우린 늘 똑같지 뭐."

"작가 삼촌, 서우 오빠 연애해요!"

양지가 놀리자 다들 한마디씩 얹었다. 얌전한 고양이, 밀크티, 부뚜막, 312호, 빨래, 긴 머리, 야외 영화, 둘이. 이런 말들이 다양한 목소리로 발음되며 뒤섞였다.

"이야, 이서우. 축하한다. 부럽다."

작가 선생이 엄지를 높이 쳐들었다. 나는 벌건 얼굴로 김태한과 양지의 옷을 잡아당겼다. 그런데…… 이런 게 연애인가. 내가 지금 하고 있는 게, 연애, 맞나. 연수와 나는 매일 만났다. 빨랫감을 안고 세탁실로 내려가거나 도서관에 가거나 산책을 했다. 연수는 나에게 타투하는 법도 조금씩 알려주었다. 우리가 친구가 된 건 확실해 보였지만, 그런데, 이런 게 연애, 맞나.

"작가 선생은 좀 어때?"

"나?"

작가 선생이 팔을 길게 뻗자 얼굴이 화면에서 멀어졌다. 다른 손으로는 환자복을 끌어 올려 수술 자국을 보여줬다. 한 번 열렸다 닫힌 몸. 붉은 흉터는 단단하게 잠긴 문 같았다.

"어때, 좀 쓰고 있어?"

작가 선생은 대답 대신 침대 옆에 있는 노트북을 보여줬다. 선처럼 이어진 글자들이 모니터를 가득 채우고 있었다. 언뜻 보면 오선지로 보이기도 했다.

작가 선생은 병원에서 어떻게 지내는지 얘기해줬고, 김태한과 양지는 센터에서 있었던 시시콜콜한 일들을 빼놓지 않고 들려줬다. 병문안 가겠다는 말을 마지막으로 우리는 화면을 향해 손을 흔들었다.

"괜찮아 보이지?"

"응, 눈빛이 뭔가 달라졌어요."

"맞아, 그 빛."

그리고 침묵. 통화가 끝나 화면이 까맣게 변한 휴대전화를 물끄러미 바라보는데, 어디선가 메시지 수신음이 경쾌하게 울렸다. 양지와 손 형이 휴대전화를 꺼내 살펴봤고, 곧, 시선이 나에게 쏠렸다. 급히 주머니에 손을 넣었다.

– 뭐 해? 산책하러 갈래?

메시지를 확인하고 휴대전화를 도로 넣었다. 나는 아무런 표정도 짓지 않았는데, 김태한과 양지가 장난 섞인 야유를 쏟았다. 손 형은 그저 소리 없이 웃었다.

"좋아하는 사람은 기다리게 하는 거 아니다. 빨리 가봐."

김태한이 손등으로 바람을 일으키며 놀리는 투로 말했다. 얼굴은 자꾸 빨개지는데, 이상하게 기분이 나쁘지는 않았다. 고개를 까딱 숙여 인사하고 슬그머니 일어났다.

그런데.

이런 게 진짜 연애, 맞나.

*

똑같은 너비와 높이로 잘 다듬어놓은 나무들 사이로 좁은 길이 나 있었다. 길을 따라 걷다가 막히면 뒤돌아서 다시 걸었다. 멀지 않은 곳에 연수가 있었다. 미로원의 나무들은 키가 그리 큰 편이 아니었다. 구불구불 나란히 서 있는 나무들 위로 연수의 얼굴과 어깨가 드러났다. 우리는 이따금 서로가 아직 이곳에 있는지 확인하며 길을 찾았다. 어느 순간, 그녀가 보이지 않았다. 고개를 한껏 빼고 사방을 둘러봐도 보이지 않았다. 먼저 미로를 빠져나가 어디 앉아 있는 모양이었다.

출구로 나왔을 때, 연수는 여전히 보이지 않았다. 어디 갔지. 잠시 기다리다 철봉 쪽으로 천천히 걸었다. 등 뒤에서 열기가 잦아든 태양이 서서히 하루를 마감하고 있었다. 걷다 보니 그림자가 둘이었다. 혼자 걷고 있는데, 그림자는 둘이었다. 돌아보니 연수가 그제야 소리 내어 웃었다. 어디 숨어 있었지. 놀라움, 왠지 모를 안도감, 반가운 마음에 나도 웃었다. 연수는 제자리에 선 채로 한쪽 손을 이리저리 움직이다 멈췄다. 알 수 없는 동작이었다. 뭐 하는 거지. 그녀의 시선이 바닥을 향해 있는 걸 알아채고 나도 같은 곳을 바라봤다. 거기, 나와 연수의 그림자가 손을 잡고 있었다.

아, 이거.

어디서 본 장면이었다. 그러니까…… 영화에서. 며칠 전, 우리가 함께 본 영화에서.

그건 조금 이상한 로맨스 영화였다. 이별 후 남프랑스로 여행을 떠난 미국인 여자가 작은 시골 마을에서 한 독일인 남자를 만난다. 그들은 이름이나 사는 곳을 묻지도 않고 함께 점심을 먹는다. 서로에 대해 잘 모르면서도 둘은 쉬지 않고 대화를 이어갔다. 영화에서 이렇다 저렇다 정확히 짚어주지는 않았지만, 분위기상 남자는 독일에 애인 혹은 아내가 있는 듯했다. 여자가 제안한다. 서로에게 이름을 지어주고, 사흘간 이 마을에서 함께 보내자고. 남자는 제안을 받아들인다.

남자는 테이블에 놓인 빈 접시를 바라보다 여자에게 '르고'라는 이름을 지어준다. 여자는 그것이 방금 그들이 먹어

치운 달팽이 요리, '에스카르고'에서 따온 이름이라는 걸 눈치챈다. 르고는 접시 한쪽에 놓인 초록색 이파리를 들고 "마르게리타라는 예쁜 이름을 지어줄 수도 있는데 왜 하필 달팽이냐" 하면서도 웃었다. 르고는 남자에게 '디디'라는 이름을 지어준다. 디디는 여자가 키우는 개 이름이었다. 디디가 항의하자 르고는 "우리 집 개를 볼 때마다 당신을 떠올릴 거야" 했다.

그런 영화였다. 함께 산책을 하다 르고가 자신의 그림자 손으로 디디의 그림자 손을 꼭 붙잡던 장면. 연수는 지금 그걸 따라 하는 중이었다.

그림자가 포개진 채로 그네가 있는 곳까지 걸어갔다. 연수가 먼저 그네에 올라탔고, 나도 바로 옆자리에 앉았다. 우리는 천천히 발을 굴러 비슷한 속도로 그네를 탔다. 서로 멀어졌다 가까워지는 순간. 그녀를 스쳐 하늘에 닿을 듯 붕 떠오르는 순간. 다시 그녀와 가까워지는 순간. 모든 순간이 느리고 고요하게 흘러갔다.

둥근 선을 그리며 날아오르던 그녀가 고장 난 시계추처럼 움직임을 멈췄다. 나는 한 박자 늦게 발 구르기를 멈추고 그녀를 바라봤다.

"르고와 디디 말이야."

연수가 발끝을 땅에 딛고 그네를 세웠다. 뽀얀 모래바람이 떠올랐다 흩어졌다.

"둘이 서로 사랑했을까."

어느덧 그녀의 눈빛은 노을만큼 깊어져 있었다.

"그건, 사랑이었을까."

사랑.

두 발을 땅에 디뎠다.

사랑.

마음속으로 다시 한 번 발음해보았다.

그리고, 두 가지 사실을 동시에 깨달았다. 하나는, 사랑이라는 말을 내 안에 담은 게 태어나서 처음이라는 사실. 다른 하나는, 연수가 이곳에 온 이유를 곧 알게 될 거라는 사실이었다.

*

여기 오기 전에 타투이스트였고 그전에는 다른 곳에서 일했다고 한 거, 기억해?

거긴 광고회사였어.

대학에서는 영문학을 전공했는데, 교양수업을 듣고 광고에 푹 빠졌지. 카피라이터가 되고 싶었어. 그런데 참 이상하지. 일하고 싶은데, 일을 할 수가 없는 거야. 카피라이터를 구하는 곳은 많은데, 죄다 경력자만 뽑더라고. 어디에서도 신입사원을 뽑지 않는데, 대체 어떻게 경력을 쌓아서 지원을 하라는 거지 싶더라. 다른 일을 하면서도 꾸준히 광고쪽 채용 공고를 꼼꼼히 챙겨봤지.

운이 좋았다고 생각했어. 제법 큰 광고회사에서 아르바이트생을 뽑았는데, 거기 합격했거든. 아니, 합격이라는 말이 좀 그렇다. 내가 하는 일은 복사나 출력, 자료 수집 같은 정말 단순한 일이었으니까. 전에 다니던 직장에 비하면 월급이 턱없이 적었지만, 그래도 좋았어. 이렇게 조금씩 경험을 쌓다 보면 좋은 기회가 올 거라고 믿었지. 다행히 직원들은 친절히 대해줬어. 일개 아르바이트생이지만 회식 자리에도 꼬박꼬박 불러줬고.

그날은 늦게까지 회식을 했어. 금요일이었거든. 대부분은 1시나 2시쯤 집에 갔고, 남자 직원 몇 명만 남아 계속 자리를 옮겨 다니며 술을 마셨지. 그들이 나를 못 가게 붙잡기도 했지만, 나도 싫지는 않았어. 그들이 이런 것도 다 사회생활이라고 했거든. 이렇게 친해지면 어찌어찌 정규직 사원이 될 수도 있지 않을까, 뭐 그런 생각을 하기도 했어. 무엇보다 거기엔 내가 호감을 갖고 있던 사람도 있었어. 늘 사무실 분위기를 유쾌하게 만드는 사람. 유머러스하면서도 젠틀한 사람. 누군가의 다정한 선배이거나 아끼는 후배인 사람. 모두가 좋아하는 사람. 가끔 나한테 힘들지 않느냐고 물어도 보고, 광고 일에 대해 이런저런 얘기도 해주고. 고마운 사람이었지.

5시가 넘어서야 해장국으로 마무리하고 헤어졌어. 그 사람이 제일 말짱했는데, 그래서 다른 사람들 먼저 택시 태워 보내고 마지막에 나랑 둘이 남았지. 짐작했던 대로 데려다 주겠다고 하더라. 괜찮다고 얘기했지만, 예의상 한 말이었어. 사실 그 사람이랑 좀 더 같이 있고 싶었거든.

집에 도착했을 때, 그 사람도 택시에서 내렸어. 좀 당황했어. 나만 내려주고 다시 갈 거라고 생각했거든. 무슨 말을 해야 할지 몰라 망설이는데, 그 사람이 키스를 했어. 놀랐지. 그 사람이 싫은 건 아니지만, 아니, 호감이 있었지만, 너무 갑작스러워서 놀랐어. 술김이었는지, 진심이었는지, 실수였는지, 에라 모르겠다 하는 마음이었는지, 그날 그 사람이 내 방까지 따라오는 걸 막지 않았고, 같이 잤어. 그렇게 됐어. 사랑이란 게, 그렇게 갑자기 시작되기도 하더라.

그 뒤로 일이 끝나면 둘이 저녁도 같이 먹고, 영화도 보고 그랬어. 순서가 조금 바뀐 것 같긴 하지만 차근차근 연애를 시작했지. 그랬는데.

어느 날 점심을 먹고 돌아오는 길에 누가 그 사람한테 그러는 거야.

야, 너 요즘 연수 씨랑 너무 가깝게 지내는 거 아니야?

그러게. 혜정 씨는 잘 있냐? 너네 날 안 잡아?

나 들으라는 듯 몇몇이 큰 소리로 떠드는데, 커피를 쏟을 만큼 손이 덜덜 떨리더라.

사무실에 돌아와서 그 사람 메시지를 기다렸어. 그게 다 무슨 소린지 그 사람이 설명해주기를 기다렸는데, 그 사람은 아무 말이 없더라. 결국 내가 답답해서 일 끝나고 얘기 좀 하자고 했어.

결혼하기로 한 여자가 있다는 거야. 왜 얘기 안 했냐고 했지. 자기한테 여자친구가 있다는 걸 나도 알고 있을 거라고 생각했대. 같은 사무실에 있으면서 정말 몰랐냐고 오히려 되묻더라. 몰랐다고, 알았으면 이렇게 될 일 없었다고 했어. 기가 막혔지. 가끔 그 사람이 나를 안고서 혼잣말처럼, 나 이제 어떡하지, 하고 중얼거렸던 이유를 그제야 알 것 같았어.

그 사람한테 이제 어떻게 할 거냐고 물었어. 나는 그가 여자친구를 정리해주길 바랐어. 그런데 그 사람은 복잡해지기 싫다는 거야. 이미 양가 어른들끼리 인사도 다 했다면서. 무슨 말인지 잘 알겠다고 얘기하고 돌아섰어. 그날 어떻게 집에 갔는지도 모르겠네. 집에 도착했는데, 테이블에 그 사람이 쓰던 물컵이 있는 거야. 그걸 보니까 울음이 터지더라. 다행히 금요일이었어. 주말 내내 실컷 울 수 있었지.

월요일, 출근하기 전에 마음을 다잡았어. 어차피 모든 감정은 유효하다는 걸 아는 나이니까, 어차피 나에 대한 감정도 금세 시시해질 테니까 가족들과의 약속을 깨기는 쉽지 않겠지, 하면서 그를 이해하려고도 했어. 그렇게 월요일, 화요일, 수요일…… 며칠을 겨우 버텼는데, 밤에 그 사람이 찾아온 거야. 술에 잔뜩 취해서. 나를 안고 울더라. 여자친구가 아니라 나를 사랑한다고 하더라. 그날 밤 이후 다시 원점으로 돌아갔지. 그와 함께 저녁을 먹고, 키스를 하고, 어떤 날은 같이 밤을 보내고. 당연히 여자친구를 정리하는 중이라고 생각했어. 조금만 기다리면 그가 알아서 다 해결할 거라고 믿었지.

어느 날 출근했더니 사무실이 떠들썩한 거야, 그 사람 청첩장 얘기로.

그 사람을 비상계단으로 불렀어. 따졌지. 이게 무슨 짓이냐고. 그랬더니 자기더러 어쩌라는 거냐면서 오히려 화를 내더라. 날은 잡았고, 마음 정리는 안 되는데 대체 어쩌라는 거냐고. 자기는 겁이 나서 못하겠으니까 차라리 내가 나서서 다 해결해보라고 큰소리치는데……. 그 사람이랑 얘기하고 있으면 내가 더 비참해져서 그냥 돌아섰어. 그러고도 바보처럼 혹시나 하는 마음으로 연락을 기다렸어. 한번 사랑하게 된 마음이 하루아침에 사라질 수는 없는 거잖아. 사랑이란 건 갑자기 빠져들기도 하는 거지만, 끝나는 건 언제나 더딘 법이니까. 그 뒤로도 몇 번 연락이 오기는 했어. 그때마다 물었지. 여자친구랑 헤어졌냐고. 그는 대답이 없었어. 그러다 언제부터인가 연락이 없더라. 아, 이제 나를 정리했구나. 다 잊었구나. 다행이다 싶으면서도 한편으로는 쓸쓸했어. 그랬는데.

그 무렵부터 사람들이 날 대하는 태도가 달라졌다는 걸 느꼈어. 일대일로 마주치면 친절하게 대하는데, 여럿이 함께일 때면 낯설고 차가운 기운이 감돌았어. 낮에는 말 거는 사람들이 없었는데, 퇴근 시간만 되면 남자 몇몇이 각자 메신저로 말을 걸었지. 저녁 같이 먹자, 한잔하자, 이런 얘기들. 시간이 될 때는 같이 밥을 먹기도 했어. 그런데 정말 이상한 거야. 다정한 말투로 이런저런 말들을 늘어놓다 내 손을 잡는 사람. 자리를 옮겨 옆에 앉더니 은근히 내 허벅지에 손을 올려놓는 사람. 그럴 때마다 당황했어. 당황해서 어색한 핑계를 대고 일찍 집에 들어갔지.

분위기는 점점 이상해졌어. 눈이 마주치면 웃어주던 사람들이 싸늘하게 피하기 시작했어. 웃어주는 사람도 몇 있었는데, 그건 비웃음 같은 거였지. 점심 먹으러 가자고 하는 사람도 없었어. 나 혼자 사무실에 남아 대충 빵으로 때웠지.

예감이란 게, 참 무섭더라.
무서울 만큼 정확하더라.

그날은 아침부터 작정하고 나갔어. 확인해야겠다고.

다들 점심 먹으러 나간 사이, 사무실을 천천히 걸으며 살펴봤지. 분명 하나쯤은 있을 거라고 생각하면서. 책상에 놓인 컴퓨터 모니터를 유심히 보면서 걸었어. 화면보호기, 잠금 화면 상태가 대부분이었지만, 마침내 내가 원하던 걸 발견했어. 작업하던 상태 그대로 남아 있는 모니터. 거기, 메신저 창도 그대로 있었지. 심장이 미친 듯 뛰었지만 마우스에 손을 얹었어. 사내 메신저를 훑어봤지만 별 다른 내용은 없었어. 다른 메신저를 뒤졌고, 거기서 남자 직원들만 초대된 비밀 대화방을 발견했지.

그들이 말하는 '그년'이 누구인지 바로 알았어.

응, 나는 거기서 그런 식으로 불리고 있었어. 쉬운, 아무나, 뭐 그런 말들과 함께. 입에 담을 수 없는 온갖 단어와 저질스러운 표현들로 없었던 일들이 진짜 있었던 일처럼 꾸며지고 있었어. 그리고, 그 모든 시작이 그 사람이라는 걸, 이런 분위기로 몰아가는 인물이 그 사람이라는 걸 알게 됐지.

예감했지만, 설마 하는 생각이 더 강했어. 사랑이라 말했던 사람이 그럴 리 없다고. 확인하고도 믿기지 않았어. 그래, 그런 얘기를 들은 적이 있었어. 그러니까, 못 먹는 감에 침 뱉고 흠집 내는 남자들, 마음을 거절당하면 180도 달라져서 나쁜 말을 퍼뜨리고 다니는 못난 남자들이 있다는 얘기.

하지만…… 사랑이었잖아? 사랑했으면서 어떻게 그래? 어떻게 그 마음들이 전혀 반대쪽에 놓인 감정들로 변해버려?

겨우 내 자리에 돌아왔어.

점심을 먹고 들어오는 그 사람. 사람 좋은 얼굴로 웃고 떠드는 그 사람. 손이 바들바들 떨렸어. 죽이고 싶었어. 정말이지 죽여버리고 싶었어. 자기 욕심 다 챙기려다 곤란해지니까 비겁하게 내빼고. 그걸로 부족해서 나를 그런 추접한 대화방에 던져두고 모두가 함부로 물어뜯고 잘근잘근 씹어대는 꼴을 보면서 즐거워했다니, 비열하게.

집에 돌아오자마자 침대에 쓰러졌어. 점점 어두워지는데, 불을 켤 힘도 없었어. 그냥 누워서 천장만 바라봤어. 생각했지. 정말 죽여버릴까. 그 사람이 내게 한 짓은 정신적 살인이 분명한데, 그러니까 나 역시 그를 죽여도 되는 거 아닐까. 그는 나를 함부로 죽여버렸는데, 나도 안 될 건 없잖아.

명예훼손. 고소. 이런 말들도 떠올렸지.

하지만, 내가 할 수 있는 건 개인적인 사정으로 아르바이트를 그만두겠다는 메일을 보내는 것뿐이었어. 내가 소송을 건다 치자. 한낱 아르바이트생의 말을 누가 믿어줄까? 아니, 어느 쪽이 진짜인지 안다고 해도, 회사에서 누가 내 편이 되어줄까? 대체 누가?

메일을 보내고 그걸로 끝이었어. 전화를 걸어 무슨 일이 있는 거냐고 묻는 사람은 아무도 없었지. 아르바이트생은 다시 구하면 그만이니까.

내가 할 수 있는 건 잊는 것뿐이었어. 하지만, 잊을 수가 있어야지. 세상 사람 전부에게 말하고 싶었어. 그는 악마라고. 사람 좋게 웃고 있지만, 실은 정말 나쁜 사람이라고. 그 누구보다 그의 약혼자에게 말해주고 싶었지.

분노가 이성을 넘어선 날, 나는 그를 미행했어. 그 사람이 약혼자와 만나는 걸 봤지. 둘은 백화점 식당가에서 간단히 저녁을 때우고 가구 매장에 들렀어. 약혼자가 점원과 얘기를 나누는 동안 그는 폭신한 소파에 앉아 있었지. 둘은 그릇 매장에도 들렀어. 그들은 작은 상자 두 개를 하나씩 나눠 들고 백화점을 나서 서울 근교의 아파트 단지에 도착했어. 새로 지은 아파트. 그가 결혼해서 살아갈 신혼집이라는 걸 알았지. 그 사람이 약혼자와 아파트 안으로 들어가는 걸 확인하고 돌아섰어. 바보처럼 아무 말도 못 하고. 그 사람은 정말 나쁜 사람이다, 한마디도 못 하고.

며칠을 침대에 누워 있었어. 밥도 먹지 않고, 물도 마시지 않고, 밤이 되어도 불을 켜지 않고, 그냥 누워서 겨우 숨만 쉬었지. 숨이 쉬어지지 않아 가슴을 세게 두드리기도 했어. 여기가, 심장이, 과일 곪듯이 곪는 게 느껴졌어. 시커멓게 멍이 들고, 거기 축축한 물이 고이고, 깊숙이 썩어 들어가는 게.

그렇게 며칠을 누워 있었을까. 천장이 하얀색인 줄 알았는데, 거기 아주 희미한 무늬들이 생기기 시작했어. 처음엔 바람의 그림자처럼, 연기처럼 희미하게 움직이던 것들이 점점 선명해졌어. 눈을 비볐어. 다시 하얀색 벽지. 그랬는데, 거기서 또 슬금슬금 무늬들이 기어 나와 움직이기 시작했어. 창밖을 바라봤지. 비슷한 높이의 건물들. 그 위로 보이는 하늘. 물감이 번지듯 건물이 조금씩 흔들렸어. 이쪽 건물과 저쪽 건물이 뒤섞이면서 또 다른 이미지를 만들어냈고, 그건 커다란 바위였다가, 그건 그냥 색깔이었다가, 그건 하늘을 달리는 마차가 됐고, 마차가 일으킨 먼지가 꿈틀거리며 누군가의 얼굴로 변했고, 얼굴은 크게 웃다가 일그러지며 거대한 용광로가 됐고, 모든 게 차갑게 굳으며 온통 어둠이었다가 그 사이에서 붉은 폭포가 쏟아졌어. 세상이 저절로 모양을 바꾸면서 계속 움직였지. 꼬리에 꼬리를 물듯이 이미지가 다른 이미지로 이어졌어. 계속 살아 움직였어.

아, 사람이 이렇게 미치는 거구나.

내가 지금 미쳐가고 있구나.

그때, 왜였을까.

일어나서 밥을 먹었어. 그냥 흰밥만 계속 떠 넣었어. 허공을 노려보면서, 가끔 물을 마시고, 이따금 주먹으로 가슴을 두드려가면서 밥을 삼켰지.

　살고 싶었나 봐. 어떻게든 살고 싶었나 봐.

　그리고, 엉뚱하게도 타투를 해야겠다는 생각이 들었어.

　지워지지 않는 글자. 영원히 남는 그림.

　그런 걸 내 몸에 단단히 새겨두면 그래도 숨이 쉬어지지 않을까, 다시 살 수 있지 않을까 싶었어.

　타투를 했고, 거기 빠져서 일을 배웠어.

　조금은 나아졌지.

　하지만, 한번 곪은 심장이 다시 회복되지는 않았어. 나아지는 것 같다가도 밤에는 숨이 쉬어지지 않았어. 낮에는 괜찮은 것 같다가도 밤이 되면 심장에 독이 차올랐지. 나한테 이런 짓을 저지르고도 잘 살아가고 있을 그 사람을 생각하면 심장이 까맣게 타들어갔어. 정신적 살인을 저지른 사람이 좋은 사람인 척 뻔뻔하게 살아가고 있을 걸 생각하면 무서워서 도저히 살 수가 없었어. 다른 사람이었다면 이렇지는 않았을 거야. 사랑이라 말했던 사람이. 사랑, 이라 말했던 사람이. 어떻게. 어떻게.

　칼.

　그 사람이 생각나면 나는 아직도 칼부터 떠올려.

사람들에게 묻고 싶어. 육체를 훼손한 것만이 살인입니까? 진짜 복수는 잘 사는 거라고요? 나를 위해 용서하라고요? 그런 형편없는 사람에게는 분노조차도 아깝다고요? 네, 네, 말은 쉽죠. 하지만 상처는 그렇게 쉽게 사라지지 않아.

거짓말에 대한 분노. 위선에 대한 분노. 함부로 떠드는 사람들, 쉽게 말을 전하는 사람들, 일상의 악마들에 대한 분노. 그들에겐 그저 순간의 재미에 불과하겠지만, 누군가에겐 생 전체가 흔들리고 무너지는 일이야.

괜찮아지길 바랐는데, 결국 괜찮아지지 않았어. 그 뒤로 누가 나에게 다가와도 믿을 수 없게 됐지. 사랑이라는 말은 특히 더. 도무지 마음이 열리지 않았어.

생각해봐. 내가 어떻게 살 수 있겠어.

사람도, 사랑도, 다 믿을 수 없게 됐는데, 도대체 어떻게 살 수 있겠어.

*

연수가 일어났다. 삐그덕 소리를 내며 그네가 출렁였다.

그녀가 건물 쪽으로 걸음을 옮겼고, 나는 조금 떨어져 그녀 뒤를 따라갔다.

"서우야, 나는 사람 입이 세상에서 제일 무서워. 그 입으로 너무 쉽게 사람을 살리고 죽이니까."

그녀가 볼 수도 없는데, 나는 가만히 고개를 끄덕였다. 한때, 나는 사람 눈빛이 제일 무서웠다. 그 눈빛으로 사람을 살리고 죽이기도 한다고 생각했다.

"정말 이상해. 왜 나쁜 사람들이 더 잘 사는 걸까?"

연수가 걸음을 멈췄다.

"왜, 나쁘고 뻔뻔한 사람들이 더 잘 사는 거야?"

나는 연수 옆에 조용히 멈춰 섰다. 그녀와 나 사이로 바람이 지나갔다. 한동안 멍하니 서 있던 연수가 시선을 떨어뜨리고 뭔가를 찾았다. 그녀와 나의 그림자를 찾는 거였다. 어느덧 해가 져 그림자는 희미해졌다. 선명한 그림자를 만들어줄 가로등은 너무 멀리 있었다. 어둠 속에서 두리번거리던 연수가 내 손을 잡았다.

차가웠다.

차갑고, 부드러웠다.

그리고, 두 개의 손은 금세 따뜻해졌다.

4

왜 나쁜 사람들이 더 잘 살지?

머릿속에 질문을 적어두고 오래도록 들여다봤다. 왜지. 왜
일까. 대체 왜. 그 틈을 타 비눗물이 눈에 스며들었다. 머리
에 거품을 얹은 채로 멍하니 서 있다 정신이 번쩍 들었다. 샤
워기를 틀고 얼굴에 물을 뿌렸다. 비눗기는 금세 사라졌지
만, 한동안 눈가가 따끔거렸다.

연수가 했던 말에 대해 며칠 동안 곰곰이 생각해봤지만
답을 찾지 못했다. 그녀가 살아온 시간. 그녀에게 벌어진 일
들. 그녀가 견뎌야 했던 시간. 그리고, 그녀의 손. 점점 따뜻
해지는 손. 부드러운 손. 놓기 싫은 손. 요즘 나의 시간은 온
통 정연수였다.

"서프라이즈!"

욕실에서 나왔을 때, 눈앞에서 무언가가 펑 터졌다. 사방으로 퍼진 알록달록한 종이가 차르르, 바닥으로 떨어졌다. 폭죽이었다. 반짝이는 종잇조각들 뒤로 김태한과 양지, 손 형이 한 줄로 서 있었다. 김태한이 고개 숙여 인사하고 한 발 앞으로 나오더니 오페라 가수처럼 손을 부드럽게 들어 올렸다.

"죽을까 말까 망설이다 서른까지 살았다네."

그는 꽃잎이 떨어지는 속도로 차분하게 손을 내리고 나를 바라봤다.

"서른 살 생일 선물로 묘비명을 지어봤어. 어때, 맘에 들어?"

아, 생일. 나도 잊고 살던 내 생일.

아빠가 세상을 떠난 뒤로, 그리고, 내가 방에 틀어박힌 뒤로, 우리 집에 생일 같은 건 없었다. 처음 한두 해는 엄마가 방문을 두드렸지만, 언제부터인가 엄마도 서진이도 생일 없이 살았다.

양지가 케이크 상자를 들고 다가왔다.

"뭐 해요? 초 안 꺼요?"

"소원 먼저 빌어야지."

소원. 그런 말은 낯설었다. 무슨 소원을 빌어야 할지 생각해보지도 못하고 그냥 이런 분위기가 쑥스러워 서둘러 초를 껐다.

"오빠, 무슨 소원 빌었어요?"

"거참, 그런 건 묻는 거 아니야. 뭔지 다 알면서 짓궂기는."

김태한과 양지가 키득거렸다. 손 형은 테이블에 케이크를 올려놓고 초를 뽑은 다음 양지에게 칼을 건넸다. 한 여사님과 작가 선생이 떠난 뒤로 바닥에 돗자리를 펴는 일이 별로 없었다. 네 사람이 앉기에 돗자리는 너무 컸다. 허전했다. 케이크를 정확히 네 조각으로 나누다 말고 양지가 칼질을 멈췄다.

"나도 근사한 묘비명 하나 생각해봐야겠다. 태한 삼촌은 뭐 생각해둔 거 있어요?"

"글쎄. 나는 글보다는, 할 수 있다면 휘파람 소리를 녹음해두고 싶어. 누군가 내 무덤 앞을 지나가면 자동으로 흘러나오게 말이야."

"오싹오싹하고 완전 재밌겠는데?"

묘비명이라. 물론 무덤을 만들고 비석을 세울 계획은 없지만, 만일 죽기 전에 한마디 남기고 간다면 나는 거기 어떤 말을 적을 수 있을까. 어떤 말로 생에 작별을 고할 수 있을까. 답보다 웃음이 먼저 튀어 나왔다. 김태한이 장송곡 조로 휘파람을 불고 있었다.

아침을 먹기도 전에 케이크부터 사이좋게 나눠 먹었다. 매점에서 파는 유통기한이 아주 넉넉한 것이었지만, 빈속에 달콤한 음식이 들어가자 뇌가 기분 좋게 흥분했다. 문득, 내가 풀지 못한 의문을 친구들이 해결해줄지도 모른다는 생각이 들었다.

– 질문이 있어요. 왜 나쁜 사람들이 더 잘 사는 걸까요?

휴대전화를 중심으로 머리 세 개가 모였다 흩어졌다. 다들 오물거리던 입을 멈췄다.

"어렵네."

양지가 고개를 갸우뚱했다.

"어렵지만, 이건 확실해요. 그건, 완전 열받는 일이야."

양지는 '열받는'에 힘을 줘가며 말했다. 그 말을 할 때 이마가 시뻘게질 정도였다. 손 형은 언제나처럼 말이 없었고, 김태한은 포크를 내려놓고 생각에 잠겼다.

"그건 말이지."

김태한이 팔짱을 꼈다.

"간단해. 나쁘게 사는 게 더 쉬우니까."

"호오, 그럴듯하네."

"옛날에 맹자님이 이런 말씀을 하셨다. 무수오지심 비인야無羞惡之心 非人也. 보통의 사람이라면 누구나 잘못도 하고 실수도 하지, 사람이니까. 하지만 사람이기 때문에 부끄러움도 알고 반성도 하면서 살아가는 거야. 그런데 이 세상엔, 사람이 아닌, 사람이길 포기한 생물도 많으니까."

"맞아, 도무지 부끄러운 줄 모르고 뻔뻔하게 악을 반복하며 살아가는 생물들."

"양심만 버리면 세상 살기 쉽거든. 저기 밖에 그런 사람들 많잖아. 이 안에 있는 사람들은 그걸 못 견디는 거지. 보통 사람은 적당히 넘어가주고, 적당히 못 본 척해주고, 적당히 덮어주면서 그럭저럭 살아가지만, 뭐, 그래야 자기도 살 수 있으니까. 여기 사람들은 그게 안 되거든. 도저히 '적당히'가 안 되는 거야. 남들이 생각하기에 정말 별것 아닌 작은 일에도 오래도록 마음을 앓지. 자기 자신의 양심이든, 타인의 양심이든, 양심에 민감한 사람들. 그깟 양심, 조금만 포기하고 살면 편할 텐데, 그러지 못하는 사람들."

"맞아, 맞아."

양지는 손뼉까지 부딪히며 맞장구를 치더니 호기심 가득한 얼굴로 다음 말을 기다렸다.

"그래서요?"

"그래서는 뭐가 그래서야. 열받는 거지."

김태한이 케이크를 한 입 크게 떠 넣고 우물거렸다.

"아차!"

낮은 탄식을 음식물 사이로 흘려보내더니 김태한은 포크를 내려놓고 심각한 표정을 지었다.

"서우야, 미안한데."

뭐지. 조금 긴장한 채로 다음 말을 기다렸다.

"나 오늘 손 형 방에서 자야 할 것 같다."

응? 뜬금없이 무슨 소리지. 침묵이 흐르자 김태한이 손 형의 허벅지를 쿡 찔렀다. 손 형이 책을 읽듯 어색하게 말했다.

"내가 요즘 자꾸 악몽을 꿔서……."

"그래, 손 형이 자꾸 무서운 꿈을 꾼대. 나이도 많은 형이 자꾸 옆에 있어달라네. 작가 선생이 나가고 아직 룸메이트 안 들어왔잖아. 그래서 오늘만 내가 그 방에서 자려고. 너한테는 정말 미안하지만, 오늘은 그런 줄 알아."

양지가 의미심장한 웃음을 지었다. 그제야 김태한이 말하는 게 어떤 의미인지 알아차리고 나는 귀까지 빨갛게 익어버렸다.

*

"정말이네. 정말 예쁘다."

연수는 서쪽으로 난 창에 비스듬히 기대 해가 넘어가는 풍경을 지켜봤다. 그녀의 얼굴도, 긴 머리카락도 옅은 석류 빛으로 물들었다.

연수는 특별한 저녁을 먹자고 했다. 생일이니 마땅히 그래야 한다고 주장했다. 그래봐야 배달 음식이 전부인데, 라고 생각하면서도 기분은 좋았다. 점심 무렵에 엄마한테 연락이 왔고, 면회를 오고 싶어 하는 눈치였지만, 엄마라면 요즘 인기 있는 레스토랑에 들러 훌륭한 음식을 포장해 왔겠지만, 나는 '친구들'과 선약이 있다고 둘러댔다. 짜장면이든 치킨이든, 연수와 함께하고 싶었다. 벚꽃길 한쪽에 김태한이 빌려준 돗자리를 깔고 우리는 피자를 먹었다. 연수와 함께 먹으니 배달 피자도 특별한 음식이 됐다. 산책까지 마치고 건물 안으로 들어왔을 때, 연수가 말했다. "601호, 노을 질 때 정말 예쁘다며?" 그 말은 분명 나의 룸메이트이자 센터 대리인인 김태한에게 들었을 것이다. 오늘은 손 형 옆에서 잘 거라는 말과 함께.

연수는 꽤 편안한 듯 보였다. 연수가 방 주인이고, 나는 손님처럼 느껴졌다. 전에도 몇 번 601호에 놀러온 적 있지만, 그때는 한낮이었고 김태한도 함께 있었다. 탁 트인 공간과 닫힌 공간은 확실히 달랐다. 방 안에 그녀와 단둘이 있다는 생각에 손바닥에서 자꾸만 땀이 새어 나왔다.

"서우야, 생일인데 뭐 해보고 싶은 거 없어?"

그녀가 창가에서 고개를 떼고 나를 바라봤다. 멀찍이 떨어진 곳에 엉거주춤 서 있던 나는 눈만 끔벅거렸다.

"지금까지 살면서 안 해본 것 중에 말이야, 해보고 싶은 거 없어?"

연수가 내 쪽으로 다가왔다.

"죽기 전에 꼭 해보고 싶은 거."

그녀는 물끄러미 벽을 바라봤다. 어느 순간 그녀가 눈썹을 치켜세웠다.

"난 이런 게 해보고 싶었어."

그녀는 몸을 획 돌리고 창가로 달려갔다. 창문을 열자 더운 여름의 밤공기 냄새가 훅 끼쳤다. 그녀는 좁은 각도로 열린 창틈에 얼굴을 바짝 붙였다. 그리고 비명 같으면서도 웃음 같기도 한 정체불명의 소리를 길게 내질렀다. 금방이라도 간호사가 달려올 것 같아 안절부절못하고 있는데 연수가 다시 창에 대고 소리를 질렀다.

"아, 정말 기분 좋다아! 속이 시원하다아!"

그녀가 웃음을 터뜨렸고, 나도 덩달아 웃었다.

"이제 네 차례야."

웃음을 멈추고 그녀가 나를 돌아봤다. 해보고 싶은 것. 해보고 싶은 것. 속으로 중얼거려봤지만 딱히 떠오르는 게 없었다. 포기할까 하는데, 그때 한 가지 생각이 났다. 나는 입술을 모았다.

"휘. 휘이. 휫."

김태한이 휘파람을 불 때마다 나도 한번 해보고 싶다는 생각을 했다. 하지만 생각처럼 쉬운 일은 아니었다. 그렇다면. 나는 테이블 의자에 앉았다. 커다란 의자에 몸을 내려놓고 한쪽 다리를 들어 테이블에 올렸다. 다음엔 다른 쪽 다리를 들어 먼저 올려놓은 다리에 포갰다. 어딘가 어정쩡했다. 이상하다, 김태한이 이렇게 앉아 있을 땐 굉장히 편해 보였는데. 어쨌거나 꼭 한번 이렇게 앉아보고 싶었다. 언제나 어깨와 등을 구부리고 음침하게 앉아 있던 내 눈에는 이 자세가 정말 근사해 보였다.

"엥? 이건 정말 상상도 못 했는데?"

연수가 경쾌하게 웃었다. 그 소리에 용기를 얻어 나는 좀 더 느긋한 자세를 취했다.

"그럼 나는."

이번에는 다시 연수 차례였다. 연수는 조금 떨어진 곳에 자리를 잡고 서더니 허공에 대고 말했다.

"사실, 오늘 내 생일이야."

그러고는 맞은편으로 자리를 옮겨,

"진작 말해주지 그랬어."

다시 원래의 자리로 돌아와서,

"미리 말해주면 당신이 도망갈까 봐."

아, 연수는 일인이역을 하며 영화 속 장면을 따라 하고 있었다. 르고와 디디가 주인공인, 우리가 함께 본 그 영화 말이다. 상영이 끝났을 때 참 이상한 영화라고 생각했다. 도무지 여주인공 르고의 마음을 알 수 없었는데, 연수는 다 안다는, 전부 이해한다는 얼굴이었다.

사흘간 함께 지내기로 한 르고와 디디. 그 마지막 날이 실은 르고의 생일이었다. 르고는 디디에게 생일 선물로 일곱 번의 키스를 요구했다. 그리고 디디는…….

연수가 다가왔다. 등을 살짝 구부려 나와 눈높이를 맞추고는 다시 영화 속 대사를 읊었다.

"좋아, 르고. 그런 것쯤은 어렵지 않지."

그리고 그녀는 내 왼쪽 눈에 입을 맞췄다.

"한 번."

이번에는 오른쪽 눈에.

"두 번."

이번에는 코에.

"세 번."

이번에는 오른쪽 볼에.

"네 번."

이번에는 왼쪽 볼에.

"다섯 번."

그리고 이번에는 이마에.

"여섯 번."

그녀가 내 눈을 바라봤다. 나를 바라보던 눈동자가 조금씩 아래로 내려가며 그녀의 긴 속눈썹이 마침내 눈동자를 덮었다.

"일곱 번."

숫자를 먼저 세고, 그녀는 내 입에 입술을 포갰다. 그래서 영화는 어떻게 됐더라. 르고와 디디는 마지막 밤을 함께 보냈고, 디디가 아침에 일어났을 때 르고는 없었고, 그리고, 그리고, 모르겠다, 그냥 모르겠다는 생각이었다. 오직 내 입술에 닿은 따뜻한 온기만이 존재할 뿐이었다.

연수가 내 손을 잡았다. 그리고 침대로 걸어갔다. 입을 맞추고, 손을 잡고, 나란히 침대에 걸터앉는 일. 이런 일들이, 정말 이상하게도, 조금도 이상하게 느껴지지 않았다. 그저 모든 게 자연스러웠다. 그냥, 따뜻했다.

연수가 먼저 이불 속으로 들어갔고, 나는 그녀와 마주 보고 누웠다. 자꾸 웃음이 나왔다.

"왜 자꾸 웃어?"

너도 웃고 있으면서. 나는 그저 웃었다.

"어라, 또?"

그녀가 물속으로 다이빙하는 것처럼 갑자기 이불 속으로 풍덩 잠수했다. 그리고 손가락으로 내 배를 간질였다. 숨이 쉬어지지 않는데, 웃음이 터져 나왔다. 배가 당기고 아픈 느낌이 들면서도 그 안에 반짝이는 구슬이 굴러다니는 듯 자꾸 웃음이 터져 나왔다.

"간지러워!"

순간, 연수가 장난을 멈추고 이불 밖으로 얼굴을 내밀었다.

"너, 방금……."

멍한 얼굴로 바라보던 그녀가 다시 이불 속으로 들어갔다. 그녀가 손가락을 움직이자 배 속에서 구슬이 굴러다녔다. 그 맑은 소리들이 전부 입 밖으로 튀어나왔다.

5

아침에 눈을 떴을 때, 옆에 아무도 없었다.

꿈인가.

영화에서 마지막 밤을 보낸 르고가 디디를 남겨두고 떠난 것처럼, 연수도 말없이 사라져버리는 건 아닐까. 불안한 마음에 이불을 걷어차고 침대에서 빠져나왔다. 테이블에 쪽지가 있었다. 다리가 후들거려 숨을 깊이 들이쉬고 천천히 걸어갔다.

생일 축하해. 이게 진짜 선물. 점심 먹고 벚꽃길에서 만나.

쪽지 옆에는 밀크티가 놓여 있었다.

아.

온몸에 힘이 풀려 주저앉았다. 웃음이 났다. 그냥 근육만 활짝 열리는 게 아니라, 몸 안쪽에서부터 시원하게 소리가 올라왔다. 오랫동안 목구멍을 막고 있던 무언가가 뻥 뚫린 기분이었다. 캔을 열고 밀크티를 마실까 하다가 생각을 바꿨다. 이건 생일 선물이니까. 사물함 문을 열었다. 한쪽에 밀크티를 넣어뒀다. 평생 먹지 않을 생각이었다.

"잘 잤어?"

느리고 부드러운 휘파람 소리와 함께 김태한이 방에 들어왔다. 아무 일 없는 듯, 주머니에 손을 넣고 휘파람 소리에 맞춰 느리게 걸었다. 입으로 어떻게 저런 소리를 내는 거지. 궁금했다. 김태한이 욕실로 향하는 뒷모습을 바라보다가 천천히 입을 열었다.

"그거."

김태한이 걸음을 멈췄다. 생각에 잠긴 듯 그대로 서 있다 얼굴과 몸통, 다리의 순서로 돌아섰다.

"그거, 어떻게 부는 거예요?"

도깨비라도 본 사람처럼 복잡한 표정으로 서 있던 그가 소리를 지르며 달려들었다. 옆구리에 얼굴을 들이밀고 팔로 내 몸통을 감싸 안아 번쩍 들어 올렸다. 왁. 악. 으얏. 왑. 우후. 합. 괴상한 감탄사를 내뱉는 김태한은 꼭 말을 잃어버린 사람 같았다. 그는 나를 안고 빙글빙글 돌았다. 미색 벽이, 베이지색 블라인드가, 출입문이, 테이블이, 전부 빙글빙글

돌았다. 어지러웠다. 어지러운데, 자꾸 웃음이 났다.

*

습도가 적당한 날이었다.

해는 뜨거웠지만, 바람이 불어 기분이 좋은 날이었다. 평소엔 시끄럽기만 하던 매미 소리도 시원하게 들렸다.

벚꽃길에 도착하자 먼저 와 있던 연수가 웃었다. 우리는 말없이 눈을 바라봤다. 볼수록 그 안으로 점점 더 깊이 들어가는 느낌이었다.

연수가 몇 발짝 앞서 걸었다. 손을 잡아주길 바랐는데, 그러지 않아서 조금 풀이 죽었다. 그렇다고 내가 먼저 그녀의 손을 잡을 용기는 나지 않았다.

"지난번에."

그녀 뒤에 바짝 붙어 입을 뗐다. 그녀는 별다른 반응 없이 같은 속도로 나아갔다.

"지난번에 이런 거 물어봤잖아. 왜 나쁜 사람이 더 잘 사냐고."

벚나무에 수북하게 달린 잎 사이로 이따금 햇빛이 떨어져 반짝였다.

"그건 나쁘게 사는 게 더 쉬워서야. 나쁘고 뻔뻔하게 사는 게 더 쉬워서."

물론 이것은 나의 센터 대리인이 내린 결론이지만, 굳이 그 얘기를 덧붙이지는 않았다. 연수는 말이 없었다. 바닥을 뒤덮은 나뭇잎 그림자들이 바람이 불어올 때마다 무늬를 바꿨다.

"서우야."

그녀가 걸음을 멈췄다. 그리고 내 쪽으로 돌아섰다.

"너, 나랑 같이 나갈래?"

응?

"나랑 같이 나가서 살래?"

갑작스러운 질문에 말문이 막혔다. 센터…… 밖에서? 마음 가장 깊은 곳에서 누군가가 뒷걸음질 쳤다. 고개를 저었다.

"바보. 겁먹기는. 그냥 해본 말이야."

연수가 웃었다. 그녀가 돌아서 자박자박 걸어갔다. 어쩐지 불안했다. 날 보고 웃었지만, 안심이 되지 않았다. 그녀와 간격이 벌어지는 게 겁이 나 서둘러 뒤를 쫓아갔다.

벚꽃길을 빠져나오자 볕이 따가웠다. 운동장 위로 여름볕이 그대로 쏟아져 걸음을 옮길 때마다 바닥에서 뜨거운 기운이 전해졌다.

갑자기 생각이 많아져 머릿속이 복잡했다. 나를 보며 웃던 연수. 내 입술에 입을 맞추던 연수. 아무것도 묻지 않고 내 손등에 자리 잡은 흉터에 오래 입을 맞추던 연수. 새침하게 돌아서는 연수. 나가서 같이 살자는 연수. 그냥 해본 말이라는 연수. 뭐가 진심인 거지. 이럴 땐 대체 어떻게 해야 하는 거지. 지난번 영화를 볼 때 느꼈던 감정보다 더 복잡했다. 도무지 여자들의 마음을 모르겠다. 르고의 마음보다 연수의 마음이 훨씬, 훨씬 더 어려웠다.

미로원에 다다랐을 때, 연수가 나를 돌아봤다. 나는 불안한 얼굴로, 아니, 어쩌면 불쌍한 얼굴로 그녀를 바라봤다.

"서우야, 나는 니가 참 좋아. 함부로 말하지 않아서. 사랑도, 약속도, 함부로 떠들지 않아서."

연수가 웃었다. 웃으며 미로 속으로 들어갔다.

휴우.

그녀가 눈치채지 못하게 슬그머니 돌아서서 숨을 길게 내쉬었다. 화가 난 게 아니었구나. 그녀는 내가 좋다고 했다. 함부로 말하지 않아서 좋다고 했다. 안심이었다. 이제 좀 안심이었다.

숨을 가다듬고 미로 쪽으로 돌아섰을 때, 연수가 보이지 않았다. 또 분명 어딘가에 숨어 있겠지. 당황한 내 모습을 보면서 꾹꾹 웃음을 참고 있겠지. 미로 안으로 들어갔다. 그리고 다른 곳에서 보이지 않도록 몸을 숙였다. 이번에는 내가 그녀를 놀려줄 생각이었다. 등을 구부린 채로 발소리를 죽이고 연수를 찾아다녔다. 아마도 출구가 아닌 막다른 길에 숨어 있을 것 같았다. 코너를 돌 때마다 빽빽한 나무들 앞에 연수가 쭈그리고 앉아 있을 것만 같았다. 이쪽에서 저쪽으로, 갔던 길을 다시 되돌아가면서, 나는 연수를 찾았다. 출구를 찾는 것보다 더 어려웠다. 포기. 내가 졌다. 상체를 세웠다. 등허리가 뻐근했다. 주먹을 말아 쥐고 몸 여기저기를 두드렸다. 연수가 어디선가 숨어서 웃고 있을 것만 같았다.

"연수야."

숨을 죽였다. 청각에 신경을 집중하고 발소리나 키득거리는 소리 같은 걸 찾았다. 고요했다. 이따금 나뭇잎 틈새로 바람이 지나가는 소리가 들려올 뿐이었다.

"연수야."

출구로 빠져나와 그녀를 기다렸다. 철봉이나 그네, 운동장 어디에도 그녀가 보이지 않았다. 조금 더 기다리면 입을 가리고 웃으며 미로원 어딘가에서 불쑥 튀어나올 거였다.

*

연수가 사라졌다.

미로원 앞에서 한 시간이 넘도록 기다렸지만 연수는 나타나지 않았다. 그녀에게 전화를 걸었다. 전원이 꺼져 있다는 음성 안내가 흘러나왔다. 겁이 났다.

제일 먼저 달려간 곳은 312호였다.

"아직 못 만났어요? 아까 서우 씨 만나러 나갔는데?"

연수의 룸메이트는 아무것도 모르는 얼굴이었다.

매점, 영화감상실, 도서관, PC실, 세탁실, 헬스장, 종교실까지, 센터 곳곳을 찾아다녔지만 그녀는 어디에도 없었다. 임종실 문에는 디지털 도어락이 달려 있어 안을 확인할 수 없었지만, 잠겨 있으니 연수도 들어갔을 리 없었다.

사무실로 달려갔다. 연수는 외출증을 받으러 온 적이 없다고 했다. 간호사실에 물어봤지만, 누구도 연수를 봤다는 사람이 없었다. 다시 1층으로 내려갔다. 안내데스크로 가서 보안직원을 만났다. 그는 점심시간 이후로 자리를 비운 적이 없다고 했다. 점심쯤 연수가 벚꽃길 쪽으로 나가는 건 봤지만 건물 안으로 들어오는 건 보지 못했다고 했다. 그렇다면 연수는 나를 만난 이후로 쭉 바깥에 있다는 얘기였다. 정문 경비실로 달려갔다. 경비 아저씨는 고개를 저었다. 토요일이라 면회 온 사람은 몇 있지만, 외출한 사람은 없다고 말했다. 내내 자리를 지키고 있었냐는 질문에는 우물쭈물했지만, 아마 밖에 나가지는 않았을 거라고 했다. 나갈 거면 외출증을 받아 오지 않았겠냐는 거였다. 맞는 말이었다. 여긴 외출이 제한되는 센터가 아니니까. 밖에 나간 것도 아니라면, 대체 연수는 어디에 있는 걸까. 수시로 전화를 걸었지만 여전히 전원을 꺼둔 상태였다. 메시지를 남겼다.

297

- 연수야, 대체 어디야. 전화 좀 받아.

어느덧 저녁 식사 시간이 가까워지고 있었다. 김태한에게 전화를 걸어 어떻게 해야 좋을지 물어봐야겠다는 생각이 들었다. 사무실에 부탁해 CCTV를 확인해야겠다는 생각도 들었다. 바보처럼 이제야 그런 생각이 들었다. 통화 버튼을 누르려는데, 메시지가 들어왔다. 연수였다.

- 아무래도 안 되겠어. 도무지 나아지지 않아. 아무리 기다려도, 아무리 노력해도 안 돼. 사람을 믿는 일이 이젠 영영 불가능해졌어. 사람도, 사랑도 믿을 수 없는 거…… 그게 얼마나 무섭고 끔찍한 일인지 알아?

말로 살인을 저지르는 사람들. 난 그런 사람들이 너무 무서워. 나를 이렇게 만든 그 살인마를 죽여야 그나마 내가 살 것 같아. 안 그러면 평생 이 지옥에서 벗어나지 못할 거야. 너에겐 정말 미안해.

심장이 거세게 뛰었다. 손이 떨려 휴대전화를 놓칠 뻔했다. 축축해진 손으로 통화 버튼을 눌렀다. 전원이 꺼져 있다는 안내 음성이 들렸다.

6

그날, 연수는 미로원을 벗어나 정문으로 향했다.
경비 아저씨가 자리를 비운 사이, 그대로 문을 빠져나갔다.

연수는 그 남자가 살고 있는 아파트에 찾아갔다.
근처 마트에서 과도를 하나 구입한 기록이 나왔다.

103동이 보이는 벤치에 연수가 앉아 있었다.
젊은 부부가 출입문 밖으로 나오고, 잠시 뒤 연수는 자리에서 일어나 그들이 사라진 방향으로 걸어갔다.

부부가 아파트 정문을 통과하고, 몇 초 뒤 연수가 나타났다. 걸음을 멈추고 오랫동안 서 있다 걸어온 길을 되돌아갔다.

103동 출입문이 열리고 사람이 나왔다. 문이 닫히기 전, 연수가 안으로 들어갔다.

연수가 엘리베이터에 올라탔고, 남자가 사는 층에서 내렸다. 32분 뒤. 다시 엘리베이터에 올라탔고 꼭대기 층에서 내렸다.

그것이 살아 있는 연수의 마지막 모습이었다.

날이 어두워지고 가로등이 켜졌다.
103동 입구에 들어선 부부 앞에 뭔가 떨어졌다.
연수였다.

온몸이 부서진 채로 병원에 실려 간 연수는 다음 날 아침에 사망했다.
경찰은 연수와 남자의 연결 고리를 발견했다. 광고회사에서 연수가 어떤 일을 당했는지 증언해주는 사람은 아무도 없었다. 연수가 말했던 것처럼, 연수의 편이 되어준 사람은 아무도 없었다. 직원을 짝사랑한 아르바이트생. 그것이 경찰이 내린 결론이었다.

남자는, 복수라고 생각했을까. 인간 이하의 행동을 한 자신에게 영원히 잊을 수 없는 끔찍한 장면을 남겨주는 것으로. 아니, 남자는 자기 잘못을 알기나 할까. 양심과 진실 대신 외면과 자기합리화를 택하지 않았을까.

남자는 몰랐겠지만, 나는 알았다. 그건 복수가 아니었다. 연수는 남자를 죽일 수 없어서 남자 대신 스스로를 죽인 거였다. 우리 같은 사람들은 결국 칼끝을 자기 자신에게 겨누는 법이니까.

*

처음에 내가 느낀 감정은 죄책감이었다.
그날, 연수가 물었을 때, 나는 대답했어야 했다. 망설이지 말고 대답했어야 했다.
기꺼이 너와 함께 가겠다고.
너와 함께라면 밖에서도 잘 살 수 있을 거라고.
거짓말이라도 그렇게 말했어야 했다.

아니다.
연수는 당장 듣기 좋은 달콤한 거짓말 따위는 원하지 않았을 거다.

아니.

나 때문이다.

내가 그날 연수를 빨리 찾아내지 못했기 때문이다.

허둥거리며 시간을 지체했기 때문이다.

시간이 흐르면서 죄책감 끝에 다른 감정이 매달렸다.

연수는 여전히 그 남자를 사랑하고 있었던 게 아닐까. 사랑하기 때문에 용서가 안 되는 일도 있지 않을까. 사랑이 아니었다면, 죽이고 싶을 만큼 남자를 미워했을까.

아무 소용없는 바보 같은 의심과 질투.

그리고, 분노.

나는 내가 모르는 남자에게 분노를 느꼈다. 그 사람 때문에. 그 사람이 아니었다면. 최소한, 그 남자가 연수에게 사과라도 했다면.

하지만, 그게 다였다. 연수가 사라진 날에 대해 경찰에게 설명하면서도 그 남자가 연수에게 한 일들은 말하지 못했다. 몸이 떨릴 만큼 분노를 느꼈지만 내가 할 수 있는 건 없었다. 아니, 오히려 심장은 점점 움츠러들었다. 오래전 방지완 앞에서 그랬듯. 남자를 향한 분노는 그에게 닿지 못하고 되돌아와 나 자신을 찔렀다. 나 같은 사람들은 결국, 칼끝을 자기 자신에게 겨누는 법이니까.

나는 살아 있을 가치가 없는 놈이었다.

나는 루키를 죽였고, 아빠를 죽였고, 이젠 연수까지 죽였다. 나는 진작에 죽었어야 했다.

왜, 나는 이 모양인가. 대체 왜, 내 생은 이따위란 말인가. 이게 다 그 망할 기대 때문이었다. 똑같았다. 달라진 게 하나도 없었다. 2학년에 올라가면 새로 시작할 수 있을 거라는 기대. 언젠가 방지완 패거리의 폭력도 끝날 거라는 희망. 그렇게 당하고도 대체 무슨 생각을 한 걸까. 나 따위가, 아무것도 할 수 없는 주제에 감히 행복 같은 걸 꿈꿨던 건가. 나는 연수를 잃고 나서야 비로소 커다란 착각에서, 달콤한 망상에서, 지독한 생의 속임수에서 벗어날 수 있었다. 어떤 사람에게는 죽음이 최선의 선택이라는 사실을, 그 '어떤 사람'이 바로 '나'라는 아주 중요한 사실을, 어리석게도 잠시 잊고 있었다.

기대도 희망도 다 웃기는 거였다. 그건 언제나 틀렸다.

이번에도 어김없이.

7

장례 파티는 생략하기로 했다.

배웅 없이 혼자 가겠다고 했다.

가족에게는 내가 떠난 뒤에 연락하라고 요청해뒀다.

오래전에 써둔 유언장을 조금 수정했다.

엄마와 서진이에게 미안하다는 말을 남겼고, 김태한과 양지, 손 형, 그리고 작가 선생에게 고맙다는 편지를 써두었다. 옷을 갈아입히지도, 염을 하지도 말고 그냥 화장해달라는 말은 그대로 두었다.

아침 일찍, 손 형과 양지가 인사를 왔다. 손 형은 별다른 말없이 악수를 청했다. 손을 잡은 채로 오래 서 있었다. 양지는 '포옹의 밤'에 그랬던 것처럼 나를 안아주었다. 김태한은 임종실까지는 따라가야겠다고 고집을 부렸다.

*

동쪽에서 쏟아지는 빛이 임종실에 비스듬히 차오르고 있었다. 하늘정원은 한 여사님이 떠날 때보다 더 짙은 초록이었다. 침대에 걸터앉았다. 햇살과 공기, 방 안에 떠다니는 먼지까지, 모든 것이 생생하면서도 한편으로는 연극 무대 같다는 생각이 들었다. 또 다른 내가 관객이 되어 이 모든 상황을 지켜보는 것 같았다.

나는 아침에 떠나기로 했다. 연수가 떠난 시간과 비슷한 때에 가고 싶었다. 그냥, 그렇게 하고 싶었다.

약속된 시간이 되자 의사와 6층을 담당하는 간호사가 들어왔다. 이미 알고 있는 내용이지만, 의사는 약의 기능을 하나씩 짚어주었다. 형식적인 설명이 끝난 뒤, 누구의 압력도 없이 스스로 죽음을 선택한다는 내용이 적힌 서류에 사인을 했다. 이 모든 과정이 임종실에 설치된 카메라에 담기고 있었다. 혹시라도 누군가 나의 죽음에 이의를 제기할 가능성에 대비하는 것이었다. 내가 약을 삼키고 나면 촬영은 종료될 것이다.

배웅 없이 떠나길 원했으므로 의사는 테이블에 물과 함께

약 두 알을 내려놓았다. 짧은 인사를 나누고 의사도, 간호사도 출입문으로 향했다. 그들은 내 숨이 멎을 때까지 임종실 앞에서 대기할 것이다.

"선생님, 잠시만요."

문을 나서기 전에 김태한이 멈췄다.

"서우랑 마지막 인사 좀 할게요."

동그란 안경테를 올리며 잠시 먼 곳을 응시하던 의사가 고개를 끄덕였다. 간호사가 문을 살짝 닫아주었다.

김태한은 테이블에 가볍게 걸터앉았다. 떠나는 나보다 김태한이 더 초조해 보였다. 그는 실제로 손을 약간 떠는 것도 같았다.

"처음 만난 게 엊그제 같은데."

숨을 길게 내쉬고 김태한은 겨우 말을 이어갔다.

"꼭 하고 싶은 말이 있어."

그는 입이 마르는지 침을 겨우 삼켰다.

"맛있는 건 늘 내가 더 많이 먹어서 미안해. 이제 와 고백하자면, 빨래하기 귀찮아서 네 수건 몰래 꺼내 쓴 적도 여러 번 있어. 그것도 정말 미안해."

웃음이 나왔다. 사람이 살면서 누군가에게 미안한 일을 만들 때, 그것이 고작 이 정도의 일이라면 얼마나 좋을까. 고작, 이 정도의 일로 이렇게나 쩔쩔매다니. 진짜 미안한 일을 저지르고도 미안해할 줄 모르는 사람들이 얼마나 많은데.

"괜찮아요. 그게 뭐 별거라고."

"아니야, 진짜 미안해. 나 미워하지 마. 원망하지도 말고. 알았지?"

"안 미워해요. 원망도 안 하고."

"정말이지? 제발 그랬으면 좋겠어."

"걱정 말아요. 그동안 정말 고마웠어요. 진심이에요."

김태한은 우리가 처음 만난 날부터 오늘까지, 함께했던 시간들을 뒤죽박죽 떠오르는 대로 지껄였다. 평소답지 않은 모습이 보기 미안할 정도였다. 그는, 내가 떠나는 걸 슬퍼하는 걸까. 다른 친구들을 보낼 때와는 확실히 달랐다. 마지막 가는 길을 기꺼이 축하해주던 그였는데, 한방에서 지낸 룸메이트와의 이별은 복잡한 감정이 드는 모양이었다. 하기는, 당장 방에 내려갔을 때 비어 있는 침대와 옷장, 사라진 세면도구 같은 것들이 허전하게 느껴질 것이다. 누군가 나의 소멸을 아쉬워한다는 게 조금은 위로가 됐다. 나와 함께했던 시간을 추억해주는 것도. 나 역시 웃으며 떠올릴 일이 있다는 게 작은 위안이 됐다. 한참을 쉬지 않고 중얼거리던 그가 입을 닫고 내 쪽으로 다가왔다. 손을 내 손등에 얹고 오래 서 있었다. 타인의 체온이 내 살과 뼈를 뜨겁게 데웠다. 눈을 맞추고 인사하는 대신 힘주어 손을 꽉 잡았다 놓고 김태한은 출입문으로 몸을 돌렸다. 문 앞에서 잠시 걸음을 멈췄지만 돌아보지는 않았다. 소리 없이 문이 닫혔다. 나는 아직 온기가 남아 있는 손등에 또 다른 손을 포갰다.

그래, 이거면 됐다.
이거면, 됐다.

*

이제 나는 혼자였다.
테이블에는 편안한 잠을 재워줄 약이 놓여 있었다.
저걸 삼키기만 하면 되는 것이다.
그럼 다 끝나는 것이다.

눈을 감았다.
벚꽃이 한창 피었던 그때, 벚꽃길을 걷던 엄마의 뒷모습
이 떠올랐다. 그날 엄마를 앞장서서 걷게 한 건 정말 잘한 일
이라는 생각이 들었다. 그 아름다운 풍경에 내 뒷모습 같은
거 남겨두지 않아서 정말 다행이라고 생각했다.

그리고 연수.
생일날, 간지럼을 태우던 연수가 팔을 벌려 나를 끌어안
았다. 나도 그녀를 안았다. 따뜻했다. 아무 말을 하지 않아
도, 그냥 안고만 있어도 좋았다. 우리는 서로를 안고 서로에

게 안긴 채로 단잠에 빠져들었다.

눈을 감고 있어도 눈물이 차올랐다. 그리움은 미안함으로 변했고, 미안한 마음은 분노로 모양을 바꿔 멀리 날아갔다 죄책감으로 몸집을 불려 되돌아왔다.

생도, 기대도, 희망도, 행복도, 모두 나에겐 어울리지 않는 것. 나의 것이 아닌 것. 감히 내가 꿈꿔서는 안 되는 것.

그래, 이제 그만두자.

다 끝내자.

길고 지독한 삶이었는데, 눈앞에 약이 있다면 당장이라도 삼키고 싶었던 보잘것없는 생이었는데, 왜인지 나는 몇 분째 약을 바라보고만 있었다. 망설이고 있다는 사실을 깨닫자 수치심에 구역질이 날 것 같았다. 대체 뭘. 바보처럼.

약을 쥐었다.

손바닥 안에 동그란 약이 두 알 들어 있었다.

주머니에서 밀크티를 꺼냈다. 생일 선물로 받은 밀크티. 의사와 면담을 마치고 돌아왔을 때 제일 먼저 한 일은 주변 정리였다. 마지막 날 입을 깨끗한 옷을 골라두고 나머지 물건들은 쓸모 있겠다 싶은 것과 버릴 것을 구분해 상자 두 개에 나눠 담았다. 사물함을 정리하며 밀크티를 마시려다 마지막 순간을 위해 남겨두었다. 뚜껑을 열었다. 달콤하고도 쌉쌀한 향이 올라왔다.

임종실을 찬찬히 둘러봤다. 벽과 바닥. 침대 모서리. 그리고 유리문 너머로 보이는 하늘정원. 풀의 결. 잎사귀의 모양. 화단에 심어둔 작은 꽃들. 그 뒤로 서 있는 조형물. 빛. 바닥에 흘러가는 바람의 그림자.

뭘 꾸물대고 있는 거지.

하늘엔 잠자리 몇 마리가 날아다니고 있었다. 머잖아 가을이 오겠지. 가을. 나와는 상관없는 계절. 오지 않아도 좋을 계절. 풍경 너머로 그림자가 아른거렸다.

병신새끼.

순간, 주춤대던 마음이 차갑게 가라앉았다. 오래전 가을, 베란다 너머로 본 속리산의 그림자가 점점 선명하게 떠올랐다. 차라리 그때. 대체 뭘 망설였던 거야. 뭘 겁냈던 거야. 겁쟁이. 지금은. 지금도. 뭘 더 생각하는 건데. 뭘 더 기대하는 건데. 그렇게 당하고도, 병신처럼. 따그그극. 생을 툭 끊어버린 소리. 털이 축축하게 젖은 작은 개. 아빠의 울음소리. 서진이의 눈빛. 멍든 몸뚱이. 사진. 웃음소리. 병신새끼. 넌 맞아도 싸. 병신새끼. 왜 사냐, 왜 살아…….

날카로운 소리들이 귓속을 이리저리 부딪히며 더 예리한 조각으로 깨졌다. 귀를 막았다. 머리를 흔들었다. 소용없는 일이었다. 곳곳에 박힌 소리들이 살을 파고들어 온몸을 떠돌았다. 빙빙 돌았다. 끝내는 방법. 멈추는 방법. 약을 털어넣었다. 밀크티를 삼켰다. 두 개의 알갱이가 부드럽게 넘어갔다. 어쩐지 연수를 이해할 수 있을 것 같았다. 아니, 누구보다 잘 이해할 수 있었다. 아무리 애를 써도 사라지지 않는 기억들. 누군가에게는 그저 과거의 일이겠지만, 어쩌면 다 잊고 사는지도 모르겠지만, 누군가에게는 여전히 현재진행형인 일들. 살아 있는 한 평생을 달고 다녀야 할 누더기 같은 기억들. 스스로를 찌르고 숨통을 바짝 조일 흉기 같은 기억들이었다.

침대에 누웠다.

이불을 덮고 잠을 기다렸다.

깊이 잠들고 나면 그다음에 저절로 심장이 멈출 것이다.

그럼 다 끝날 것이다.

센터에서의 날들.

생각해보면 정말 짧은 시간이었다.

지난 시간에 비하면 고작 몇 개월일 뿐이었다. 하지만, 그 어느 때보다 나는 생생하게 살아 있었다. 친구가 생겼고, 술에 취한다는 게 어떤 기분인지 알았고, 좋아하는 음료를 마시면서 산책할 때의 작은 기쁨, 햇살, 바람, 나뭇잎 그림자,

그리고 따뜻한 품. 짧았지만 보통의 삶 비슷한 걸 경험하고 가는구나. 이것이 나의 가장 깊고 진한 생이구나.

잠이 무겁게 내려앉았다.

몸이 저 바닥으로 푹신하게 가라앉는 동시에 점점 가볍게 떠오르는 기분이었다. 머릿속이 솜털처럼 가벼워지고 손가락 발가락이 투명한 해파리처럼 부드러워지는데, 두 눈만 묵직해졌다. 둔해진 눈꺼풀을 밀어 올렸다. 마지막으로 세상을 보고 싶은 걸까. 초록 잎사귀. 하얀 벽. 희미한 매미 울음소리. 파란 하늘. 풍경이 점점 흐려졌다. 시야가 좁아졌다. 하얗게 잠이…….

4부

1

나는 하늘로 떠오르고 있었다.

세상은 소리가 제거된 듯 정적으로 가득했고, 붉은 태양
은 시간과 함께 멈춰 있었다. 내 몸을 찬찬히 살펴봤다. 형체
가 없는 몸뚱이는 바람 같기도 했고 그림자 같기도 했다. 눈
도 귀도 아무것도 없었지만, 모든 걸 보고 느낄 수 있었다.
부엉이 한 마리가 내 몸을 단단히 잡아채고 높이 날아오르
는 중이었다. 저 아래로 적갈색 벌판이 이어졌다. 새가 날갯
짓을 할 때마다 세상은 성큼 더 멀어졌다.

점점 작아지는 세상 위로 흰 구름이 포개졌다. 높이 올라
갈수록 구름과 구름이 촘촘히 맞닿아 하얀빛을 만들었고,

어느 순간 붉은 태양마저 삼켜버렸다. 온통 빛이었다. 시간이나 공간의 구분이 느껴지지 않는, 완벽한 빛의 세계.

내 몸을 죄고 있던 날짐승의 커다란 발이 조금씩 벌어졌다. 새는 날갯짓을 멈추는가 싶더니 이내 내 몸을 놓아버리고 멀리 날아갔다. 나는 아래로 추락했다. 빠른 속도로 떨어졌지만, 사방이 온통 하얘 영원히 멈춰 있는 것처럼 느껴졌다.

2

하얀빛.

하얗고 부드러운 빛.

옅은 석류빛 공간 위로 둥글고 따뜻한 빛이 내려앉았다. 나른하고 몽롱한 공간에 가느다란 틈이 생겼다. 그 사이로 빛이 밀려들어왔다. 눈을 떴다.

여긴 어디지.

멈춰 있던 생각이 다시 흐르기 시작했다. 여긴 어디일까. 온통 하얗게 빛이 쏟아지는 이곳은. 몸이 가벼웠다. 힘은 없지만 불편하거나 불쾌한 기분은 아니었다. 천천히 몸을 일으켰다.

이곳은.

하얀 벽. 고개를 돌리자 눈부신 빛 사이로 초록 잎사귀가
한들거렸다. 희미하게 이어지는 매미 울음소리. 이곳은, 임
종실이었다. 죽음이란 이런 건가. 생명이 빠져나간 장소에
서부터 다시 출발하는 것. 하지만, 어디에서부터 어떻게 시
작해야 할지를 몰랐다. 막연히 떠오른 것은, 연수의 이름이
었다. 그리고 엄마, 약을 삼킨 일, 김태한, 의사와 간호사, 손
형, 양지……. 눈앞에서 생의 마지막 풍경들이 거꾸로 흘러
갔다. 죽으면 모든 것이 끝날 줄 알았는데, 달라진 건 별로
없었다. 머릿속에서 수많은 생각이 떠다녔고, 감정을 느끼는
것도 살아 있을 때와 마찬가지였다.

연수를 잡지 못한 죄책감. 용기내지 못한 부끄러움. 돌이
킬 수 없게 되어버린 모든 일. 루키처럼, 아빠처럼, 영영 사
라져버린 존재들. 그들에 대한 마음의 짐으로 나는 여전히
괴로웠다. 지금쯤 엄마는 소식을 전해 들었을까. 엄마는, 괜
찮을까. 또 술을 많이 마셨을까. 서진이는. 서진이는 끝내 나
를 용서하지 못하겠지.

죽었어도 기적 같은 건 일어나지 않았다. 이를테면, 생의
어느 시점으로 돌아가는 기적 같은 것. 그럴 수 있다면, 나
는 방지완을 처음 만난 그 순간으로 돌아가고 싶었다. 칼끝
을 겨눈 방지완에게 하지 말라고 또박또박 말해주고 싶었
다. 주먹으로 그 애의 팔목을 내리치고 싶었다. 그랬다면, 달

라졌을까. 내 삶이 조금은 다른 쪽으로 흘러갔을까. 죽어서도 후회되는 건 마찬가지였다. 그렇다면 이게 다 무슨 소용인가. 죽어서도 똑같다면 이게 다 뭐란 말인가.

후회는 미련과 비슷한 말일까. 나는 죽어서도 끊임없이 삶을 생각하고 있었다. 나는 그저 평범하게 살아보고 싶었다. 어쩌면 센터에서는 가능할지도 모른다는 기대를 했었다. 그래, 바보처럼 희망 같은 걸 품었더랬다. 사람들과 어울리고, 친구들과 의미 없는 농담을 주고받고, 시시콜콜한 내기도 하고, 맥주도 마시고, 영화도 보고, 유성우가 쏟아지는 날에는 나란히 앉아 하늘을 올려다보고 싶었다. 내가 삶에 바란 건 그것뿐이었는데. 그거면 충분했는데.

순간, 가슴이 내려앉았다.

거기 진득한 물이 고여 들었다. 물이 숨처럼 차오르며 코끝이, 눈가가 점점 뜨거워졌다. 온도를 견디지 못하고 몸 밖으로 물이 흘렀다. 손을 뻗어 얼굴을 감쌌다. 눈물. 축축한 눈물. 모든 감각이 선명했다. 나는 죽었는데, 모든 게 너무나 생생했다. 감정이나 생각뿐 아니라 감각과 기능까지 그대로라면, 죽은 것과 산 것은 무슨 차이가 있는 걸까. 살아 있을 때와 똑같이 그리워하고, 살아 있을 때와 똑같이 고통을 느낀다면, 죽음이란 대체 뭐란 말인가. 수많은 감정이 눈물로 변해 왈칵 터져 나왔다. 숨이 찼다. 그리고 깨달았다. 나는, 숨을, 쉬고, 있었다. 내 의지와 상관없이, 내 몸은 숨을 들이

마시고 내쉬었다. 가슴이 잔잔하게 오르락내리락하는 것을 한참 동안 바라봤다.

방 안을 둘러봤다. 조금씩 정신이 들었다. 이상했다. 뭔가 이상했다. 침대를 빠져나왔다. 유리문을 열자 짭짤한 여름 냄새가 풍겼다. 싱그러운 풀 냄새도 흘러들었다. 잦아들었던 매미 울음소리가 커지며 날카롭게 귀를 찔렀다.

침대에 주저앉았다. 어떻게 된 거지. 머리를 감싸 쥐었다. 머리카락이 당겨 두피가 따끔했다. 양손을 눈앞에 펼쳤다. 뜨거운 피가 도는 분홍빛 손바닥. 거기 머리카락 몇 올이 들러붙어 있었다. 후, 입김을 불자 손바닥에 부드러운 숨이 와 닿았다. 붕 떠오른 머리카락이 테이블에 내려앉았다.

응?

테이블에 놓인 하얀 종이가 눈에 들어왔다. 이게 뭐지. 종이를 낚아챘다. 급히 아무렇게나 휘갈겨 쓴 글자. 말을 몇 번이고 다듬고 고친 흔적이 고스란히 남아 있는 편지였다.

네가 살아 잠에서 깨어나 이 편지를 발견했을 때, 니를 화카 다 행이라고 생각했으면 좋겠어. 살아 있어서 다행이라고. 네가 삼킨 건 두 알 모두 수면제였어. 의사 차차 설명할게. 나를 원망하지 않았으면 좋겠다. 만일, 제발 아니기를 바라지만, 만일 네가 눈을 떴을 때, 죽자 살아 있다는 사실이 너를 화나게 했다면 네가 어떻 정말 미안해. 나를 죽도록 때려도 좋아. – 김태한

유리문에 기대섰다.

해가 점점 높이 떠오르고 있었다. 하늘정원 구석구석까지, 작은 풀과 잎사귀 하나하나마다 빛이 떨어졌다. 바람이 불었다. 바람의 모양을 따라 풀이 부드럽게 움직였다. 잠자리 한 마리가 날개를 파르르 떨며 수국 잎사귀에 내려앉았다. 잠시 주위를 경계하더니 이내 안심해도 된다는 듯 수평으로 펼친 날개를 움직여 각도를 조금씩 좁혔다.

마지막 순간, 김태한이 했던 말의 의미를 알 것 같았다. 원망하지 말라는 말. 미워하지 말라는 말. 테이블에 걸터앉아 그런 말들을 정신없이 쏟아내면서 슬쩍 약을 바꿔치기한 모양이었다. 편지를 다시 읽었다. 살아 있어 다행이라고 생각하길 바란다는 말. 살아 있다는 사실에 화나지 않았으면 좋겠다는 말.

마지막 순간에 나는 어떤 생각을 했던가.
마지막 잠이 쏟아지던 순간, 나는 후회했던가. 아쉬웠던가.

기억나지 않았다.

다만, 눈물이 났다.
자꾸만 눈물이 나왔다.

3

나는 꼬박 이틀 동안 잤다고 했다.

임종실 문을 열고 김태한은 내 눈치부터 살폈다. 한참 머 뭇거리다 안으로 들어와 문을 닫았다. 내가 아무 말 없자 슬 금슬금 다가와 등을 돌리고 섰다.

"자, 때려. 속이 풀릴 때까지 쳐!"

공벌레처럼 잔뜩 웅크린 등을 내려다봤다. 티셔츠 위로 작고 동그란 뼈들이 가지런하게 솟아 있었다. 숨을 쉴 때마 다 뼈들이 조금씩 움직였다. 김태한이 천천히 몸을 펴고 돌 아섰다. 우리는 조용히 서로를 마주 봤다. 그가 내 어깨를 툭 쳤다. 한 번 더 툭. 그리고 나를 끌어안았다.

*

분명, 누군가에게는 죽음이 필요해.

하지만, 죽음이 필요하다고 믿었는데 실은 그렇지 않은 경우도 있어. 나는 다른 건 몰라도, 그걸 구분하는 능력은 타고났어. 어릴 때부터 죽음은 늘 가까이에 있었거든.

다들 이유가 있잖아. 자기를 잃어가는 게 끔찍해서. 죽음 자체가 공포스러워서. 가정불화. 사업 실패. 사회적 타살. 외로움. 예술적 광기. 또, 사랑 때문에. 이렇게 다들 마음에 병이 드는 이유가 있는 거잖아. 죽고 싶은, 죽어야 하는 이유가 있는 거잖아. 너의 이유…… 다 알 수는 없지만 대강 짐작은 하고 있어. 내가 약을 바꿔치기한 건, 절대 그 이유를 가볍게 여겨서가 아니야. 그 이유에 대해, 그 무게에 대해, 남들이 함부로 말하고 가볍게 여길 권리는 없어. 그래서는 안 되는 거야. 누구도. 누구에게도.

나의 경우, 그 이유는 피였어. 피. 혈통 말이야.

나의 아버지로 말할 것 같으면, 참 잘생긴 양반이었지. 학교에서 음악을 가르쳤는데, 가수 못지않은 사람이었어.

집에선 늘 뜬금없이 노랫소리가 들려왔어. 위로 누나 둘이 있었는데, 다들 노래를 잘했지. 동생만 끔찍한 음치였어. 대신 녀석은 잘생긴 외모를 물려받았고. 아버지나 누나들이 노래를 부를 때면 나는 그 옆에 앉아서 발을 까딱까딱했어. 가곡도 팝송도 다 그렇게 배웠고. 이제 겨우 대여섯 살 된 꼬마가 멋들어지게 가락을 뽑으니까 아버지가 나를 엄청 귀여워했지.

그리고 아버지는…… 염세주의와 허무주의로 가득한 사람이었어. 거참, 잘생긴 얼굴이나 물려줄 것이지 염세, 허무, 그딴 걸 물려줄 건 뭐람.

아버지 피를 그대로 이어받은 나랑 누나들은 언제나 여기, 가슴이 뜨거웠어. 이 열기를 어떻게 다뤄야 할지 몰랐어. 너무 뜨거운데 또 그러다 어느 순간 차갑게 식어버렸어. 다들 예민했지. 사람이 들을 수 있는 영역을 벗어난 소리까지 듣는 사람들처럼. 사람이 느낄 수 있는 감정을 벗어난 모든 것까지 느끼는 사람들처럼.

내가 열두 살 때였어.

장맛비가 내리는 저녁이었어. 부엌에서 엄마가 저녁밥을 짓고 있었지. 집 안에 밥 냄새가 가득했어. 따뜻한 냄새였지. 나는 소파에 누워서 비가 쏟아지는 걸 내다봤어. 흥얼흥얼 노래를 부르면서 말이야. 빗줄기가 굵어지고 바람이 거세지면서 내 노랫소리도 같이 커졌지. 그때 누가 벨을 눌러서 나가봤더니 큰누나였어. 고등학생이라 매일 늦게 왔는데, 그날 따라 일찍 온 거야. 누나는 흠뻑 젖어 있었어. 우산 안 가져 갔어, 하고 물으려다 누나 손에 들린 우산을 봤지. 누나가 생긋 웃었어. 그리고 속삭였지. 태한아, 너도 언제 한번 해봐. 비 맞고 걸어 다니는 거, 그거 기분 되게 좋다.

엄마 몰래 수건을 가져다줬고 누나는 방으로 들어갔지. 이상했어. 뭔가 서늘한 기분이 들었어. 머리가 아니라 심장으로 아는 일. 피가 아는 일. 누나 방문을 두드렸어. 답이 없더라. 더 세게 두드렸어. 조용했지. 문고리를 돌렸어. 안에서 뭔가 잡아당기는 것 같기도 하고 밀어내는 것 같기도 했는데, 그건, 바람이었어. 방바닥에 젖은 수건이 떨어져 있었지. 단정하게 정리된 침대. 깔끔한 책상. 누나 냄새. 비 냄새.

그 방에 누나는 없었어. 활짝 열린 창문으로 바람에 뒤섞인 빗줄기가 들이쳤지.

우리 집은 9층이었어.

자살이라는 말을 입에 담기 꺼리던 사람들은 그걸 추락사라고 했지. 나는 속으로 생각했어. 이건 비행사飛行死다. 누나는 하늘을 날았을 뿐이다.

그날 이후로 비바람이 요란한 날이면, 나는 귀를 틀어막은 채 아무것도 할 수 없었어. 축축하게 젖은 손들이 저 땅속에서부터 올라와 내게 손짓하는 기분. 내 발목을 잡아당기는 기분. 내겐 비바람 소리가 세이렌의 노랫소리나 다름없었지. 덜컹거리는 유리창에 빗줄기가 손톱자국 같은 그림을 남길 때면, 어깨가 춥고 온몸이 오들오들 떨리면서도 자꾸 창문을 활짝 열고 싶어졌으니까.

다음은 아버지였어.

멋쟁이 우리 아버지는 죽을 때도 하얀 코트에 하얀 정장을 입고 떠났지. 구두까지 하얗게 맞춰 신고서. 눈이 아주 많이 내린 날, 산으로 올라갔어. 눈처럼 하얗게 차려입은 탓에 죽고 나서 며칠 뒤에 발견됐지. 코트 안에서 메모가 하나 나왔어. 죽으려고 산에 올랐는데, 거기 웬 아이가 누워 있더라고. 그 앨 보는데 태희가 생각났다고. 태희, 죽은 우리 큰누나 이름이야. 태희 대신이라 생각하고 아이를 업고 산을 내려왔대. 그게 자기가 살면서 가장 잘한 일이었대. 그래서 자기는 기분 좋게 떠날 수 있다고 쓰여 있었어. 내가 20대 중반일 때였지.

거참…… 우습지. 한집에서 두 명이나 자살을 하다니.

그런데 더 우스운 건, 그게 끝이 아니었다는 거야.

내가 서른두 살이 되던 해, 새벽에 전화가 왔어. 매형이었지. 둘째 누나가 뛰어내렸다고. 결혼기념일이라 맛있게 저녁 먹고 영화까지 보고 들어와서는 그렇게.

그쯤 되니까 내 피가 무섭더라.

그때 나는 음반 회사에 다녔는데, 낮엔 직장에서 웃고 떠들고 저녁엔 부어라 마시고, 그러고 집에 들어오면, 무서웠어. 낮엔 그럭저럭 살다가도 밤이 되면 그 뜨겁고도 차가운 피가 고여 들기 시작했거든. 나는 알고 있었어. 결국엔 나도 이 우울과 허무에 잠식당하고 말 거라는 걸. 죽음에 매혹되고 말 거라는 걸.

무엇보다 엄마랑 남동생이 걱정이었지. 동생은 엄마 피를 닮아 아버지나 누나들과는 달랐지만, 내가 가까이 있으면 이 피가 전염될 것 같았어. 내가 떠나야 할 것 같았어. 깊고 음울한 피가 흐르는 사람이 떠나야 그들이 살 수 있을 것 같았어.

아마, 잘 살고 있을 거야. 아무 연락이 없다는 게 그 증거지.

나도 알아. 누군가에게는 죽음이 가장 편안한 품이 되어 준다는 걸. 누군가에게는 그 휴식이 정말로 필요하다는 걸. 아버지도, 누나들도 원망하지 않지만, 나도 그 피가 흐르는 사람이니까 누구보다 이해할 수 있지만, 아마 할 수만 있었다면 잡았을 거야. 그리고 어쩌면, 그들 역시 끝없이 우울에 가라앉으면서도, 나른하게 빠져들면서도, 한편으로는 누군가 잡아주길 바라지 않았을까? 마지막 눈빛을 보지 못했으니 영영 알 수 없지만 말이야.

그래, 눈빛을 보면 알 수 있거든.
니 눈빛엔 뭔가 남아 있었어. 아직 끝나지 않았다고. 한 여사님이나 그전에 배웅한 다른 친구들이랑은 달랐다고. 잡고 싶었다고. 잡아야만 했다고.

여기 좀 더 있다가 정 힘들면 그때 떠나는 것도 나쁘지 않잖아. 하지만, 힘들 때 조금 더 가보는 것도 나쁘지 않을 거야. 떠나는 건 언제든 할 수 있으니까. 언젠가는 누구든 꼭 해야 하는 일이고.

아, 사람들한테는 그냥 약 안 먹었다고 하면 돼. 그냥, 며칠 푹 쉬면서 생각 좀 했다고 하면 돼. 다들 그런 줄 알고 있어.
의사 선생님?
글쎄, 뭐라고 해야 할까.
그래, 묵인이라고 해두자. 전에도 몇 번 이런 적이 있었거든.
응? 진짜 프락치 아니냐고? 거참, 그 얘길 너도 들었단 말이야? 소문 참 빠르네. 사람 사는 곳엔 늘 소문이 떠도는 법이지. 대개는 해명할 가치도 없는 얘기들. 뭐, 어떤 면에서 아주 틀린 말은 아니지만, 이왕 소문이 날 거라면 프락치가 뭐냐, 프락치가. 야, 이서우. 니가 새로운 소문 좀 퍼뜨리고 다녀봐. 김태한은 이승사자라고. 어깨에 날개도 달렸다고.

그래, 이승사자 좋다. 마음에 든다. 아직 떠나면 안 되는 사람을 이승에 붙잡아 두는 일, 꽤 적성에 맞더라고. 젠장, 나도 죽으려고 여기 들어온 건데 자꾸 그런 눈빛들이 눈에 밟힌단 말이지. 그래서 못 가겠더라.

그런데, 정말 이상한 게 뭔지 알아?

그런 눈빛 하나 붙잡고 나면 이상하게 살고 싶어진다는 거, 살아 있어서 참 다행이다 싶어진다는 거야.

우리 같은 사람들에게 죽음은 꽤 소중하지. 필요한 거고.

그렇다고 해서 삶이 아무것도 아닌 건 아니잖아.

우리 같은 사람들이야말로 삶이 더 간절한지도 모르지.

어쩌면, 그래서 더 아픈 건지도 몰라. 삶이, 진짜 살아 있는 삶이 너무나 간절해서.

4

동쪽에서부터 서서히 날이 밝아왔다.

방 안은 하루 종일 빛으로 가득했다가 서쪽으로 붉게 기울었다.

5

세상에서 점점 초록 빛깔이 빠져나갔다.

어느 것이 마지막 울음이었는지 모르게 매미들이 사라
졌다.

6

매일, 창밖으로 하루가 흘러갔다.

7

아침저녁으로 제법 서늘한 바람이 불었다.

휴게실에 앉아 있는데 선득한 기분이 들어 어깨를 움츠렸다.

오늘은 센터에 들어온 지 딱 6개월 되는 날이었다.

휴게실 안으로 엄마가 들어왔다. 사람이 별로 없는데도 괜히 두리번거리다 내 쪽을 바라봤다. 나는 손을 들었다. 오랜만이었다.

약을 삼켰다 다시 깨어난 뒤로 주로 조용히 방에 머물렀다. 그간 엄마가 몇 번 연락을 해왔지만, 매번 "다음에" 하고 말했다. 명확한 이유가 머릿속에 떠오르지 않았으나 어쩐지 엄마를 볼 준비가 덜 된 느낌이었다. 내가 떠나려 했다는 걸 알 리 없는 엄마는 나에게 요구한 최소 6개월이라는 시간이 가까워질수록 불안한 기색이었다.

맞은편에 앉아서 내 눈을 들여다볼 뿐 엄마는 말이 없었다. 엄마 쪽으로 키가 커다란 남자가 다가왔다. 서진이었다. 그동안 한 번도 면회 온 적이 없었는데, 이번에는 마지막이 될지도 모른다는 생각을 한 걸까. 서진이는 테이블에 차 키를 내려놓고 엄마 옆에 앉았다. 아직 서진이의 눈만은 똑바로 바라보는 게 힘들었다. 나 때문에 서진이는 아빠를 잃었다. 그 일로 서진이는 아주 오랫동안 나한테 화가 나 있었다.

"일찍 내려와 있었네."

엄마가 겨우 입을 뗐다.

그리고 다시 긴 침묵.

매점 안으로 사람 몇이 들어왔다 다시 나갔다. 사람들이 들어오고 나갈 때마다 테이블과 의자 모양이 조금씩 바뀌었다.

서진이가 피로한 듯 마른세수를 했다. 두 손을 모아 얼굴을 문지르더니 손끝으로 이마를 꾹 눌렀다. 빠른 움직임 탓에 초점을 제대로 맞출 수 없었지만, 익숙한 뭔가가 시야에 잡혔다.

서진이 손등에, 왼쪽 손등 위에 X자 모양 흉터가 있었다.

오랜 시간이 흐르면서 붉은 빛깔이 빠져나가고 주변 피부와 비슷한 색을 띠고 있어 금방 눈에 띄지는 않아도, 내 것과 같은 자리, 같은 모양의 흉터였다. 나도 모르게 서진이의 손목을 잡았다. 손을 끌어당겨 흉터를 들여다봤다. 분명 내 것과 똑같았다. 서진이가 손을 뺐다. 그리고 의자를 뒤로 밀어 멀리 떨어져 앉았다.

"그거."

테이블 모서리를 응시하며 엄마가 무겁게 말을 이었다.

"그때, 너 산에 올라갔다 병원에 실려 갔을 때. 그간 너한테 있었던 일 다 알고 나서 서진이가 방지완 그 자식을 찾아갔어. 그 패거리 다 죽여버린다고. 그런데, 쪼끄만 게 달려들어 뭘 어쩌겠니. 오히려 맞았지. 흠씬 두들겨 맞았지. 그 나쁜 자식들이 형이랑 똑같은 흉터 남겨준다면서 손등을 그렇게 만들어놓은 거야. 나도 나중에 알았어. 그땐 신경이 온통 너한테 쏠려 있었으니까."

오래전에 손등을 지나간 날카로운 감각이 되살아났다. 처음에 그것은 나의 감각이 아닌 것 같았다. 살이 벌어지고, 그 사이로 피가 고여 들었다 주체할 수 없을 만큼 계속 흘러내렸고, 시린 감각이 점점 내 것으로 선명해졌고, 축축한 건지 차가운 건지 구분이 안 되다 이내 뜨거워졌다. 서진이도 그랬겠지. 그걸 다 느꼈겠지. 그때 서진이의 손은 내 것보다 더 작았을 것이다.

눈물이 나왔다. 울지 않으려고 했는데, 저 안에서부터 자꾸 뜨거운 게 올라오는 걸 막을 수 없었다. 내가 우는 꼴을 보지 않으려는 듯 서진이가 고개를 돌렸다. 그리고 괜히 코끝을 훔쳤다.

"서진이, 너 미워하는 거 아니야. 너도, 나도, 서진이도, 우리 전부 다 너무 아프니까 서로 어떻게 대해야 할지 몰랐던 것뿐이야."

말끝이 흔들리는가 싶더니 엄마도 울음을 터뜨렸다. 다 큰 아들과 정수리가 하얗게 변한 엄마 둘이서 아이처럼 소리 내 울었다.

휴게실에 있는 사람 중 우리를 이상하게 쳐다보는 사람은 아무도 없었다. 이런 일쯤은 센터에서 흔히 일어나는 일이었다.

8

노트북을 켰다.

포털 사이트에 접속해 검색창에 '재택 아르바이트'를 쳐 넣었다.

나는 엄마와 약속한, 물론 일방적인 거였지만, 하여간 최소 6개월만 버텨보자는 약속을 지켰다. 그리고, 김태한 말처럼 여기 좀 더 있어보기로 했다. 떠나는 건 언제든 할 수 있는 일이니까.

이번에도 엄마는 기꺼이 추가 비용을 지불했다. 어쩐지 염치가 없다는 생각이 들어 센터에서 할 수 있는 아르바이트를 찾아보기로 했다. 조금이라도 돈을 보태야 가족에게 덜 미안할 것 같았다. 정말이지, 가족에게 덜 미안하고 싶었다.

9

"그냥 여기에 4인분 차려드릴까요?"

"그래, 테이블 붙이자."

아침을 먹고 난 뒤 손 형과 양지가 카드를 들고 601호에 찾아왔는데, 게임에 집중하다 보니 어느덧 점심시간이었다. 4인용 식탁이 만들어지자 상철이 식판을 차례대로 내려놨다.

"서우 형, 맛있게 드세요."

"고마워요, 상철 씨."

상철이 둥글둥글한 웃음을 지었다.

"작가 삼촌한테 메시지 왔다."

양지가 숟가락 대신 휴대전화를 들었다.

"뭐래? 원고 다 마무리했대?"

"아…… 단감 먹고 싶다는데? 단감 사 들고 놀러 오래요."

"저번엔 뭐였지?"

"민트초코랑 레몬쿠키 아이스크림."

"거참, 어떻게 된 게 환자가 우리보다 잘 먹는 것 같아."

"마음이 완전 허한가 보죠."

최근에 작가 선생은 출판사와 계약을 했다. 그가 쓰고 있는 글은 일종의 자전소설인데, 거기 우리 얘기도 나온다고 했다.

"책 나오면 말이야, 우리도 인세 1퍼센트씩은 받아야 하는 거 아냐?"

김태한이 키득거리며 말하고 양지가 맞받아치려는데, 어디선가 전화벨이 울렸다. 침대에 아무렇게나 던져둔 휴대전화가 번쩍였다.

"서우 오빠 폰이네."

"작가 선생 아냐?"

"우리 모여 있는 거 귀신같이 알고 전화했나?"

휴대전화를 들었다. 화면엔 센터 사무실 번호가 떠 있었다.

*

직원을 따라 사무실 뒤쪽에 있는 창고로 들어갔다. 안에는 상자가 차곡차곡 쌓여 있었다.

"이거예요."

바닥에 제법 커다란 상자가 있었다.

"그럼, 천천히 살펴보세요."

직원은 조용히 문을 닫고 나갔다.

여름에 연수가 떠나고 며칠 뒤 그녀의 가족들이 센터에 찾아와 짐을 정리했다. 그중 몇 개는 가져가고 몇 개는 그대로 두고 갔는데, 이제 기한이 다 돼 센터에서도 더는 보관하지 않고 처리할 예정이라고 했다. 그전에 혹시 내가 원하는 물건이 있으면 가져가라는 거였다.

앞에 상자를 두고도 쉽게 열지 못했다. 이 안에 내가 모르는 연수가, 내가 이해하지 못한 연수가 들어 있을 것만 같았다.

왜 그랬을까요.

김태한에게 이런 질문을 한 적이 있었다. 도대체 연수는, 왜 그랬을까요. 김태한은 쉽게 대답하지 못했다. 그답지 않게 오랫동안 입술을 닫고 있다가 겨우 말했다. 한창 예쁘게 연애한다고 믿었는데, 갑자기 그렇게 떠나가서 자기 역시 적잖은 충격을 받았다고. 왜 그랬는지 다 알 수는 없지만, 분명한 건, 마지막 날들에 나와 함께해서 좋았을 거라고. 고마웠을 거라고.

상자를 열었다.

안에는 타투 기구가 들어 있었다.

문득, 여름날이 떠올랐다.

바람이 불어 연수의 긴 머리카락이 날렸고, 동그란 귀와 하얀 목덜미가 드러났던 그날. 손가락으로 머리카락을 모아 위로 틀어 올리던 동작과 목에 그려진 알 수 없는 글자들.

연수가 타투 하는 법을 알려주던 날들도 떠올랐다. 손가락을 뻗어 내 몸에 그림을 그리던 모습도. 내 목덜미를 만지며 이쯤이 좋겠다고 말하던 목소리도.

상자가 번졌다. 눈을 꾹 감자 무거운 물방울이 상자 위로 툭, 툭 떨어졌다. 눈물을 떨구자 시야가 다시 또렷해졌다. 눈에 익은 무언가가 시선을 잡아끌었다. 상자 안에 그림이 인쇄된 종이가 있었다. 타투 도안이었다. 어쩐지 그 모양이 낯설지 않아 종이를 꺼내 들었다.

crástĭnum

영어는 아닌 듯했고, 도대체 어느 나라 말인지 알 수 없었지만, 한 가지는 확실했다. 그건, 연수 목덜미에 새겨진 글자였다. 이게 무슨 뜻이지. 휴대전화를 들고 한 글자씩 확인하며 검색창에 입력했다.

라틴어사전

crástĭnum〔고전: 크라스티눔, 교회: 크라스티눔〕

〔중성형 명사〕 내일; 다음 날.

크라스티눔.
내일.

사전에 적힌 말을 소리 내어 읽어보았다.
크라스티눔.
내일.

나는 그 말을 반복해서 천천히 발음해보았다.
크라스티눔.
내일.
내일.
내일.
그 말이 가슴을 깊이 찔렀다.

눈가가 뜨거워졌다. 눈을 꾹 감고 입술을 깨물었지만 눈물이 쏟아졌다. 이번에는 걷잡을 수 없이 터져 나왔다. 아무리 삼키려고 해도 소용없었다. 연수가 어떤 마음으로 버텨왔을지 알 것 같았기 때문에. 그리고, 약을 삼키던 날 내 마음이 어땠는지 이제 알 것 같았기 때문에.

나는 사는 게 두려웠다. 하지만, 죽는 것도 두려웠다. 단순히 죽는 것만 두려운 건 아니었다. 세상과 끝이라는 사실 역시 무서웠다. 하루도, 숨도, 생각도 모두 끝나버린다는 게 뭔지, 끝의 다음을 알 수 없어 겁이 났다.

우리를 살아가게 하는 것. 그건 희망 같은 게 아니었다. 그건, 정체를 알 수 없는 끈 같은 거였다. 자궁 안에서 모체와 태아가 탯줄로 연결된 것처럼, 날 때부터 생과 우리 사이에 연결된 그 무엇. 배신당하고 또 배신당해도 쉽게 놓을 수 없는 어떤 것. 놓지 못하게 만드는 어떤 것.

지긋지긋한 생.

이게 다 뭐라고.

내일.

그게 또 뭐라고.

씨발, 그게 뭐라고 진짜.

울었다. 지나온 생을 다 쏟아내듯 나는 오래도록 울었다.

한바탕 울고 나자 머리가 지끈거렸지만 숨은 한결 가벼워졌다. 상자 옆에 주저앉아 연수가 남기고 간 도안을 오래 들여다봤다.

문득, 몸에 타투를 새기고 싶다는 생각이 들었다.

그리고, 타투이스트가 되는 것도 괜찮겠다는 생각이 들었다. 센터의 타투이스트.

매일 연습하면 실력이 늘겠지. 그렇게 되면 센터 사람들에게 타투를 해주자. 떠날 때 외롭지 않도록 몸에 그림을 그려주거나, 다시 살아갈 힘을 얻을 수 있도록 문장을 새겨주거나.

제일 먼저 나의 룸메이트, 김태한에게 해주는 것도 좋을 것이다. 물론, 그가 원한다면 말이다. 팔이나 어깨에 하얀 구두를 그려주면서 오래전 나를 살린 남자의 얘기를 들려주는 것도 좋을 것이다. 서진이의 왼쪽 손등에 멋진 문구를 새기는 것도 괜찮겠지. 물론 서진이는 대기업에 다녀서 쉽지 않겠지만 말이다.

그러나 그보다도 제일 먼저 내 몸에 글자를 새길 것이다. 연수와 똑같은 글자, 크라스티눔, 내일, 이라고.

도안을 잘 접어 상자에 넣었다. 네 개의 날개를 차례대로 포개 뚜껑을 단단하게 덮은 다음 상자를 들어 품에 안았다.

문을 열었다.

　현실적인 문제보다 현실에 그다지 도움이 되지 않는 것 (인간 본성, 진실과 거짓, 삶과 죽음 등)에 마음이 오래 머문다. 아마도 내게는 '어떤 집에서 살다 갔느냐'보다 '어떤 생각을 하고, 어떤 것을 느끼다 갔느냐'가 더 중요하기 때문일 것이다. 자연스럽게 삶만큼이나 죽음에 대해서도 많은 질문을 해왔고, 무엇보다 인생이란 알 수 없는 것이므로 해마다 유서를 업데이트한다. 그것을 쓰다 보면 내가 살고 싶은 삶이라든가 내 소중한 이들의 이름이 더욱 선명해진다. 죽음을 생각하는 건 언제나 삶을 생각하는 일이다.

2007년 습작 시절에 쓴 단편이 이 소설의 시작이라 할 수 있다. 당시 '청산가리'에 대해 검색하다가 무시무시한 답글을 봤고, 그 내용이 강렬하게 남아 있어 'qwz7****'의 답변을 쓰는 데 도움을 받았다. '별의별 자살자'들에 대한 얘기는 마르탱 모네스티에의 《자살》(새움, 2003)을 참고했다. '르고'와 '디디'가 나오는 영화는 지어낸 것이다. 다만, 그들이 나누는 키스는 어느 영화 속 장면을 응용한 것인데, 너무 오래전이라 제목도, 내용도 잊었다. 여전히 영화나 드라마에서 비슷한 장면을 볼 수 있지만, 그것이 '그들'에게 가장 어울리는 첫 키스라고 생각했다.

*

'비행사飛行死'라는 말은 K씨의 것이다. 김태한에게 유전자 일부를 물려준 K씨께 감사의 인사를 남긴다.

책을 함께 만든 편집자 김준섭, 정선재 씨, 디자이너 김마리 씨, 이분들께 다정한 마음을 보낸다. 원고를 오래 기다려주시고 응원해주신 한겨레출판사 관계자분들께도 진심을 담아 고마움을 전한다.

*

   누구든 자기답게 살고, 자기답게 사랑하고, 자기다운 죽음을 준비하며 살아갔으면 한다.

   삶이란 소중하지만, 누군가에게는 안락한 죽음이 필요하다. 타인의 삶에 대해 누구도 함부로 말할 수 없으므로, 어떤 이에게는 죽음이 최선인 경우도 있을 것이다. 그러나, 그럼에도, 누군가 생의 끈을 놓으려 한다면, 나는 그의 손을 꽉 붙잡을 것이다.

   만일 당신이 종종 마음을 앓는 사람이라면, 아마 계절의 아름다움이라든가 노래 한 곡이 주는 행복 같은 것도 더 깊이 느끼는 사람일 것이다. 나는 당신이 당신의 섬세한 심장을 믿었으면 좋겠다.

2019년 겨울과 봄 사이,

조수경

아침을 볼 때마다 당신을 떠올릴 거야

ⓒ 조수경 2019

초판 1쇄 발행 2019년 2월 26일
초판 10쇄 발행 2024년 6월 3일

지은이 조수경
펴낸이 이상훈
문학팀 최해경 박선우 김다인
마케팅 김한성 조재성 박신영 김효진 김애린 오민정

펴낸곳 (주)한겨레엔 www.hanibook.co.kr
등록 2006년 1월 4일 제313-2006-00003호
주소 서울시 마포구 창전로 70(신수동) 화수목빌딩 5층
전화 02-6383-1602~3 **팩스** 02-6383-1610
대표메일 munhak@hanien.co.kr

ISBN 979-11-6040-228-5 03810